Ce qu'il reste de la Grineraie

Éditions Eyrolles
61, bd Saint-Germain
75005 Paris
www.editions-eyrolles.com
info@eyrolles.com

Depuis 1925, les Éditions Eyrolles s'engagent en proposant des livres pour comprendre le monde, transmettre les savoirs et cultiver ses passions !
Pour continuer à accompagner toutes les générations à venir, nous travaillons de manière responsable, dans le respect de l'environnement. Nos imprimeurs sont ainsi choisis avec la plus grande attention, afin que nos ouvrages soient imprimés sur du papier issu de forêts gérées durablement. Nous veillons également à limiter le transport en privilégiant des imprimeurs locaux. Ainsi, 89 % de nos impressions se font en Europe, dont plus de la moitié en France.

ISBN : 978-2-416-02165-7

Julie Madon

Ce qu'il reste de la Grineraie

EYROLLES
Romans

À Claire, son rire en tourbillon, ses mystères non élucidés

À Grand-père, tu viens nous chercher à la gare, tu portes des pulls troués, tu nous as acheté de la bûche de chèvre exprès même si on a changé de fromage préféré depuis quelques années déjà

Première partie

Rencontre

Chapitre 1
Débarcadères

Ambre est là, dans la voiture. Siège arrière gauche. Elle passe la tête à travers la fenêtre, et mille rafales s'engouffrent dans sa bouche. Elle avale à la hâte les goulées d'air qui lui frappent le visage. S'affole un peu. C'est épais, c'est vif. Trop de vent lui encombre les tuyaux aériens – trop –, ça l'encombre comme les énormes fourchetées du gigot de Grand-père qu'elle n'ose jamais recracher. Mastiquer, contrer le trop-plein, pour engloutir le monde.

T'as eu les yeux plus gros que le ventre

Quand, au bord de l'étouffement, Ambre remonte la vitre et coupe les claquements assourdissants du vent, elle attrape en cours de route la diatribe de son père :

— … de pas sortir la tête comme ça, c'est dangereux, si jamais tu te prenais un arbre à pleine vitesse…

Elle s'excuse poliment puis oublie. Sonnée et heureuse.

Dans la voiture, la famille est au complet : Papa, Ambre, et le grand frère Raphaël. Maman n'est plus de ce monde depuis des siècles. Seules des photos figées permettent d'imaginer à quoi elle ressemblait : Maman les pieds dans l'eau à la plage de Pornic, Maman et son premier bébé les yeux dans les yeux, Maman en costume bleu ciel, Maman tournant le dos au photographe, sans visage, pensive, mélancolique peut-être.

Ambre à l'arrière, donc, toujours à l'arrière – c'est plus pratique pour rêvasser sans être interrompue. Papa relance un regard sur le rétroviseur intérieur, plisse les yeux comme s'il l'avait dans le collimateur. Elle lui fait une grimace et lui arrache un sourire. Papa est souvent fâché pour de faux.

La petite 306 fait encore quelques lents virages. Ils ont décroché de l'autoroute et sillonnent la campagne. À la radio, Lana Del Rey entonne *Born to Die*. Le morceau a beau être sorti il y a quelques mois, sa mélancolie fait toujours autant d'effet à Ambre. Coiffées au peigne fin, les vignes s'étalent sur des collines uniformes. Ambre aime cette rengaine infinie, ces étendues monotones qui annoncent le délicieux ennui des semaines à venir. De temps en temps, elle reconnaît des tours et détours immobiles, des reliefs du goudron qui font tressaillir l'habitacle, des formes d'arbres persistantes malgré les saisons passées. Elle virevolte dans trop de rêveries pour comprendre le trajet sous toutes ses coutures. Son frère à l'avant, la carte dépliée sur les genoux, ingurgite les secrets géographiques de la région familière. Raphaël a toujours été *les pieds sur terre*.

Elle est heureuse, Ambre, de retourner en enfance le temps de quelques semaines. De laisser derrière elle les bancs de la cour et les feuilles mortes, les manuels et les calculatrices. Quand les résultats du bac sont tombés, il y a une vingtaine de jours, Ambre a senti un fourmillement d'excitation dans ses épaules. À elle la liberté, celle des longs mois d'été, celle de la vie aussi, la vie d'étudiante qui lui tend les bras. Elle a passé quelques jours avec les gens de sa classe, droit vers la mer et l'aventure. Elle s'est demandé pourquoi elle avait fait ça ; elle ne les aime pas trop, ces gens, elle ne sait pas s'ils l'aiment bien non plus. Ils ne partagent pas grand-chose de plus que les blagues sur le prof de sciences éco et quelques souvenirs des émissions télé des années 2000, eux sont fans de Sexion d'Assaut quand elle rêve de voir Green Day en concert, et pourtant ils essaient, ils essaient de faire groupe, liés par les mois passés ensemble sur les bancs du lycée. Dans ce genre de moments, Ambre pense à sa Maud, son amie absolue. C'est avec elle qu'elle aurait aimé faire ce séjour de festivités post-bac, si elle n'avait pas habité à des kilomètres. Maud et ses valises de rêves, ses discussions à rallonge, ses projets imaginaires. Maud océanique, Maud sans frontières et sans peurs. Maud qui lui manque, comme lui manquerait une part de son être, une moitié, une âme sœur, quelque chose –

— Les Vigneys !!!!!

C'est Raphaël qui a hurlé depuis le siège passager. Ambre se détourne brusquement de la vitre arrière et Papa donne un coup de poing théâtral sur le volant. *Le premier qui voit Les Vigneys a gagné*, dit la consigne. Ambre s'est résignée depuis belle lurette : elle n'a jamais été assez attentive pour espérer un jour remporter la moindre manche. Au loin, derrière une rare colline, la croix de l'église surgit de terre, suivie du reste des bâtiments. Déjà, Ambre sent son cœur bondir devant ce pâté de maisons, l'un de ces patelins *bien de chez nous* dont la France profonde a le secret.

La voiture avale les quelques kilomètres restants, puis fait une dernière embardée sur la route défoncée avant de débouler dans le bourg. *LES VIGNEYS*, hurle de nouveau le panneau d'agglomération. On y est. Les poumons gonflés d'excitation et de nostalgie, Ambre retrouve les maisons-mystères tant de fois côtoyées, à vélo et à pied ; les *voies réservées aux riverains* qu'ils n'empruntent jamais ; la boulangerie-pâtisserie fermée depuis des décennies, qui continue d'arborer avec lassitude son enseigne écaillée et sa vitrine opaque : *À vendre contactez l'agence au 03.25.29.15.00.*

De l'autre côté des Vigneys, on passe un virage anguleux et c'est tout de suite. Le portail est là. Chaque année, il la prend par surprise. Ambre pense toujours que l'entrée est sur la gauche, mais elle surgit de l'autre côté de la rue.

Puis ce sont les grésillements du gravier sous les pneus, les portières ouvertes en grand, le bond dans les bras les uns des autres, les valises oubliées dans le coffre le temps des retrouvailles. Les yeux rieurs, Grand-père contemple ses enfants et leurs embrassades, avant de recevoir à son tour des câlins sautillants.

Vous avez fait bon voyage

Vous avez pas eu de bouchons

Et toi qu'est-ce que t'as grandi encore t'es une vraie jeune fille

Grand-père se penche vers Ambre avec sa barbe qui chatouille, une main tremblante posée sur son épaule pour se tenir en équilibre. Ses lunettes sont toujours aussi poussiéreuses. Ambre l'embrasse et lui rend son sourire. Au-dessus d'eux, derrière ses fissures et son lierre grimpant, la Grineraie, la maison-mère, veille sur la famille réunie.

— Xavier, frérot, mais quel est ton secret pour garder la ligne ? Les Français veulent savoir !

C'est Le Toche, l'oncle rigolo, qui vient de se précipiter vers Papa pour entamer le traditionnel jeu de mains jeu de vilains qu'il font pour se saluer. Les deux frères deviennent ingérables dès qu'on les met au même endroit. Le Toche a les dents du bonheur, un petit bouc grisonnant et le ventre de Totoro. Après son dernier check avec Papa, il se tourne vers Ambre et lui adresse son sourire à trou. Le Toche dit souvent des blagues toutes faites qui font moyennement rire, mais il est adorable. Il tente de soulever Ambre du sol comme quand elle avait huit ans, mais abandonne rapidement et embrasse Raphaël en même temps.

— Comment vont mes deux petits cassoulets en boîte ?

— Ah donc maintenant qu'on est à Toulouse, on a le droit au *en boîte*, du coup.

— Ah je sais pas, c'est souvent en boîte le cassoulet, non ?

— Ouais, enfin les cannelés c'était plus classe quand même.

— J'y peux rien moi, demandez à votre père de vous ramener à Bordeaux ! Xavier, pourquoi tu les changes de ville tous les six mois ? Ils sont déboussolés, tes petits, et je sais plus comment les appeler.

Papa ne répond pas, il est déjà parti saluer le reste de la famille. Ambre cherche une réponse pour meubler, sans vraiment trouver. L'oncle rigolo lui fait un clin d'œil.

— T'inquiète, j'ai l'habitude des vents de ton père. Va dire bonjour à tes cousins, plutôt.

Arthur et Oscar sont là, dans un coin. Les deux frères n'ont rien à voir l'un avec l'autre. Oscar se précipite sur elle et l'assaille d'histoires. Elle l'ébouriffe machinalement et il s'enfuit en protestant. Elle avait oublié qu'il détestait ça. Ambre se retrouve seule face au grand cousin. Arthur lui adresse un *salut* à peine articulé. Sa voix a changé, plus traînante encore que l'été dernier. Avec sa nouvelle coupe de cheveux, il lui fait penser à David Pannart, de sa classe de terminale. Un garçon un peu dragueur, pas très malin, pas très sympa non plus. Ambre ne cherche pas vraiment à croiser le regard d'Arthur, préférant observer minutieusement un gravillon sous le porche d'entrée. Un an qu'ils ne se sont pas revus, et comme toujours dans ces occasions-là, les mots se font rares. On ne sait plus vraiment qui est l'autre, la fragile complicité de l'an passé s'est érodée au fil des mois d'absence. On se jauge et on s'ignore.

Ambre s'avance vers la mère d'Arthur et Oscar, qu'elle salue avec plaisir. Elle n'est pas proche de sa tante Frédérique, mais elle aime bien retrouver sa voix, qui sonne comme l'enfance, le mois de juillet et les remonte-bretelles – quand ils étaient plus petits, c'était souvent Frédérique qui venait gronder Ambre et Arthur quand ils dépassaient le couvre-feu règlementaire. Depuis la chambre faussement endormie, Ambre entendait ses pas lourds dans le couloir et une boule se formait dans sa poitrine. Aujourd'hui encore, Frédérique continue de lui parler comme à une enfant. Ambre lui préfère largement son autre tante qui, où est-elle –

— Si tu cherches Libette, elle arrive demain.

C'est Frédérique qui a répondu à sa question silencieuse. Ambre est déçue. Elle n'a pas vu Libette depuis deux mois seulement, mais elle lui manque plus que ses autres oncles et tantes. Thierry, le mari de Frédérique, n'est pas encore là non plus. Il a du travail, il prend la route demain et prévoit d'attraper Libette au passage. La famille sera alors au complet. Le Toche, l'oncle rigolo, interrompt les salutations en cours :

— Faut pas tarder à prendre l'apéro si on veut avoir fini de dîner avant la cérémonie !

Ambre avait totalement oublié. Ce soir, les Jeux olympiques débutent à Londres, et la cérémonie d'ouverture promet d'être exceptionnelle. Si elle n'est pas friande de sport à la télévision, sa passion pour le Royaume-Uni la rend perméable à l'allégresse générale. Tous les membres de la famille sont chargés de sortir les bouteilles et les biscuits, à l'exception de Papa, Ambre et Raphaël, à qui l'on accorde un moment pour sortir les valises. Ambre récupère son sac de randonnée et se faufile dans la pénombre gorgée de souvenirs.

Prendre une grande inspiration – se remplir des odeurs pour devenir les murs, le sol, les plinthes. Le vestibule sent la pierre fraîche et le papier jauni. En face de la porte d'entrée, la cage d'escalier monte en colimaçon vers les chambres. Ambre lève les yeux et sourit au papier peint invisible, intégralement recouvert de posters cornés. « Renoir ; Grand Palais ; 16 mai – 2 septembre 1985 », annonce l'un d'eux depuis presque trente ans, tandis qu'un autre affiche la grimace très effrayante d'un masque dogon à l'oreille coupée. (*Toujours courir quand on arrive au niveau du masque dogon*, s'ordonne Ambre depuis qu'elle sait marcher.)

Elle gravit les escaliers, évitant le craquement familier de la quatrième marche que Grand-père n'a toujours pas fait réparer. L'escalier marque un virage vers la droite puis débouche à l'étage. Là-haut, l'atmosphère se fait plus douce ; la chaleur extérieure filtre à travers les vitres. Ambre traverse le couloir engourdi et tourne la poignée de la chambre des enfants – ces poignées rondes *comme on n'en fait plus*, merveilles de vieillotterie, polies par les âges et les mains des artisans, à moins qu'elles ne sortent d'une fabrique locale, d'ailleurs en quoi c'est fabriqué ces trucs-là ? Bref, la chambre – Arthur n'a évidemment pas ouvert les volets. Ambre jette un œil distrait à la valise éventrée au sol, aux vêtements disséminés sur les dossiers des chaises. Dégageant du pied une paire de tongs qui traîne près de son lit, elle jette son sac sur le matelas à ressorts. De l'autre côté de la chambre se trouve une armoire imposante, bien trop grande pour la pièce. Elle esquisse un bref mouvement de menton pour saluer le visage sculpté qui la contemple, perché au-dessus des deux battants. C'est une tête de vieillard bienveillant. Papa a déjà raconté à Ambre que ce genre d'armoires était très très rare. De toute sa vie, il n'avait jamais vu d'armoire avec un visage sculpté. Ambre a toujours eu de la sympathie pour le vieillard. Parfois, elle s'imagine qu'il a été transformé en meuble, mais qu'en dessous, c'est un être vivant et sensible. Elle l'a baptisé « Baba le Bahut » quand elle avait quatre ans ; c'est resté. Baba le Bahut veille sur elle la nuit. Il est devenu un personnage de la Grineraie, tant et si bien que toute la famille connaît son existence et le traite avec déférence.

Sans accorder plus de soin au déballage de ses affaires, Ambre ouvre grand les rideaux élimés, la fenêtre, les persiennes. Les éclats de voix s'invitent dans la chambre ; le soleil vient lécher le vieux tapis, tracer une embrasure de poussières dansantes. Ambre se garde de s'accouder à la balustrade, bien trop instable. En contrebas s'étend le jardin de la terrasse ouest, avec ses vieux pommiers qui ne donnent pas grand-chose. En face, la grange, qui sert de garage et de grande cabane à outils, se cache timidement derrière la vigne vierge.

C'est qu'elle est soulagée, Ambre, même si elle ne s'en rend pas compte. Au moment où elle jette l'ancre dans cette chambre à carreaux, un poids quitte ses épaules. Ici, pas de contraintes, pas de lever à 6 heures du matin, pas d'horaires ni d'emploi du temps. Pas de sac de cours, de regards de biais, de pouffements de couloir. Pas, non plus, de changements, d'abandons, d'au revoir ratés. Ambre a l'habitude des successions de déménagements depuis la mort de Maman. Elle connaît les cartons, les posters qu'on dépunaise, les adieux aux voisins. Ici, la maison existe depuis toujours. Elle ne bouge pas. La Grineraie comme phare dans la tempête.

Oscar, le petit cousin, tape sur le gong en bondissant. L'apéritif est servi. Ambre défait ses sandales, les pose quelque part à côté de sa table de nuit, descend les marches quatre à quatre, bifurque à gauche dans la salle à manger puis sort dans le jardin. Arthur, en retrait de l'autre côté de la table, ne lui accorde pas un regard quand elle s'installe. Ambre a l'habitude de ne pas vraiment le reconnaître d'été en été. Son nez s'est allongé, sa mâchoire est devenue plus anguleuse. Ses cheveux ont poussé ; il les ramène en arrière d'un geste suffisant. Elle décèle chez lui une autosatisfaction qui l'agace profondément. À droite d'Arthur, Le Toche sert avec entrain des verres de cidre et de limonade. Sa sœur Frédérique lui donne un coup de coude.

— Oh, tu te rappelles, Toche – tu te rappelles, c'était quoi, y a trois ans ?

— Non, tu rigoles ou quoi, y a cinq ans au moins, Papa sortait de son opération de la hanche, on était contents qu'il ait quand même pu venir passer l'été à la Grineraie.

— Y a cinq ans ouais, bref, mais alors qu'est-ce qu'on s'était marrés ! Avec la bouteille infernale là, hein Papa, toi aussi tu te rappelles !

Grand-père émerge de ses pensées, un verre à la main, et tourne lentement la tête vers son fils.

— Hm ?

— Mais Papa ! Le débouchonnage de cidre qui avait repeint toute la cuisine !

— Mais oui, bien sûr que je m'en souviens, ah ça, c'était mémorable, mémorable ! Comme quoi, d'une année à l'autre, ça donne pas la même chose, on a dû mal contrôler la fermentation.

Le cidre est fabriqué chaque année par Grand-père et Le Toche, à partir des maigres pommes véreuses qui sortent des arbres du jardin. Pas très loin de Papa et Frédérique, Raphaël regarde avec attention les cartes Magic d'Oscar. Malgré leurs sept ans d'écart, la nostalgie et l'expérience commune prennent le dessus. Contrairement à Arthur, qui se débarrasse de son cadet avec dédain, Raphaël est patient avec son petit cousin.

Comme à chaque apéritif, Ambre s'est assise à une place stratégique : par terre en tailleur, sous les jupes de son père, le plus près possible des chips à l'ancienne. Tout le monde applaudit pour la millième fois les gougères que Le Toche s'empresse de confectionner dès que des festivités s'annoncent. Papa et Frédérique parlent de sujets d'adultes. Est-ce qu'Ambre aussi, un jour, finira par dire *la situation économique de la France*, *le n+2* et *le manager*, *les draps en lin* ? Est-ce qu'elle utilisera ce ton détaché, cette voix qui sait et qui affirme, ces points à la fin des phrases pour mieux poser les certitudes ? Où sont passées les questions existentielles qui peuplaient tous ces gens à quatorze, seize, dix-huit ans ? Ambre elle-même laissera-t-elle dans une boîte en fer blanc ses interrogations de jeunesse, comme elle a déjà fait valdinguer les préoccupations innocentes de l'enfance, malgré elle ? Sûrement. Ambre a beau n'avoir que dix-sept ans, elle a déjà compris depuis un bout de temps ce qu'elle était : exactement comme tous les autres.

Elle se remémore le jour où elle a cessé de s'amuser des aventures imaginaires qu'elle créait avec Arthur. Cela faisait déjà une ou deux années que son cousin était plus réticent à se lancer dans le rôle d'un trappeur des steppes ou d'un guerrier du désert. Elle n'avait pas compris tout de suite. Elle-même pouvait encore passer des heures dans le jardin avec un bâton dans la main, en train de se battre contre une horde de chimpanzés belliqueux. Elle pouvait s'allonger à l'envers sur le canapé, la tête en bas, et regarder les lustres pousser comme des champignons. Elle pouvait, aussi, puisqu'elle avait cette fascination pour les retournements de situation, se planter devant un miroir en pied et regarder ce qui se passerait si l'univers était dans l'autre sens. Son lit ne serait plus à gauche, mais à droite de sa bibliothèque ; le Charlie Chaplin du poster tordrait son regard vers d'autres directions ; même la lumière entrerait différemment par la fenêtre.

Puis, un été, vers ses douze ans, tout lui était tombé dessus à son tour. Les mondes imaginaires fanaient à mesure qu'elle les parcourait ; les chemins tracés s'écroulaient comme des châteaux de cartes, laissant apparaître le carton-pâte des décors. Tout avait un goût de faux, de petit, d'enfermant. Ce qui l'avait autrefois occupée des heures se transformait en une barbante perte de temps. Elle n'y croyait plus. Cet été-là, l'été de la désillusion, Arthur avait reçu son portable quelques semaines avant de partir en vacances ; il était ravi que sa cousine lâche le filon de l'imaginaire. Ambre s'était sentie vide pendant des jours. Le monde avait rétréci. Que faire si l'on ne peut plus être un explorateur de rêves ? Les essences tropicales, les grimoires magiques, les gravures des temples égyptiens avaient disparu ; ne lui restait qu'à contempler les fissures inanimées des murs du salon.

Quelques mois plus tard, le vide d'Ambre s'était un peu tassé ; elle s'y était accoutumée. C'est peut-être cela que font les adultes : s'accoutumer. Alors elle avait passé le plus clair de son temps allongée dans l'herbe, à réfléchir à la vie et au temps qui passe.

Cet été, Ambre a juste envie de se laisser vivre, chercher les instants précieux, mener l'enquête sur les petits riens du quotidien. Elle a cette habitude de s'oublier dans les recoins du monde, de se dissoudre paisiblement au creux des autres êtres vivants ou inanimés. Humer le souffle des pommes de terre en robe de chambre, la chaleur des chipolatas un peu trop cuites, écouter les éternels grillons et les éclats de voix.

— Ambreeee !! Ouh-ouh !!! Le couvert !

Ambre sort brusquement de son flou artistique. C'est Frédérique qui lui parle de ce ton agacé, cela fait peut-être quelques minutes qu'elle l'interpelle, *toujours dans la lune, ça changera pas*, elle rigole. Ambre secoue la tête pour éloigner les picotements désagréables qui l'assaillent. Le *ouh-ouh* familier – on lui sert ce refrain depuis qu'elle est petite – lui a fait l'effet d'une décharge électrique. Elle se lève et va lentement aider Arthur, Oscar et Raphaël, partis disposer les assiettes.

Le dîner se passe dehors, malgré la danse des moustiques. Tout le monde est réuni autour de la table en bois du jardin, on alterne les petits et les grands. Au-dessus, les enfilades d'étoiles. À côté, la maison comme une lueur dans la pénombre, accueillante, enjouée ; les rires scintillants et les applaudissements. Le repas se déroule avec animation. On égrène les plats, les paroles, on chante parfois à table. On écoute plus ou moins religieusement les histoires de Grand-père, aussi. Celui-ci prend justement son ton professoral pour raconter l'histoire d'un théorème de maths particulièrement ardu. Intérieurement, il a quitté la maison de campagne, il est dans son amphi ou au Palais de la Découverte, parti pour une demi-heure de conférence, comblant les vides, oubliant d'avaler sa rondelle de chipo qui gigote, et Ambre louche devant la fourchette dont la destinée devient de plus en plus incertaine à mesure que les phrases s'enchaînent, les raccourcis balayés d'un revers de main, les *absolument phénoménal* à tour de bras, la profusion des détails, la lenteur des syllabes articulées, est-ce que Grand-père se rend compte qu'on en est aux grillades depuis un bout de temps, que sa chipo est froide, est-ce qu'il apprécie les grillades ou est-ce qu'il ne remarque pas qu'elles sont dans son assiette ? Pour beaucoup, qui ont déjà entendu ces exposés mille fois, le sport régional est de tenter d'écourter le propos avec fluidité et efficacité. Au bout de longues minutes, Frédérique part allumer l'antique télévision, *on débarrassera plus tard*, puis l'intégralité de la famille la rejoint pour s'entasser devant l'écran cathodique, répartie entre le canapé dur et le sol trop froid.

Il est tard lorsque Ambre monte à l'étage. Arthur est allongé sur son lit, plongé dans la lumière bleue de son téléphone – il a quitté la télévision longtemps avant tout le monde, sans qu'elle le remarque. Il lève une seconde les yeux vers elle quand elle arrive dans la chambre, opine du menton et serre les lèvres en une tentative de sourire poli. Ambre prononce un *hey* maladroit et plonge le nez dans son gros sac de randonnée, où elle finit par dénicher sa trousse de toilette et son pyjama. Retour dans le couloir, direction la salle de bains, tout au bout, tout au fond. Quand elle entre, des souvenirs l'envahissent. Elle aime la lumière dans laquelle baigne la pièce toute la journée, les alignements désordonnés de tubes de dentifrice autour du lavabo, les serviettes qu'on va suspendre dans la buanderie d'à côté par manque d'espace. Il y a aussi la baignoire, dans laquelle elle a passé des heures à jouer avec Raphaël quand elle était enfant. Ils avaient interdiction formelle d'éclabousser en dehors du bain, d'autant plus que l'eau fuyait vers l'étage d'en dessous. En bas, le plafond du salon est marqué d'une tache d'humidité que Grand-père n'a jamais fait enlever, au grand désespoir de Frédérique qui répète à qui veut l'entendre que cette maison est en train de tomber en ruine.

Sans même jeter un œil à son reflet au-dessus du lavabo, Ambre farfouille dans sa trousse de toilette. Au bout de plusieurs remue-ménages à l'aveugle, elle soupire de lassitude, ressort de la salle de bains, direction la chambre de Papa. La porte est grande ouverte, Papa en train de transférer ses affaires dans l'armoire. Ambre admire une fraction de seconde la manière dont il a plié ses vêtements : des piles de linge parfaitement calibrées, des agencements au millimètre, une harmonie à des années-lumière des petits tas froissés qu'elle-même fourre maladroitement dans son sac de randonnée. Papa tourne son regard bleu vers sa fille, restée dans l'encadrement de la porte. Ambre commence une phrase, mais il lui tend ce qu'elle cherche avant qu'elle ne termine :

— Parfois je me demande si tu te permets d'oublier ta brosse à dents juste parce que tu sais que j'en ai toujours en rab.

Ambre sourit et s'enfuit vers la salle de bains. Quelques minutes plus tard, elle s'affale sur son matelas à ressorts. Elle repense un instant, encore un peu sonnée, au mélange improbable auquel elle vient d'assister à la télévision : James Bond et Élisabeth II, Mary Poppins et Mr Beans. Peu à peu, les paillettes des JO s'évaporent. Les yeux fermés, elle écoute la maison s'étendre, bouger, grincer. Il y a ces petits cognements sourds et répétés au-dessus de sa tête, sûrement la chouette du grenier. Les respirations de la Grineraie se mêlent aux voix imaginaires des rêves à venir. Elle est tranquille, Ambre. Elle est en sécurité dans la grande maison. Tout est rentré dans l'ordre ; tout est là pour toujours.

Elle ne le sait pas encore, mais bientôt, et bien plus tôt qu'elle ne le pense, ce sentiment sera mis en branle. L'éternité ne dure jamais longtemps.

*

*   *

Les Vigneys, vendredi 23 juillet

Suzanne ?

Oh la terreur en écrivant ton nom
Le sentiment d'interdit
L'espoir que quelque chose, soudain
Un mouvement dans la pièce ? un signe de vie, quelconque.
Je suis là, je regarde. Sans bouger.
Rien ne se passe.
Le silence du réel invalide les songes.

Suzanne ma lointaine, ma chair et tendre
Ma petite grande sœur
Je ne sais pas à quoi je m'attends, en ouvrant ce cahier
Comme s'il y avait une chance – une seule – que tu me répondes de là où tu es
Du vide autour de mes doigts.
Suis déjà découragé d'écrire.

Aux Vigneys pour tout l'été (certaines choses ne changent pas)
Impression de t'envoyer une lettre de l'arrière, inutile et sinistre
La maison est beaucoup trop calme depuis que tu n'es plus là
Je sais que je devrais m'être habitué maintenant
Je suis grand, j'ai seize ans
J'en avais treize quand tu as disparu
Treize et voilà que je te rattrape, petit à petit,
Bientôt j'aurai le même âge que tu avais
Bientôt je te dépasserai peut-être
Ça me paraît tellement incongru
    inconscient
      inconcevable

Tu me manques toujours tu sais
Trois ans c'est long
Trois ans
C'est une éternité ;
Trois ans, mais ton absence continue de creuser le gouffre sous mes pieds
faire s'effondrer les lustres et les systèmes solaires
tous les jours tous les jours tous les jours
le poing dans le ventre
et le trou dans la gorge.

À table, tu les connais ! La tristesse noire de notre père quand j'ose prononcer ton nom. Maman qui se tait, qui

fixe le carrelage au-dessus de l'évier avec l'envie d'en finir.
Je leur en veux, sûrement, quand ils finissent par dire
stop
arrête
nom de Dieu
pas devant Marie et Gabrielle
avec les petites qui nous fixent sans un mot
– il n'y a bien que dans ces moments-là qu'elles sont calmes
peut-être parce qu'elles sentent que ce dont on parle
leur échappe profondément.
Elles sont jeunes, encore, Marie et Gabrielle
Gabrielle, tu t'en souviens ?
À peine née que tu te volatilisais
Elle nous regarde maintenant, du haut de ses quatre ans, comme si elle connaissait mieux que nous tous les secrets du monde
Elle et Marie sont comme des jumelles
Je ne sais pas si ce n'est pas plutôt la benjamine qui veille sur la cadette
Et moi, loin devant, drapé dans ma solitude, qui les observe comme des merveilles fragiles échappées du filet à papillons

Mamé est morte il y a deux semaines.
Enterrement un jeudi
Accord de M. Fermant pour me donner un jour de congé
– je ne pense pas que j'aie manqué aux vignes
C'est moins insupportable, c'est dans l'ordre des choses,
je n'étais pas prêt
quand même,
pas maintenant, pas tout de suite
Pas encore
Sa mort a réveillé beaucoup de toi.
J'ai rechuté, un peu, je crois ?
Mes monologues reprennent ; les parents ne supportent pas.
Maman en a déjà assez d'une enfant perdue, naturellement
Puis face à Marie et Gabrielle, je dois apprendre à me taire.
Apprendre. À. Me taire.

J'avais du mal à m'empêcher de te parler, alors voilà.
Sortir les pages blanches
Courir le papier à la poursuite de mes pensées
de mes pensées pour toi.

Pardon c'est comme
j'ai l'impression de t'enfouir dans ce cahier à petits carreaux.

Qu'est-ce qu'il reste à faire alors, qu'est-ce qu'il reste à faire d'autre que te raconter le quotidien, le temps qui passe, l'été trop lent, trop lent comme tous les étés sans toi, l'été que même les journées de travail harassantes ne parviennent pas à occuper ?

Je travaille tout l'été aux vignes.
Mon patron, c'est M. Fermant, mais l'exploitation appartient à Henri
(Henri, oui, le père de Jeanne, Henri de Courfresne ; c'est lui qui m'a recommandé)
Tous les matins le lever aux aurores en même temps que le paternel qui m'emmène en voiture
Tu sais qu'il est fier de moi ? Je crois.
Il aime bien que je me bouge, il continue de répéter que commencer à travailler dès seize ans, c'est s'assurer une bonne retraite.
Est-ce qu'il s'imagine vraiment que je vais y aller, jusqu'à la retraite
Quand moi je ne me vois déjà pas dépasser dix-sept ans
Quand moi je ne me vois pas oser franchir ta ligne, Suzanne
L'idée est insupportable, insurmontable
indécente même
Mais passons

Quoi d'autre ?
Oui : Jeanne. Ta Jeanne.
Ta Jeanne va bien. Elle pense à toi aussi, tout le temps.
C'est la seule personne avec qui je peux en parler.
Ta disparition nous a rapprochés.

Elle me rappelle toi, un peu. Vos deux caractères sauvages, vos deux débits intarissables. Vos deux confiances en les choses de l'avenir.
Mais elle n'a pas ta clairvoyance, ton sens de la complicité
Elle ne comprend pas d'un coup d'œil comme toi tu comprends
Peut-être que je lui mets trop de poids sur les épaules

Jeanne m'a demandé de l'accompagner à la fête de Louis – il a votre âge apparemment, vous l'aviez vu plusieurs fois à la sortie du lycée
Je n'y vois que des contre, mais j'irai quand même
Sûrement
Même si je ne connais personne
Même si ça veut dire faire semblant d'être insouciant et danser à tue-tête
Je n'arrive jamais à dire non à Jeanne. Les non c'est pour les sauvages et les gens libres.
Je ne suis qu'un petit garçon influençable
Je ne suis qu'un gens qui doute

En attendant j'attaque les livres de M. Bibloquet : *La Machine à explorer le temps*, *Lord Jim*.

Je file, je dois filer
Quand même continuer la vie normale ;
Quand même faire en sorte qu'elle ressemble à quelque chose
je ne sais pas quoi
je ne sais pas où – tu me diras

Et tu manques

Chapitre 2
Cherchent les connexions

Quand Ambre émerge de sa nuit, les yeux fermés dans la pénombre, elle se croit dans sa chambre toulousaine. Elle imagine son bureau de lycéenne, sa bibliothèque remplie de livres au dos ridé, la fenêtre qui donne sur la rue animée. Mais pas de bruit, ce matin. Pas de doux bercement des roues sur l'asphalte, qui s'approchent puis s'éloignent ; pas de voix de traviole qui s'élèvent jusqu'en haut des immeubles. Juste le silence. Ambre tend sa main droite vers sa lampe de chevet, et son coude heurte le mur de plein fouet. Elle pousse un juron indigné. En réponse, sur sa gauche, des grincements de ressorts se font entendre.

Hmmpflblblb

Arthur. Elle vient de se souvenir. D'un coup, les meubles et les murs se déplacent autour d'elle, son lit valdingue de l'autre côté de la pièce, sa penderie Ikea est remplacée par Baba le Bahut, l'antique armoire au visage de vieillard. Ses repères s'entrechoquent pour donner naissance à une tout autre chambre. Ses lèvres s'étirent irrésistiblement.

La rumeur du petit-déjeuner s'entend depuis l'escalier. Ambre a calculé que si elle descend une marche sur deux en partant du haut, cela lui permet de sauter la quatrième, branlante et grinçante. Une fois en bas, elle jette un regard vers l'enfilade de droite. Grand-père est dans le salon, en robe de chambre, plongé dans *La Recherche*. Il est levé depuis longtemps déjà. Au fond, la bibliothèque resplendit. Prolongée par une véranda qui débouche sur une partie du jardin de la terrasse ouest, la bibliothèque est une pièce où l'on fait plein de choses, à part lire. On joue au Solitaire et au Démineur sur l'ordinateur, on fait la sieste, on travaille son violoncelle quand il n'y a personne. Elle s'appelle quand même *la bibliothèque* parce qu'elle regorge d'antiques ouvrages aux reliures rouges et dorées, que l'on ouvre pour en respirer l'odeur. Trois grands bureaux encadrés de chaises disparates, en paille ou en bois, certaines bancales ; les ordinateurs de Thierry et du Toche, sur lesquels ils travaillent à distance ; le vieux Macintosh de Grand-père, qu'il utilise en ce moment pour recoder des partitions de musique à l'aide d'un petit logiciel ; le portable de Frédérique, sur lequel Libette s'applique à dégommer les records de flipper, suscitant les protestations outrées de sa sœur aînée.

Ambre repart vers la cuisine. À table, Le Toche, Frédérique et Papa planifient les menus des semaines à venir. Ambre attrape une cuillère, fait *non* de la tête au Toche qui lui tend la cafetière, se remplit un bol de Chocomax et sort par la porte qui donne sur le jardin de la terrasse ouest. Papa lui lance depuis la cuisine :

— Et toi, Ambre, t'as une idée de quoi mettre sur la liste de courses ? Quels repas on pourrait faire ?

Ambre hausse les épaules et répond sans se retourner :

— Des céréales.

Papa secoue la tête.

— Merci pour ta contribution à la collectivité !

Jour deux des grandes vacances. Il semblerait que rien ne peut se passer à la Grineraie. C'est la maison de l'éternité, où l'on hume le parfum des enfances qui ne fanent jamais ;

où les objets restent les mêmes, à leur place, rassurants ; où l'on pêche les souvenirs, glissés dans chaque repli du placard, dans les coins d'étagères, sur l'égouttoir de la cuisine, sous le tapis plein de poussière. Le temps s'écoule et la Grineraie tient toujours debout, magistrale, archive des temps anciens qu'elle ressuscite chaque été comme si de rien n'était. Ambre a la sensation qu'il pourrait se passer n'importe quoi dans sa vie de grande ; elle pourrait être une femme d'affaires au sommet d'un gratte-ciel new-yorkais ou une activiste écolo militant au Pérou, la maison serait toujours là, point de repère au milieu du tumulte.

De l'extérieur, elle contemple, attendrie, les grosses pierres irrégulières qui composent le mur. La façade est trouée de petites fentes dans lesquelles quelques familles de mésanges ont élu domicile. Une volée de fenêtres et de portes rythme la maison de part en part. Ambre regarde sa montre. Il faut tuer le temps avant le déjeuner. Avant l'arrivée de Libette, la tante adorée, accompagnée par Thierry, le mari de Frédérique. Ambre savoure ses céréales puis s'engouffre dans la maison, son bol à la main.

— Grand-père ?

Grand-père, toujours dans le salon, lève son nez de *La Recherche*. Il dit *oui ma chérie*, et elle trouve cela rigolo, *ma chérie*, quand cela vient de ce monsieur respectable à barbe blanche.

— L'herbe dans le jardin elle est super haute j'ai vu, j'ai le droit de tondre un bout ce matin ? Tant qu'il fait encore frais.

L'autorisation de Grand-père dans la poche, elle court chercher la tondeuse dans la grange qui fait face à la maison. Elle est toujours un peu impressionnée quand elle y entre : le toit est haut, presque vertigineux, les outils s'accumulent dans un joyeux bazar. Au centre trône un grand canoë bleu et blanc que personne n'a jamais utilisé. Elle aime aussi la trappe de la pièce au fond de la grange, le secret le plus jalousement gardé des habitants de la Grineraie : une porte plate, quasiment invisible, qui ouvre sur un souterrain et mène directement à la cave de la maison, sous l'entrée. Quand ils étaient plus petits, avec le frère et les cousins, ils se donnaient pour défi de traverser sans paniquer le long couloir, qu'ils appelaient *le passage secret*. Ambre ne se rappelle pas avoir déjà réussi à y circuler sans accélérer le pas ; dès que l'un d'entre eux poussait le moindre petit cri, la terreur contagieuse les tirait vers la sortie et ils finissaient le trajet en courant. Même aujourd'hui, l'idée de ce tunnel sous ses pieds la fascine et l'angoisse en même temps. Elle récupère la tondeuse puis sillonne la pelouse dans un tintamarre assourdissant. Bonheur de la répétition et de l'éternel recommencement des choses. Quelque temps plus tard, elle essuie son front du revers de la main, contemplant son œuvre avec la satisfaction du travail bien fait, puis fonce vers le portail.

Libette ne devrait pas tarder. Aucune des rares voitures qui passent ne s'arrête pour tourner dans l'allée. Au bout d'un quart d'heure d'attente, Ambre rentre bredouille. Dans la cuisine, Le Toche prépare une tarte aux prunes pour le dessert. Ce n'était pas prévu au repas, mais cela occupe le temps. En deux secondes, grâce à son bagou de bonimenteur, il l'engage comme commis de cuisine et elle se retrouve à trancher les reines-claudes en deux sur du papier journal, frissonnant à l'idée de tomber sur un demi-ver. Dénoyauter des prunes est une activité poisseuse, mais avec les blagues de l'oncle rigolo, la tâche devient plutôt réjouissante. Ambre aime beaucoup Le Toche. Elle est triste, aussi, de ce qui lui est arrivé. Elle se dit qu'il ne mérite pas cela, que Le Toche c'est la bonté et l'innocence pure. Le Toche est justement en train de lui communiquer son dernier jeu de mots absurde quand Ambre l'interrompt avec ses questions sans rapport :

— Ça va comment, au fait ? Je veux dire, ça va comment la vie à Nantes, tout ça ? Depuis que… enfin depuis qu'y a plus Nadia ?

Face à l'évier, une prune dans la main, Le Toche interrompt son geste.

— Eh, depuis quand tu poses des questions aussi indiscrètes, toi ? Tu travailles pour *Voici* ? Je ne répondrai pas, même sous la torture !

Cette répartie refroidit instantanément Ambre. Tandis que Le Toche enchaîne avec *au fait tu sais pas la dernière*, histoire de recouvrir les vrais échanges d'une avalanche de mots sans relief, elle reste figée. En y réfléchissant, elle n'a jamais vu son oncle parler sérieusement. Chez Le Toche, on joue à rire, on anecdote, mais on ne se dit jamais vraiment les choses. La tarte finit par s'enfourner dans un silence gêné, rapidement coupé par l'arrivée de Frédérique.

— Dis donc, vous seriez pas dispo là maintenant ? On essaie de rentrer trois bûches pour Papa, euh, Grand-père, on veut bien d'autres paires de bras !

Le Toche et Ambre lui emboîtent le pas. Dans un coin du jardin, Papa a enlevé la bâche qui protège un gros tas de bois. Oscar et Raphaël s'affairent déjà pour rapatrier quelques bûches dans la grange, en prévision de l'hiver. (Arthur n'est pas là. Il *sort avec des potes*. Quels potes. Ambre n'a pas envie de savoir. Ni de se souvenir.) Pendant qu'elle tend les mains pour que Papa empile trois bouts de bois sur ses avant-bras, elle jette de nouveau un œil au Toche.

La conversation stérile qu'ils ont eue tout à l'heure continue de la contrarier. Elle a réveillé en elle une discussion bien plus ancienne, lors d'un séjour qu'elle avait passé chez Nadia et lui, à l'époque où ils étaient encore ensemble, tous les deux. Elle lui avait demandé *Maman elle ressemblait à quoi, tu l'as connue toi*, parce qu'elle était beaucoup trop petite à l'époque pour s'être forgé un souvenir d'elle autrement que par les albums photo et les récits des gens. Quand Maman était morte de sa maladie, Ambre avait quatre ans, Raphaël six. Quelques années plus tard, s'étaient ensuivies des séances régulières chez Françoise – Mme Tympaveille pour les adultes –, qu'Ambre appelait *la maîtresse où c'est nous qui parle*, et où Raphaël et elle avaient coulé des heures joyeuses à gribouiller avec des feutres multicolores. Pendant cette période, Ambre avait eu besoin d'informations pour savoir comment dessiner Maman sur les portraits de la famille qu'elle faisait à Françoise. En vacances chez Le Toche, elle avait donc posé la question, de but en blanc, entre deux bouchées de moussaka. La suite est assez floue ; elle se rappelle le regard fuyant de son oncle, le jeu du *je t'ai piqué ton nez*, et Nadia qui lui avait proposé de la resservir alors qu'elle en avait encore plein dans son assiette. Il faut croire que Le Toche fait tout pour fuir les sujets compliqués. C'est drôle comme ce n'est qu'en grandissant que l'on met le doigt sur les défauts des adultes, alors qu'ils étaient là tout du long.

— Ah bah dis donc, c'est le grand remue-ménage ici !

Ambre se retourne brusquement, manquant de peu le torticolis.

Libette !

Elle s'élance vers la voix, le cœur battant ; le pied gauche qui s'esquinte sur un caillou méchant. Elle atterrit dans les bras de la tante adorée. Entend résonner son grand rire en tourbillon, si réconfortant, si revigorant. Sa tante lui ébouriffe les cheveux. Papa, de loin, lance un gant de jardin sur sa sœur en guise de cadeau de bienvenue. Elle le lui renvoie en rigolant. Libette est la jumelle de Papa, qui sont les deux derniers de la fratrie – au-dessus, il y a Le Toche, et encore au-dessus, Frédérique.

Libette lui a manqué. Elle seule peut comprendre les ennuis, les tourments et les bonheurs défaits. Elle a gardé son esprit d'enfant, son grand sourire de tournesol à fossettes. Ses yeux sont toujours un peu masqués par les reflets de ses grandes lunettes. Elle fait penser à 'moiselle Jeanne, la secrétaire binoclarde et toute fleurie des *Gaston Lagaffe*. Mais en scrutant sa tante, Ambre remarque qu'aux pattes-d'oie près des paupières se sont ajoutés d'autres creux, en verticale entre ses sourcils. Elle est fatiguée, Libette, malgré ses grands mouvements pleins, son élan vers la tablée, ses accolades enjouées. Ambre ne lui a jamais vu cette ombre de lassitude.

Elle n'a pas le temps de s'y appesantir, car elle doit saluer le mari de Frédérique. Thierry aussi a légèrement vieilli. Ses cheveux grisonnent. En revanche, il a encore sa barbe de trois jours qui pique comme pas possible – Ambre lui fait prudemment la bise en grimaçant. Son oncle ne lui accorde pas un regard, il parle aux adultes uniquement :

— Dis donc, on s'est pris un de ces bouchons avant la sortie 57, c'était un enfer, un véritable enfer ! Un pauvre type qui s'est fait emboutir par un camion, ça a pris des plombes. Heureusement qu'on est bien dans la BM, un bonheur à conduire, et les sièges sont d'un confort… ! Enfin, je sais pas ce que t'en as pensé, Élisabeth, hein, mais…

Ambre est la seule à apercevoir le rictus ironique de Libette, et s'amuse de son *oui oui* blasé. Papa, qui s'est rapproché, lui murmure un truc à l'oreille ; elle pouffe et lui donne un coup de coude. En même temps que le déménagement du bois, ils envisagent de réorganiser la grange. Ambre regarde Raphaël demander à Grand-père à quoi servait tel ou tel outil rouillé, et Frédérique tendre à Oscar un vélo ancestral, sorti tout droit des années cinquante. Thierry s'est lancé dans une grande discussion avec Papa, et tente de le convaincre que le meilleur investissement en ce moment est dans le bâtiment – *la pierre* comme il dit. Papa a un regard neutre, concentré, mais Ambre sait qu'il n'en pense pas moins. Il n'est pas rare que les vacances en famille soient le théâtre d'affrontements entre les deux beaux-frères. Mais aujourd'hui est le premier jour, le jour des retrouvailles. On est encore trop content et poli pour se crêper le chignon au milieu des scies à bois. Le rangement, puis le déjeuner à l'ombre des pommiers, se déroulent sans encombre ni haussement de ton.

Jour deux des grandes vacances, donc. Un milieu d'après-midi qui s'étend, le soleil encore haut, les minutes qui s'égrènent, le souffle du vent qui semble s'être arrêté. Après le déjeuner, Ambre, Thierry et Grand-père ont sorti des chaises de la salle à manger pour les emporter le long du mur d'enceinte au fond du jardin, à côté de chez le voisin, *là où ça capte*. Ambre a mis les pieds dans l'herbe qui picote, les brins trop secs se sont glissés inconfortablement entre ses orteils, petit frémissement qui remonte le long de la jambe, l'ordinateur tanguant sur ses genoux, désarçonné. Ambre fixe les quatre mails qu'elle a reçus : deux spams, une newsletter du journal en ligne qu'elle lit parfois, et une lettre de la piscine municipale rappelant les nouveaux horaires d'été. Pas de nouvelles de Maud. Il faudrait qu'elle en prenne. Aucun contact, non plus, du garçon à qui elle avait réussi à donner son adresse à la fin de l'année scolaire. Tant pis. Il doit être comme les autres : s'investir beaucoup moins qu'elle dans les nouvelles rencontres. Et ici ? Elle pense aux filles de sa classe qui, début juillet, avaient lancé les paris sur les histoires de cœur qui auraient lieu durant l'été. Le concept d'amour de vacances suscite chez Ambre la plus grande des incompréhensions. Incompréhension théorique d'abord – comment peut-on s'attacher à quelqu'un le temps de quelques jours seulement ? –, pragmatique ensuite – comment, lorsque l'on passe ses vacances aux Vigneys, zone déserte par excellence, trouver qui que ce soit avec qui nouer pareil lien ? À part les potes d'Arthur – et elle n'a pas envie d'y penser –, elle n'a jamais croisé personne de son âge dans les environs. Personne qui en vaudrait la peine, en tout cas.

Ambre se prend à rêver d'un ailleurs possible, un monde parallèle où elle courrait à travers les vignes avec son âme sœur rencontrée à une fête de village. Ils se seraient repérés de part et d'autre de la piste de danse. Ils auraient critiqué le choix des musiques, se seraient réfugiés loin des enceintes trop fortes, loin de la foule en délire. Ils auraient passé la soirée à parler cinéma, se seraient rendu compte qu'ils avaient tous les deux adoré *Le Prénom* cette année, mais qu'ils lui préféraient les films de Cédric Klapisch, qu'ils partageaient un goût immodéré pour les histoires des gens et qu'ils pouvaient passer leur temps à imaginer les vies des convives, de loin, depuis leur cachette avec vue sur l'église des Vigneys.

Impossible.

Aussi vidée que sa boîte mail, Ambre rentre poser son ordinateur dans la maison. Alors qu'elle tire la lourde porte qui mène du jardin au salon, le petit cousin Oscar déboule.

— Ah cool, je te cherchais !

Ambre lance un regard perplexe au garçon qui se tient devant elle. Il a mis un tee-shirt avec des manches à rayures d'où sortent deux bras maigres comme des petits bâtons. Ses yeux sont remplis d'étincelles. Il se rapproche de l'oreille d'Ambre et met ses mains en cornet contre sa bouche. Elle se baisse pour écouter ses phrases essoufflées, chuchotées à moitié seulement :

— J'ai trouvé un truc de fou furieux, faut que tu voies ça. Mais vraiment t'es pas prête hein.

Tant d'enthousiasme. Oscar a déjà fait demi-tour et est reparti en courant par là où il est arrivé. Elle se rappelle cet âge où l'on se déplace uniquement en courant. Dans l'un des fauteuils près de la cheminée éteinte, Frédérique a levé les yeux et la regarde d'un air entendu par-dessus son *Nouvel Obs*. Ambre répond par un vague mouvement d'épaules. Une fraction de seconde de complicité.

— Allez, tu fais quoi là ?

La voix d'Oscar résonne depuis l'entrée. Quand Ambre le rejoint, il a déjà entamé la montée des escaliers. Il saute des marches et se déplace comme une grenouille, genoux pliés, pieds écartés. Un personnage de cartoon. Une fois en haut, il pile net dans le couloir qui mène aux chambres. Devant lui se cache une porte invisible, recouverte du même papier peint que le reste du mur. On ne la distingue que par une fine ligne sombre, qui en signale l'encadrement, et une poignée ronde dont Oscar s'empare d'un geste décidé. Ambre sourit :

— Oooh, dis donc ! Je ne savais pas qu'il y avait une porte à cet endroit même ! Ça par exemple !

Oscar se retourne et lui lance un regard assassin.

— Mais t'es débile ou quoi ?

Ils sont montés ensemble suffisamment de fois dans le grenier pour qu'il sache qu'elle se moque de lui.

La porte pivote sur ses gonds mal huilés dans un grincement d'outre-tombe. Un chaud parfum de paille s'échappe d'en haut. Devant eux, un escalier, en vérité plus proche de l'échelle, monte à pic dans la pénombre. Avec Arthur, il y a quelques années encore, ils jouaient aux noiraudes de *Totoro*, s'envoyant depuis le grenier des glands scintillants qui rebondissaient sur les marches jusqu'à atterrir dans le couloir.

Le grenier, c'est l'endroit où les parents vont étendre le linge – *les parents* : expression qui, prononcée entre cousins, désigne indifféremment tous les adultes présents dans la maisonnée. Là-haut, grâce à la température qu'il fait sous les combles, ça sèche à une vitesse folle. C'est aussi un lieu qui regorge d'objets inquiétants. Une année, Arthur avait déniché un effrayant masque de lapin blanc, deux trous béants à la place des yeux, dont le plastique rigide avait vieilli et se fissurait de part en part. Une autre fois, c'était Ambre qui s'était retrouvée nez à nez avec un landau des années 1900. Sous les draps se trouvait un baigneur dont la tête, affreusement façonnée, évoquait davantage le cochon joufflu que le bébé mignon. Les pupilles, écarquillées et sans vie, fixaient les poutres du plafond rongées par les mites. Après ces trouvailles angoissantes, Ambre n'avait plus souvent remis les pieds dans le grenier.

En haut, Oscar se saisit d'une lampe de poche qu'il a laissée sur le plancher. Ambre jette un œil à la pièce sous les combles, où les draps suspendus réfléchissent la lumière du soleil.

— Une lampe de poche, carrément !

Le petit cousin ne répond pas. Il se contente d'allumer la lampe et d'avancer dans le grenier. Les planches craquent sous leurs pas. Ils marchent prudemment, plongés dans la chaleur épaisse, traversent la forêt de linges blancs, spectres immobiles qu'ils contournent avec soin – ne jamais déranger les fantômes qui dorment. Sur la droite, en dessous d'une fenêtre, le landau est encore là. Ambre frémit. Soudain, Oscar bifurque à gauche, s'enfonçant dans un recoin sombre.

— Fais attention à ta tête.

Sur ses talons, Ambre franchit le passage. Elle n'aurait jamais cru qu'il restait un endroit qu'elle ne connaissait pas dans ce grenier. Ses pupilles se dilatent dans l'obscurité. Son cousin remonte la lampe torche : c'est une lampe à dynamo, qui faiblit quand elle n'est pas alimentée. Ambre sent l'agitation dans ses doigts, le débordement d'énergie dans sa petite main. Quand il relève enfin le faisceau lumineux, les contours d'une nouvelle salle se dessinent peu à peu. La hauteur de plafond est similaire à celle du reste du grenier. Aucune fenêtre ne troue le toit, mais on aperçoit une petite ouverture entre les poutres. Serait-ce l'antre de la chouette, celle des bruits sourds de la nuit ?

Ambre est muette de stupéfaction. L'ouverture de cette pièce inédite provoque chez elle un nouvel ébranlement. D'ici, ils doivent surplomber la chambre du Toche, elle-même au-dessus de la cuisine. Le son du violoncelle de Libette, à l'autre bout de la Grineraie, n'est plus qu'un lointain murmure. Y en a-t-il d'autres, des pièces secrètes que l'on ne déniche que par hasard, au bout de nombreuses années ? Le faisceau d'Oscar se dirige vers le sol. Au pied de la charpente, bien rangés, des cartons empilés, quelques valises et malles. Ambre remarque une pile d'ouvrages empoussiérés, en saisit un. Un manuel scolaire. *Mathématiques, première C*. Sur la première page, une écriture appliquée indique : *Xavier Gréniat*.

— Oscar, c'est énorme ! C'est un manuel de Papa.

L'enthousiasme d'Ambre se transforme rapidement en déception. Son sentiment de défricher une jungle sauvage se décompose. Les adultes savent ; c'est ici que Grand-père ou Grand-mère ont stocké les affaires d'école de leurs quatre enfants. Un peu plus loin, Oscar se saisit d'un cahier à petits carreaux. *Patrick Gréniat, CM1, cahier de poésie*. Il s'esclaffe devant le dessin maladroit qui illustre la page de garde : un corbeau ébouriffé perché en haut d'un arbre, camembert au bec. Ambre a du mal à imaginer Le Toche en primaire. Il faudrait retrouver des photos de classe. Elle fait part de son idée à Oscar, qui se met à farfouiller de plus belle, toujours à la lueur de la lampe torche. Petit à petit, ils trouvent d'autres cartons, consacrés à Frédérique et Élisabeth Gréniat.

Mais aucune photographie ; simplement des manuels et des cahiers impersonnels.

Soudain, derrière leur dos, un bruit. C'est furtif, de petits pas sur le parquet. Oscar se retourne d'un coup et braque la lumière vers le coin opposé du grenier. Une boule de poils gris se faufile le long des poutres, tout effrayée. Peut-être un loir, ou une musaraigne. Elle fait une course de quelques mètres avant de s'éclipser dans un minuscule trou à travers le plancher, rejoignant son monde parallèle fait de couloirs et de recoins. En face d'eux, apparue dans le faisceau de la lampe, une masse plus volumineuse attire l'attention d'Ambre. Une masse informe, inerte, recouverte d'un tissu clair.

— C'est quoi ce truc ?

Oscar se rapproche de l'endroit. Le parquet émet des grincements aigus. Sa lampe de poche faiblit. Il proteste, s'agite pour la recharger. La lumière revient, précise, presque aveuglante. Oscar n'est pas serein.

— Tu veux pas soulever le drap ?

Ambre saisit le tissu clair du bout des doigts. Lentement, le drap laisse apparaître un grand pavé en bois peint découpé en cases regorgeant d'objets miniatures. Les deux cousins se penchent dans la pénombre. C'est une maison de poupées. Une maquette, délicatement ouvragée, figurant des petites pièces, des escaliers, des entrelacs de couloirs et de portes. Pêle-mêle, un amas de petits meubles, tapis, vaisselle, livres, peuplent les pièces. Beaucoup sont renversés, sens dessus dessous. La maison semble avoir été manipulée brutalement et entreposée ici à la va-vite, sans que personne ait pris le temps de redisposer ces trésors de finesse. Oscar se saisit d'un petit objet :

— Regarde comment c'est hyper bien fait !

Mais Ambre ne regarde pas ce qu'il lui montre. Elle est concentrée sur autre chose. Bouche bée, elle détaille l'agencement des pièces, le relief des murs et des fenêtres. Ce n'est pas possible. Elle connaît déjà cette maquette par cœur. Ici, l'entrée avec son escalier en colimaçon ; à droite, la salle à manger, suivie de la cuisine ; à gauche, le salon, enchaînant sur la bibliothèque et sa véranda. À l'étage, le couloir des chambres. Tout en haut, le grenier, dans lequel ils se trouvent. Une reproduction de la Grineraie ?

— Ambre, regarde ! C'est ouf !

Ambre tourne la tête, la bouche toujours ouverte, et s'intéresse enfin à ce que son petit cousin tient dans la main. C'est une armoire rustique, aux ornements sculptés dans le bois.

— Tu reconnais pas ? On dirait Baba le Bahut !

Un visage se détache au-dessus des deux portes. Dans l'ombre, Ambre reconnaît ses traits bienveillants, ses rides de vieillard et sa barbe en bouc. Son cœur se met à cogner contre ses côtes. Elle se tourne vers Oscar :

— C'est trop bizarre qu'ils nous aient jamais montré ça, les parents, non ?

Oscar trouve aussi. Il propose qu'on redescende la maquette dans le salon. Qu'on lui mette un coup de chiffon à poussière et, pourquoi pas, un peu de peinture. Qu'on dispose les meubles à leur place originelle. On connaît la maison par cœur, ce ne sera pas difficile.

La maquette est plutôt légère, mais trop massive pour être portée à deux mains. Oscar met le cordon de la lampe autour de son cou et s'empare d'une partie de l'objet. Ils trébuchent tous deux sur le parquet couineur. Une fois parvenus dans la partie connue et lumineuse du grenier, l'autre paire de manches est de passer l'escalier. Ils y parviennent maladroitement. À l'intérieur, les meubles et objets miniatures brinquebalent dans un tonnerre de cliquettements. Une fois en bas, ils longent le couloir en velours bleu, descendent le colimaçon dans sa cage surchargée d'affiches anciennes, traversent l'entrée et débouchent dans la salle à manger.

Le Toche y feuillette pour la millième fois *Tintin et l'Étoile mystérieuse*. Il se lève en entendant l'agitation des deux cousins. Oscar éclate :

— C'est un truc de fou ! Tu nous avais pas dit que vous aviez la Grineraie en petit !

Le Toche fixe sans comprendre la maison miniature qui se tient sous ses yeux, puis se rapproche pour admirer la minutie de l'ouvrage. À la lumière du jour, on perçoit mieux les finitions des fenêtres, les fausses pierres des murs, les plinthes et les corniches.

— Ah mais ouais c'est dingue, c'est super bien fait ! C'est la Grineraie, ça, t'es sûr ?

— Comment ça, *t'es sûr* ? Tu reconnais pas ?

— Mais je l'ai jamais vue, moi, cette maquette ! Vous la sortez d'où ?

Ambre et Oscar échangent un regard éberlué. Ils lui racontent la partie sombre du grenier, le tissu clair. Le Toche sourit :

— Allez voir Papa, enfin je veux dire Grand-père. Après, ça m'étonnerait que ça vienne de nous. Quand il a acheté la maison, ça faisait un bout de temps que j'étais parti, j'avais vingt et quelques années. Fred pareil, avec deux ans de moins. Je sais plus si on avait déjà fini la fac ou quoi ou qu'est-ce, mais en tout cas on était sevrés. La Grineraie, on y est allés vite fait en vacances, mais pas au point où on aurait eu le temps de passer des semaines sur une maquette en bois. Parce que ça a l'air d'être un gros chantier, hein ! En plus, non mais c'est pas le genre. Tu vois Papa bricoler ? C'est pas nous ça, hein. Enfin, va voir avec lui, ou même Xavier et Libette, ils étaient plus jeunes, eux, ils avaient une quinzaine d'années, par là. Mais bon, moi j'y crois moyen.

Ambre tombe des nues. Dans son esprit, la Grineraie est intimement liée à la famille. Elle a su que Grand-père et Grand-mère en avaient fait l'acquisition sur le tard, mais elle avait enfoui cette idée quelque part au fond d'elle, sans se rendre compte de ce qu'elle impliquait. Elle s'est toujours imaginé son père, Libette et les aînés batifoler au milieu des pommiers acides de la terrasse ouest, jouer comme elle à compter les navires sur le papier peint de la chambre du Toche, écouter Grand-père leur lire *La Vache orange* en regardant les images. Papa n'a jamais vécu dans la maison petit. Papa l'a *découverte*. Elle lui imagine un visage adolescent ; elle gomme les rides, lui donne un menton indéfini, des traits ingrats. Elle le voit sur le perron de la Grineraie un jour venteux ; se figure son expression perplexe devant cette maison dont il ne connaît rien. Papa a toisé la façade en lierre, les vieilles tuiles en terre cuite, les fenêtres dépolies. Il a traversé des pièces qui ne signifiaient rien pour lui. Il s'est pris les pieds dans la quatrième marche de l'escalier, celle qui grince. Il s'est perdu, peut-être. Il a oublié l'ordre des pièces à l'étage ; il lui a fallu revenir sur ses pas, ouvrir et fermer des portes jusqu'à trouver la bonne chambre. Il a dû apprendre la place de chaque interrupteur. Il a été surpris par le gémissement de certaines armoires. Il s'est cogné le coude contre l'étagère de la salle de bains. Plusieurs fois. La Grineraie, qui fait intimement partie d'Ambre – la Grineraie lui était étrangère.

Sans plus attendre, elle court voir Grand-père, Oscar sur ses talons. Elle le trouve dans le jardin, en pleine bataille avec le barbecue – un tas de briques qui s'écroule régulièrement, au centre duquel on jette quelques morceaux de charbon. Des années que Thierry se propose de lui offrir *un vrai barbecue digne de ce nom parce que là c'est ridicule*, mais cela se voit qu'il n'est pas vraiment de la famille, Thierry, il n'a pas cette appétence pour le bric et le broc, pas ce goût des choses mal faites, des machins qui branlent et qu'on ne veut pas changer, par inertie, par pingrerie peut-être.

— Grand-père, tu peux venir voir ?

Grand-père se redresse lentement. Son dos lui fait mal. Il n'aurait pas dû rester plié en deux aussi longtemps. Il dit qu'il devient un vieux con, qu'il va falloir qu'on le jette à la poubelle. Ses yeux forment deux fentes rieuses derrière ses lunettes sales. Sa barbe blanche laisse apparaître un petit sourire. *Un vieux con.* Grand-père a cette manière à lui de sortir des expressions qui jurent avec sa retenue bourgeoise. Grand-père dit *entendu* par SMS au lieu d'un simple *OK*, il n'oublie pas de mettre un point après le *entendu* pour le rendre encore plus solennel, il n'a pas compris que les jeunes mettent des points d'exclamation ou laissent du blanc pour éviter la froideur du message écrit. Grand-père dit *entendu* par SMS, par contre il demande *qu'est-ce qu'on va faire à bouffer* et soutient qu'il est un *vieux con*. Oscar et Ambre l'ont entendu cinquante fois tenir le même discours.

— On te jettera à la poubelle quand ce sera le moment, mais là on a besoin de toi ! On a trouvé un truc dans le grenier.

Le Toche est encore dans la salle à manger. Il s'est mis à inspecter quelques-uns des petits objets qui peuplent la maquette.

— Vous avez raison, c'est totalement la Grineraie ! Tout y est, enfin quasi, la salle de bains est bizarre, mais sinon c'est complètement dingue, y a le papier peint aux bons endroits, y a même l'affreuse peinture à fleurs roses de la chambre de Libette. Et regardez le couloir des chambres, le tapis bleu était déjà là ! T'as vu, Papa ?

Grand-père réajuste ses lunettes de sa main tremblotante et se penche sur la maquette. Après plusieurs secondes d'inspection, il finit par sortir de son mutisme.

— Ah oui ! C'est curieux ! C'est très curieux ! La Grineraie en miniature. Vous avez vu le perron de l'entrée ? Très ressemblant, hein ?

Ambre se racle la gorge :

— Donc t'as jamais vu cette maquette.

Grand-père se tourne vers elle, étonné :

— Non ! J'aurais dû ?

— On pensait que c'était Grand-mère et toi qui l'aviez faite. Avec Papa et Libette.

— Absolument pas. Je suis tout aussi surpris que toi de la trouver là.

— Mais qui l'a construite, alors ?

— Ah ben ça, je l'ignore. Les anciens propriétaires ? Le travail du bois est assez admirable, j'imagine qu'il fallait le bon tour de main. Ils l'auront peut-être commandée à un artisan du village ?

— Tu les connais pas, les anciens proprios ?

Nouveau silence de Grand-père. Il fouille dans sa mémoire. Le Toche renchérit :

— T'avais pas dit qu'ils avaient un nom allemand ? J'ai un souvenir vague comme ça.

— C'est pas impossible.

Grand-père se plonge de nouveau dans ses pensées, avant de répéter :

— C'est pas impossible, mais tu sais, c'est ta mère qui a pris les devants sur cette histoire. C'est elle qui s'est occupée des papiers, de la vente… Moi je travaillais beaucoup à ce moment-là. Reiner, Reisser… Oh, je pourrais retrouver. Il suffit de regarder les papiers de la maison. Cela dit, je me souviens bien que les propriétaires n'habitaient pas à la

Grineraie quand ils nous l'ont vendue. Je ne sais pas s'ils y avaient déjà vécu, d'ailleurs. Ils vivaient en Allemagne, quelque chose comme ça. Je me rappelle un homme assez grand et rigide. Mais la signature des papiers n'a pas duré assez longtemps pour que j'en aie un véritable souvenir, et c'était il y a des dizaines d'années.

— Et les habitants précédents ?

C'est Ambre qui a parlé, d'une voix fébrile. Depuis tout à l'heure, elle sent une boule d'émotions monter dans sa gorge sans vraiment en saisir les contours.

— Je les ai pas connus. Nous nous sommes croisés. Mais la maquette est peut-être datée ? Il faudrait la décrasser un peu, la ranger, on trouvera bien une inscription quelque part.

Oscar acquiesce, tout enthousiaste, et part avec Grand-père chercher de quoi nettoyer la maison. Ils passent près d'une heure à dépoussiérer chacune des pièces et des petits objets. Pendant ce temps, adultes et enfants défilent dans la salle à manger, admirant la fidélité de la construction. Ambre répond peu aux discussions qui se tiennent autour de la maquette. Elle est plongée dans ses contemplations.

La découverte de la petite Grineraie la bouleverse. Avec la maquette, il lui semble toucher du doigt la présence dérangeante de ce prédécesseur ; il lui semble qu'il est là, derrière les ombres des fauteuils, derrière les portes ouvertes ; qu'il essaie de lui susurrer quelque chose. Quelqu'un a habité ici avant eux. C'est une idée normale, naturelle. Tout le monde a habité avant tout le monde, dans les vieilles maisons. Alors qu'est-ce que cet ébranlement qui la prend aux tripes ? Une forme de jalousie ? Une dépossession de soi ? Autour d'elle, la Grineraie paraît légèrement altérée, comme dédoublée. Ce refuge familial, profondément intime, profondément ancré en elle, a été partagé par un autre *soi*. Cet autre a eu des idées, des vécus, des envies. Il a porté un regard sur la maison. Un regard différent, parcouru de significations inconnues. Il y a été attaché au point de la reproduire, en miniature, sur ce plateau en bois. Il y a mis tout son art, sa patience. Il y a mis du soin. Il a connu Baba le Bahut, le vieillard de l'armoire ; il a connu le papier peint des chambres, le tapis en velours bleu du couloir. Qu'est-ce qu'il a connu d'autre ?

*

*   *

Les Vigneys, dimanche 25 juillet

Comme si
On entrait dans l'hiver
Temps maussade de chez maussade, brouillard duveteux, nuages gluants de gris. Contemplations mornes, vissé dans le fauteuil – je ne sais pas comment je vais pouvoir en sortir un jour.
C'est morne d'être aux Vigneys quand on a seize ans
C'est pas un village pour les jeunes ça
Parfois j'ai l'impression d'être vide vide vide
C'est donc ça l'adolescence ?
Ou c'est juste ta mort sur la conscience ? Ma Suzanne

Dimanche papier peint avec le paternel.
Chambre à carreaux bientôt terminée.
La tête de nos petites sœurs, Marie et Gabrielle, quand elles vont voir ça : j'ai hâte.
Marie ses cauchemars ne se sont pas éteints
Elle passe son temps à réveiller sa sœur.

C'est lourd pour elle d'être dans ta chambre, ma Suzanne. Gabrielle a moins de souvenirs de toi ; ce n'était qu'un bébé. Elles sont heureuses, toutes les deux, de déménager.

Souvent je pense au goût qu'aurait la vie si tu étais là. Si tu ne m'avais pas laissé seul avec les petites. Tu sais comment elles sont, dans leur bulle en fusion, toute la journée ensemble. Des quasi-jumelles.

Passé le dimanche à fixer les carreaux enchevêtrés sur le mur de la chambre, ma brosse à encoller à la main.
Après des centaines de jours à poncer et lisser, je commence à entrevoir la fin des travaux.
La ruine a disparu sous le vernis, le plancher du couloir du haut est empruntable et flambant neuf, cinq nouvelles pièces ouvertes et habitables, deux autres à terminer.
Un vrai palace, tu verrais ça.

Un jour, le propriétaire jettera un œil à nos années de labeur
Il se plaindra de ce qui n'a pas été fait dans les règles de l'art
Se dira qu'il aurait pu nous demander un loyer plus élevé
Oui, le crépi est hasardeux par moments ; oui,
elle est comme ça, la maison,
brinquebalante, imparfaite, attachante.
Il ne relèvera pas les petits détails fignolés par nos soins
les quarts-de-rond rabotés pour épouser la forme
les coins d'étagères dans le placard du haut
Triste mais comme ça.

Aussi :
hier j'étais à la fête de Louis
Je ne sais pas si je veux en parler
j'ai cette angoisse qui tape contre mon crâne.

Je me rappelle leurs têtes hilares
leurs regards à travers les décibels,
les ondes qu'ils avaient l'air de partager ;
les conversations sans fond, juste pour meubler le vide
le Claude François dans les enceintes (au secours)
Et puis cette impression de me perdre parmi les mille personnes,
parmi la masse qui s'enserrait tout contre moi
Seule la lumière était belle, des nuances orangées et chatoyantes,
qui se reflétaient dans les vitres et les yeux des garçons

Jeanne ne se ressemblait pas, pendue au cou de ce Charles dont je n'avais jamais entendu parler avant
Elle m'a vissé un verre dans les mains en début de soirée puis est partie m'ignorer.
Je me rappelle son attention que je ne parvenais pas à capter, ma main levée comme celle d'un noyé en devenir, ligoté fagoté dans les mailles embrouillées du filet et les gens qui me disent, mais danse, bois, décoince-toi un peu.

Ce n'est pas possible, tu les connaissais, ces gens, toi ?
Tu aurais profité de cette soirée triste, tu serais allée danser avec Jeanne et les autres ?
Est-ce moi qui suis trop jeune, encore
Je me sens terriblement petit quand les autres s'amusent de choses que je ne comprends pas.

Je me suis forcé à finir un verre puis un autre. Je ne sais pas ce que je cherchais : une contenance, une occupation, de l'oubli peut-être.
Au bout de quelques minutes (quelques heures ? quel ennui), je titubais de salle en salle sans savoir où me mettre.
Tout avait viré au glauque : les couples collés ensemble derrière les portes entrebâillées, ceux qui sortaient rendre tripes

et boyaux dans l'herbe du jardin, les dandinements des autres, chancelants, près des haut-parleurs.

J'ai essayé une ultime fois d'aller chercher Jeanne,
qui m'a dit détends-toi
qui m'a dit je veux rester toute la nuit s'il le faut,
qui avait les yeux qui louchaient dans le vide et un sourire que je ne lui connaissais pas.
La Renault qu'elle avait piquée à son père était garée devant la maison. Je ne voulais pas conduire sans permis, aucun de nous deux n'était en état.
J'ai entamé les négociations pour qu'elle rentre à pied avec moi.
J'ai parlé de son père et de son regard le lendemain
j'ai parlé de Charles et de ne pas prendre de décisions hâtives.
Elle a fixé un point sur mon cou comme si elle voulait m'étrangler
m'a dit de foutre le camp espèce de rabat-joie

Est-ce que je lui ai baragouiné quelque chose avant de partir
Un je me taille lancé par-dessus bord ?
Est-ce que j'aurais dû insister
Suzanne
Peut-être que tu aurais pris soin d'elle comme l'amie que tu étais
peut-être que tu aurais su choisir les mots et les intonations

En face c'était la forêt de Doumes. La forêt des balades et des pique-niques du dimanche. Une grosse forêt velue dans laquelle se tapir.
Le silence et la paix !
J'étais comme Croc-Blanc loin de sa meute. J'avais envie de me tapir jusqu'à en oublier la vie civilisée.
Puis je suis rentré à la maison

Bon
Je ne sais même pas si écrire me fait me sentir mieux
Qu'est-ce qui cloche chez moi

Chapitre 3
Quoi faire dans la vie

SANDALES DE MARCHE ENFILÉES, crème solaire presque étalée. Ambre adore l'odeur de la crème ; c'est chimique, étourdissant comme les vagues pleines de sable et les bosses au bord des pistes rouges. Les volontaires pour l'aventure sont au nombre de six : Libette, Raphaël, Ambre, Oscar, Grand-père et Le Toche, paré de son *chapeau de vieille dame* – on se moque toujours de lui et de ses bobs raplapla, mais il explique à qui veut l'entendre qu'il n'a que faire de la mode. Papa, Frédérique et Thierry sont restés travailler. Arthur est *en ville*, il dit ça alors qu'il est simplement sur la place du village. Pas de repas à préparer pour le déjeuner non plus : les promeneurs sont chargés de récupérer des cakes salés à la boulangerie de Chanayres, point d'horizon de la balade.

La maquette de la Grineraie trône sur la table de la salle à manger dont on ne se sert jamais. Oscar et Grand-père ont tourné et retourné la maison miniature dans tous les sens : aucune inscription, aucun indice sur sa date de création. Ambre voudrait la contempler encore ; lister les différences entre la petite et la grande Grineraie : les meubles disparus, les rideaux changés, les décorations encore absentes. Méditer sur la personne inconnue qui l'a façonnée. Sur les vies avant la vie. Ce sera pour plus tard.

Le petit groupe se met en route. La rue sinusoïde doucement avant de rejoindre une ruelle plus étroite, subtilement baptisée *les Champs-Élysées* par le Toche. Autour d'eux, des maisons sans charme en crépi gris. Comme dans beaucoup de ruelles de petites villes, le trottoir est inexistant. Quand une voiture passe, on se range contre l'un des murs aveugles et on lorgne le siège conducteur et la plaque d'immatriculation, prêt à esquisser un salut poli s'il s'agit du voisin ou du maraîcher du village. Quelques dizaines de mètres encore, et Ambre aperçoit le panneau barré *LES VIGNEYS* annonçant la fin de la limitation à 50 km/h et le début de la *wilderness*. Le groupe bifurque à droite, empruntant un sentier entre les champs de maïs. Chemin de terre et de graviers, deux parties beiges séparées par une langue de verdure. Ambre savoure la chaleur du soleil sur sa peau mate, le frôlement des herbes hautes, un peu sèches et craquantes. Un vent tiède fait bruisser le tissu de son pantalon. Au-dessus des têtes, le bruit des oiseaux inconnus.

— Ça va ma cocotte ?

Libette l'a rejointe sur le chemin. Qu'est-ce qu'elle aime cette voix, claire, rassurante, un peu nasillarde. Devant, Le Toche tente de faire gober à Oscar des histoires invraisemblables. Loin derrière, Raphaël et Grand-père discutent de lois physiques. Grand-père avance lentement, avec sa canne ; on l'attend avec déférence, on marche à son rythme. Ambre dit que oui, ça va, que c'est bien les vacances. Machinalement, elle attrape un brin de luzerne, qu'elle appelait *du blé d'avoine* quand elle était petite, qu'elle récoltait par brassées, *pour donner aux chevaux*, ce qui faisait beaucoup rire les parents.

— Et qu'est-ce qui s'est passé de beau depuis mai ? Raconte-moi.

Début mai, Libette était venue passer le week-end à Toulouse, rendre visite à sa nièce autant qu'à Xavier, son frère jumeau. Ils avaient longuement échangé leurs pronostics sur les chances de Hollande au deuxième tour, mais Ambre avait fini par abréger la conversation, frustrée de ne pas encore pouvoir voter.

— Ça va, c'est passé vite la fin d'année. C'est presque bizarre, la manière dont ça s'est terminé, comme ça, d'un coup. On a quand même eu des vacances avec les gens de la classe, mais pas d'adieux larmoyants, rien ; puis ça m'a rien fait de les quitter en fait, je les ai jamais trouvés sympas. En vrai, pour l'instant, je suis assez contente d'en avoir fini avec le lycée. Je me sentais pas trop bien, là-bas. Et puis ce truc de *préparez-vous au bac*, le côté on pense qu'aux notes qu'on aura aux exams, ça me pesait un peu.

— Tu m'étonnes, l'angoisse, un peu, non ?

Ambre sourit. Elle aime bien la façon de parler de Libette, on dirait qu'elle n'est jamais vraiment sortie de l'adolescence.

— Non mais c'est vrai, on fait toute une histoire avec les bulletins scolaires, les diplômes, les exams, l'orientation. Y a pas que les notes dans la vie, ce qui compte c'est : est-ce que t'es heureuse et intéressée dans ce que tu fais. Pas : est-ce que t'as eu une mention.

— Tu leur dis ça à tes élèves aussi ? J'adore !

Oui, elle leur dit ça. Libette est prof de musique en collège, et les évaluations, elle les fait quand elle a le temps ; elle a toujours trouvé absurde d'attribuer une note à l'expression artistique de chacun. Chez elle, hors de question de dégainer ces affreuses flûtes en plastique achetées une poignée d'euros dans les supermarchés du coin, ou d'ânonner ensemble un tout aussi médiocre *Vois sur ton chemin* ; chez elle, on analyse Pink Floyd, et elle crie avec tellement de conviction sur les élèves qui disent que c'est has been qu'ils finissent par trouver ça génial. Elle se laisse entraîner dans les bavardages de ses petits protégés, jouant le rôle de la psychologue du collège en même temps que celui de la prof de musique, ils lui disent *madame vous êtes belle* quand ils arrivent en classe et qu'elle a un nouveau chemisier.

— Et ta nouvelle vie d'étudiante, là, tu l'envisages comment ? T'es contente ?

— À fond, j'ai déjà beaucoup trop d'idées en tête.

— Des idées ?

— Ouais…

Ambre a commencé une liste pour *ses années* à la fac. Peut-être que, quand elle la relira dans quelques années, elle la trouvera naïve. Dedans, en vrac : *trouver un job étudiant (ex : serveuse dans un restaurant ou baby-sitter)*, *apprendre à cuisiner des pizzas maison*, *aller aux soirées salsa avec Maud*, *faire du bénévolat dans une asso (ex : Greenpeace, chercher comment ils recrutent sur Internet)* ou *un jour avoir mon propre appartement et faire une table basse en palette (cf. tuto)*. Elle ne raconte pas tous ces petits rêves à Libette, elle lui confie simplement qu'elle aimerait bien partir un jour de chez Papa comme Raphaël, mais que, pour l'instant, elle est contente de pouvoir y rester un peu. Sa tante lui demande comment elle se projette dans la licence d'anglais qu'elle entame à la rentrée. Ambre est surexcitée à l'idée de découvrir de nouvelles spécialités. Ce qui était auparavant regroupé en une seule matière se décompose en une palette de petits horizons : *Littérature anglaise à l'ère victorienne* ; *Linguistique* ; *Ethnicité et pouvoir aux États-Unis dans les années 1960-1970*. Elle a l'impression qu'elle va débarquer dans une nouvelle dimension. La grande vie, au milieu de dizaines et dizaines de rangées de livres de bibliothèque, à se passionner pour des sujets poussés et méconnus, à chercher un ouvrage tout en haut d'une étagère, tellement haut qu'il faudra prendre une échelle exprès.

Ambre n'a jamais vraiment compris pourquoi elle s'est passionnée pour l'anglais alors qu'elle a enchaîné les professeurs infernaux. Il y a eu Mme Barribance, sixième et quatrième, appliquant les méthodes classiques sans une once de passion dans la voix, accent français à la clé, *nao everyone opens zeir book on page seventy-for*, mais qui avait tout de même fait l'effort de proposer, pour le goûter de fin d'année, des muffins décongelés à la marmelade. Il y a eu Mme Peters, au lycée, surexcitée et paranoïaque, qui, avec son énergie communicative, finissait par rendre sa classe hystérique. Au milieu, quelques autres dames qui se contentaient de faire ingurgiter les verbes irréguliers et passaient des films en VO sous-titrée la veille des vacances de Noël. Mais les yeux d'Ambre s'éclairaient à la vue de ces règles de grammaire, de ces accents toniques et des pages *Civilisation* de ses manuels d'anglais ; elle dévorait tous les imaginaires du monde anglophone sans faire de tri, et Thanksgiving, les *afternoon teas*, Charles Dickens, les *jacket potatoes* et les primaires démocrates se mélangeaient dans sa tête comme autant de souvenirs qu'elle n'avait jamais vécus, mais qu'elle rêvait de toucher du doigt.

Libette lui dit que c'est génial de la voir aussi passionnée. Qu'elle aurait aimé, à son âge, connaître son domaine de prédilection. Elle a gardé son air rieur, mais ses yeux sont moins brillants qu'avant. Comme s'ils avaient perdu l'étincelle qui les habite habituellement. Alors Ambre ose, vingt-quatre heures qu'elle s'interroge, elle peut bien lui demander :

— Libette, t'as l'air un peu fatiguée en ce moment.

Élisabeth sourit à la question d'Ambre.

— Tu m'étonneras toujours, avec tes questions. Tu sais que moi, à ton âge, je me fichais pas mal de ce que ressentaient les adultes ? C'est marrant.

— Ça répond pas à mon truc.

— C'est vrai. Je pense que c'est un peu de tout.

— Un peu de tout… ?

— La routine, les élèves que j'adore, mais qui ne sont pas ma vie non plus, mon petit appart à côté du collège qui fait que je ne sors pas beaucoup de chez moi parce que c'est la banlieue, je pourrais au moins avoir un jardin, mais même ça, peut-être que ça me suffirait pas. Des fois je me dis que j'aimerais changer de vie. Si tu veux les choses cash.

Ambre tombe des nues. Elle a tellement l'habitude de voir la joie dans les yeux de Libette quand elle parle de ses élèves qu'elle imaginait que cela suffisait à la combler. Même quand on est grand, la vie n'est donc pas une série d'accomplissements sereins. Libette remonte ses lunettes. Elle n'a pas terminé.

— J'ai l'impression que ça me convient pas en l'état, mais je sais pas ce qui pourrait rendre les choses mieux. Qu'est-ce qui me manque, en fait ? Et c'est pas un amoureux dont j'ai besoin, si tu voulais poser cette question-là !

— Je voulais pas poser cette question-là. C'est Frédérique qui pose cette question-là, pas moi. Moi je te trouve mieux comme ça qu'avec un mari et des enfants. T'es moins ennuyante.

Le rire de Libette est communicatif. Il signe aussi la fin de la discussion, pour le moment : devant elles, Chanayres ouvre ses portes, cossue, chaleureuse, accueillante. Derrière le mur d'enceinte, l'historique auberge de la bourgade campe sur ses positions. Murs de brique striés de colombages, petite tourelle m'as-tu-vu, fenêtres aux verres teints et dépolis. Au-dessus de l'entrée trône une pancarte délavée où l'on déchiffre encore, en blanc, les lettres *Chez Joffrin* – il manque le *n*, on le devine juste. La pancarte est d'un bleu fade qui a dû, dans le temps, contraster avec l'ocre vif du bâtiment. À côté des nombreux autres commerces qui ont mis la clé sous la porte, l'auberge se porte bien. La terrasse est bondée, les tables en plastique blanc couvertes de cafés et de croissants au beurre. Près d'Ambre, un couple de sexagénaires surveille du coin de l'œil les dessins du petit-fils sur la nappe en papier.

Le petit groupe s'est amassé sur la place : Grand-père a lu récemment *un bouquin assez remarquable sur les fondations de Chanayres en douze cent un*, dont il entame un compte-rendu. Ambre se rapproche pour l'écouter. Quand il dit *remarquable*, Grand-père ne prononce pas toutes les syllabes ; il saute par-dessus le *e* de *rem*, ça donne *r'marquable*, et ça sonne tout doux aux oreilles d'Ambre. Elle le voit s'illuminer au fil des histoires qu'il raconte, elle trouve incroyable la façon dont son visage s'anime derrière sa barbe de broussaille. De sa main frémissante, il guide les regards le long d'une façade toute cabossée, soulignant tel ou tel détail architectural insolite, montrant comment plusieurs périodes se côtoient dans cet enchevêtrement de styles, d'ajouts et de suppressions successifs.

Les promeneurs déambulent encore quelque temps. Oscar, en tête de cortège, a décidé de quadriller avec méthode l'intégralité des ruelles pavées de la vieille ville. L'une d'entre elles, étroite et sombre, suscite des réactions. Le Toche dit que ça sent le coupe-gorge et conseille à tout le monde de se méfier des brigands éventuels. Libette remarque :

— *Rue Étroite*, y a marqué, j'adore. C'est dingue, je crois que je suis jamais passée par là !

Grand-père est également de cet avis.

— Je ne sais pas si j'y ai déjà mis les pieds non plus. Comme quoi, même dans les villages qu'on croit connaître par cœur, on découvre toujours quelque chose.

Ambre médite cette pensée. Elle visualise la deuxième partie du grenier, découverte hier avec son petit cousin. Alors qu'ils parviennent au bout de la ruelle, Raphaël tend le doigt.

— Regardez, ça a l'air génial ce truc !

Une petite vitrine, plongée dans la pénombre, laisse entrevoir d'immenses bibliothèques regorgeant de vieux ouvrages méthodiquement alignés. Les étagères grimpent jusqu'au plafond. Aucun pan de mur n'est épargné. La porte d'entrée est flanquée d'une enseigne discrète : *Livres anciens – Seconde main*. En dessous, une petite feuille manuscrite a été scotchée contre la vitre : *Fermé pour cause de congés annuels. Réouverture le 2 octobre*. Le Toche se tourne vers Grand-père.

— Dis donc, on s'emmerde pas, deux mois de congés, eh ! Il est parti faire le tour du monde ou quoi ?

Grand-père, qui adorerait avoir la réponse, mais découvre lui aussi tout juste cette librairie, avise un passant qui remonte la rue.

— Excusez-moi monsieur, vous êtes du coin ?

— Oui, tout à fait.

— Ça fait longtemps qu'elle existe, cette boutique ?

— Le bouquiniste ? Ah, depuis toujours, à ma connaissance ! C'est un gars du coin qui tient ça, un type très bien. J'y vais pas parce que je ne suis pas un grand lecteur, hein, mais ma femme dit qu'il est très réputé dans la région !

— Entendu, merci bien.

La rue Étroite débouche sur une artère principale bien plus familière. On finit par atteindre la boulangerie. Oscar en ressort boudeur ; il n'est pas parvenu à convaincre les adultes d'ajouter à la note les gros éclairs au chocolat étalés dans la devanture – *ils risqueraient de s'endommager pendant le trajet*, lui a-t-on seriné. Ambre est chargée des baguettes ; durant tout le trajet qui les ramène aux Vigneys, elle frémit en humant l'odeur du pain frais.

À côté de Chanayres-la-Splendide, Les Vigneys font pâle figure. Pas de monuments historiques, pas de ruelles charmantes ; une simple esplanade carrée un peu déplumée en guise de place de la mairie, d'où partent trois artères qui alimentent l'essentiel du village. En face d'Ambre, de l'autre côté du parvis, se tient l'hôtel de ville, modeste bâtiment en pierre peinte brandissant son drapeau français et la devise *liberté, égalité, fraternité*. À sa gauche trône une antique pharmacie couverte d'une fresque délavée représentant la coupe d'Hygie. Elle a fermé il y a une quinzaine d'années. Ambre traverse la place et aperçoit sur sa droite des silhouettes familières, agglutinées sur un muret. Elle tourne la tête pour regarder droit devant. C'est Arthur et ses copains. Elle n'a aucune envie de les voir.

— Eh, mais c'est ta cousine ! Ouh-ouh ! Eh, c'est la famille à Arthur !

Oscar s'est retourné. Ambre lui lance un regard. Il est son seul espoir. Qu'il coure vers le petit attroupement et accapare leur attention – et leurs moqueries. Mais Oscar a grandi, il ne fait plus ce genre d'erreurs. Il se contente, comme les autres membres du groupe, de faire un signe poli et distant de la main. Ambre s'aligne minutieusement à gauche du Toche bedonnant, pour rendre son profil indétectable. C'est peine perdue. Ils insistent :

— Ambre, tu te caches ? Tu viens pas dire bonjour à tes vieux amis ?

Libette se tourne vers elle.

— Je crois que c'est à toi qu'ils parlent, cocotte.

Traîtresse. Ambre se détache lentement du groupe, elle n'ose pas dire *attendez-moi*, mais elle le pense très fort, elle a envie qu'ils restent au garde-à-vous et qu'ils la sauvent par le gong au moment opportun ; c'est-à-dire dès maintenant, là tout de suite, si possible.

*

* *

Les Vigneys, lundi 26 juillet

Ennui
Ennui massif
Cherche des choses pour tromper l'ennui.

Heureusement il y a les livres, plongé jusqu'à plus soif, plongé dans *Lord Jim* en ouvrant grand les vannes, les fenêtres aux quatre vents, les voiles gonflées à bloc.

Oh ! Tu vas être contente
Le paternel a eu une belle promotion.
Pas de surprise, il passe sa vie à l'usine. Il le mérite.
Fait plaisir de voir que les collègues lui reconnaissent ça.
Il est nommé chef de je ne sais pas quoi.
Tu es fière toi aussi ?

Bon
Je me souviens avec toi Suzanne
les étés passaient vite vite vite
à courir l'un après l'autre
les jours après les autres
dans les champs des possibles
dans les plaines radieuses
à jouer aux bergers, à la sorcière
à la chasse aux marrons

Je me souviens quand tu m'apprenais des nouvelles choses
(tu faisais ça si bien, connaître)
les pouvoirs des plantes et le ponçage du bois
les règles des osselets et l'histoire de Pif le chien,
les techniques d'espionnage et le patin à roulettes.

Pas de nouvelles de ta Jeanne depuis deux jours. Mes deux acolytes perdues dans le brouillard.
Je me sens nu, je me sens pauvre et épluché,
sans appétit.

Que faire
Que faire que faire
Alors il y a le manoir hanté, sinon, tu sais ? Celui du portail en fer forgé, au moment où la Grand-Rue tourne vers la droite à la sortie du bourg
J'ai fait un détour par là-bas en me baladant hier soir
ça faisait des années
Première fois depuis qu'on était gosses peut-être même ?

Je sais qu'elle te fascinait, cette villa
Tu n'arrêtais pas de m'en parler
tu te demandais qui pouvait bien habiter là
derrière ce portail en fer forgé toujours fermé
derrière cette forêt vierge aux portes secrètes
et aux murs à oreilles.

Le portail, aujourd'hui, était ouvert.
Ouvert.
Donc pourquoi pas.
Une activité comme une autre pour tromper le vide estival.

Je sais ce que tu ferais, toi.
Ce qui te fascine : imaginer les vies des gens.
Tu ouvrirais un calepin, tu ferais une liste d'hypothèses.
Tâche principale : identifier les habitants du manoir hanté.
Tâche subsidiaire : faire un relevé détaillé de leurs activités.

Tu supposerais que ce sont des vacanciers. Peut-être que cela fait des années qu'ils viennent dans la région, après tout. Peut-être au contraire que ce sont des nouveaux venus.
Il n'y a aucun nom sur la boîte aux lettres, à l'entrée.

Cela te surprendrait autant que moi.
Aucun nom auquel accrocher des filets de songes.
Tu irais sûrement voir Maman pour l'interroger.
Tu n'en tirerais pas grand-chose, et tu l'aurais anticipé
Maman n'est jamais au fait des nouvelles du coin

Une résidence secondaire, tu dirais
Tu lui donnerais des propriétaires gorgés de pouvoir
corrompus jusqu'au cou ;
une vieille famille de la bourgeoisie parisienne,
pas noble au point d'avoir un château familial,
mais assez opulente pour posséder une série de maisons de campagne à travers la France.
Le mari chirurgien de père en fils depuis des générations,
gonflé de rêves de politique et de revanche.
Une famille à coulisses, encline aux embrouilles et aux messes basses.

Alors qu'en fait, qui sait ?
Peut-être que dans cette maison voisine se cache la personne qui me manque dans ma vie.
L'alliée qui pourrait combler le vide qui m'emplit depuis ton départ
Une personne qui te ressemble, Suzanne,
avec qui je retrouverais un peu de notre complicité perdue
qui me comprendrait sans que j'aie à dire grand-chose
Un frère ou une sœur imaginaire
que je reconnaîtrais d'un seul coup d'œil
avec une familiarité sortie de nulle part
presque vertigineuse
Ce serait si bien, si doux
Jeanne est sympathique, mais elle est parfois trop fougueuse
Parfois, ne le lui dis pas, mais, quand je suis avec elle
je me sens seul
si seul
parfois plus seul que quand je t'écris ici

Les vacanciers de la maison voisine
Tu leur donnerais encore mille vies imaginaires, des brassées de vies que je n'arriverais pas à interrompre, je n'en aurais pas la force, ni l'envie d'ailleurs, je me contenterais de t'écouter, je me dirais que
moi aussi
tout de même
ça me ferait du bien, mille vies
mille vies dans lesquelles me plonger pour oublier la mienne,
ça me ferait du bien du lest et des échappées belles
ça me ferait du bien
découvrir l'inconnu dans le connu par cœur

Jusqu'à ce que tu me confies la seule mission qui m'intéresse,
la tâche suprême,
celle qui priorise les lieux plutôt que les hommes,
celle qui préfère aux récits vivants les récifs intérieurs :
disséquer le manoir inconnu.
Qu'on distingue à peine, d'ailleurs, tu te souviens ? Une volée de marches, une porte cochère et une flopée de fenêtres à meneaux indistinctes, le tout dissimulé derrière cette végétation vorace et indomptable, et surtout, en haut, la terrasse à colonnades qui accrochait nos regards depuis toujours.

Tu m'emmènerais le long des arbres, assez près pour distinguer les murs et les volumes, tu me dirais fais ce que tu as à faire et je sortirais mes cahiers à dessin.
Est-ce que tu sais à quel point je me suis entraîné ces derniers mois ? Je ne t'ai pas dit les croquis, les crayons taillés et retaillés, le manuel d'architecture emprunté à la bibliothèque du lycée au trimestre dernier.
Les parents ne sont pas au courant non plus
je ne sais pas bien pourquoi.
J'ai peur peut-être qu'ils écartent mes plans du revers de la main
J'ai peur, au contraire, qu'ils prennent l'idée trop au sérieux
surtout Maman.

Tu sais comme, dès que j'aurai ouvert la bouche, elle se précipitera à l'école pour voir Mlle Ossin-Mouret
et tout lui demander
les études, les bourses, comment faire.
Parce que ça y est,
je crois que je sais ce que je veux faire de ma vie.

Architecte.

J'en ai parlé à Jeanne, il y a quelques mois
lui ai parlé de cette fascination que provoquent en moi les maisons inconnues
Cette envie presque vitale, cet appétit puissant qui me prend quand je croise, le long de la route, des rangées d'habitations à mystères

Voir ce qu'il y a dans la coquille.

Quitter Les Vigneys pour partir étudier, ailleurs ; travailler en ville, dans un cabinet parisien à moulures, en haut d'un gratte-ciel à New York.
Les sirènes des voitures en bas très loin.
Plus loin encore, cette maison des Vigneys que je laisserais derrière moi,
qui m'étouffe
et me pèse plus qu'elle ne me soutient
J'inviterai Jeanne, et elle viendra souvent.
(Note : rappeler chez les de Courfresne encore une fois. Pas de nouvelles de Jeanne depuis la fête de Louis)

Chapitre 4
Se sortir de là

Il n'y aura eu ni gong ni sauvetage : Ambre est face à son cousin et ses trois racailles du dimanche. Ils sont là, tous les quatre : Arthur, Enzo, Florian et un type brun au visage épais qu'elle n'a jamais vu. C'est Enzo qui lui adresse la parole, d'un ton narquois – c'est terrible comme sa voix n'a pas changé, comme il parle toujours du nez, comme il a gardé cet accent d'ici :

— Qu'est-ce que tu deviens ? Ça fait quoi, trois ans qu'on t'a pas vue dans le coin ?

Arthur contemple ses pieds. Ce mollusque ne lui sera décidément d'aucune utilité. Florian, le belliqueux de la bande, prend le relais :

— Oh la miss, Enzo t'a parlé je crois, tu nous calcules plus ou quoi ?

Florian compense son manque de finesse par une constante agressivité. Ambre avait oublié que l'occupation principale de ce genre de *potes* était de s'envoyer des piques en permanence. C'est drôle comme elle n'a pas du tout l'assurance qu'elle s'était imaginée. Elle s'était promis que, si elle se retrouvait de nouveau nez à nez avec eux, elle leur montrerait qu'elle n'était plus de ce monde, qu'elle était devenue inatteignable, *regardez comme j'ai changé*. Mais le personnage qu'elle s'était construit mentalement s'écroule devant eux. Ambre a treize ans de nouveau. Elle replonge dans cet été-là. L'été où Arthur s'était mis en tête de *sortir* et l'avait entraînée avec lui. À force de faire des tours dans le village, activité qu'elle jugeait d'un ennui profond, ils avaient fini par faire la connaissance d'Enzo et Florian. Deux individus en pleine puberté, la mèche de côté, ce qui les obligeait à faire de réguliers mouvements de cou pour dégager leur vue et leurs fronts luisants. Il n'avait pas fallu plus de quelques heures à zoner ensemble derrière le supermarché Diagonal pour que l'Enzo de l'époque se rapproche d'elle, lui balançant ironiquement des clichés de dragueur, *eh mademoiselle vous êtes charmante*. Il n'était pas allé plus loin – juste assez pour qu'Ambre soit trop impressionnée pour répondre, pour que Florian glousse devant sa mine effarouchée, transformant les moqueries d'un seul en harcèlement collectif, *ça va, on fait rien de mal, on s'amuse juste*. Tout ça doit être encore trop frais. Elle bredouille.

— Ouais, pardon.

Pour l'assurance, on repassera. Ambre invente qu'elle n'a pas trop eu le temps de venir, *haha ça fait longtemps c'est vrai, incroyable !* Son rire nerveux sonne faux. Le regard bovin de Florian se teinte de suspicion. Ambre jette un coup d'œil anxieux par-dessus son épaule pour capter le soutien de ses alliés, mais, comble du vide, ils sont déjà partis. Elle aurait bien aimé sentir la présence de son frère. Raphaël ne connaît rien à l'affaire, ne sait pas ce qu'est cette boule dans la gorge, ces souvenirs indésirables qui remontent, mais sa silhouette derrière la sienne lui aurait malgré tout offert un petit rempart. Le silence s'installe, les quatre assis sur le muret, Ambre debout, stupide, les bras ballants, où est-ce que ça se met, des bras, d'habitude ? Elle tente de prendre une intonation détendue :

— Vous faites quoi, là ?

— Rien, on traîne. Comme d'hab', tu veux qu'on fasse quoi ?

Nouveau blanc, nouveau malaise. Le brun mal dégrossi, celui dont elle ne connaît pas le nom, a l'air muet. Ambre ne sait toujours pas quoi faire de ses bras, mous et embarrassants, qui pendouillent bêtement de chaque côté. Elle se demande à peine s'il faut qu'elle reste polie encore longtemps, s'il faut respecter un temps minimum avant de se dire au revoir : elle n'a pas envie de se forcer. Plus maintenant. Plus aujourd'hui.

— Bon, du coup faut que j'y aille, c'était cool de vous avoir croisés en tout cas.

— Attends, tu te casses là ? Tu veux pas rester deux minutes, en souvenir du bon vieux temps ?

Florian lui dégaine un clin d'œil du plus bel effet, accompagné d'un claquement de langue infernal. Est-ce qu'ils vont lui refaire le coup ? Est-ce qu'ils vont retenter leurs combines de dragueurs toxiques ? Ambre a des envies de meurtre.

— T'as pas changé de coupe depuis trois ans, c'est plus à la mode ton truc, tu sais ça ou pas ? Ça fait combien de temps que t'es pas allée chez le coiffeur ?

Un millénaire qu'on ne lui a pas sorti une réplique pareille ; la dernière fois date de l'école primaire. C'était Adrien Graulard, en CM1, qui lui avait dit cela d'un ton victorieux, et il le répétait à chaque fille qu'il croisait dans la cour de récré. Elle hésite à en informer Florian, afin qu'il soit au courant du degré de maturité de sa boutade, mais Enzo est plus rapide :

— Non, tu sais quoi, on n'en sait rien, si ça se trouve c'est la mode dans certains coins, t'as pas vu Justine l'autre jour ? Elle a une touffe c'est mais n'importe quoi, et elle me sort un truc comme quoi on appelle ça une coupe déstructurée ou je sais pas, j'étais mort de rire.

Florian émet un ricanement grassouillet. Par réflexe, Ambre passe une main fébrile dans les boucles qui frôlent sa nuque et se déteste pour cette démonstration de fragilité. Le brun silencieux s'esclaffe, faisant pour la première fois usage de ses cordes vocales. C'est uniquement lorsqu'elle se retrouve face à ce genre de personnage qu'elle prend conscience du fait qu'elle a un corps et une apparence physique. La plupart des matins, elle enfile ce qui lui passe sous la main, tente sans succès d'aplatir son carré vaguement hirsute et passe la tête sous une giclée d'eau claire – quand elle y pense. Elle serait incapable de donner la couleur du tee-shirt qu'elle porte sans y jeter un coup d'œil. Le problème, c'est ce droit que s'octroient ces inconnus à statuer sur la manière dont elle devrait se présenter.

Quand Ambre réémerge, les deux lourds sont encore en train de commenter ses non-choix capillaires, manifestement résolus à se reconvertir en coiffeurs-visagistes :

— Et pourquoi tu te les fais jamais pousser, tes cheveux ? Tu pourrais révéler ta *féminité* !

Enzo a prononcé la fin de sa réplique avec un ton ostensiblement ironique. Dans le genre, il est bien plus subtil que Florian, moins frontal, tout en cynisme et en douceur feinte. Mais Ambre a du mal à rester détachée, et la phrase sort toute seule :

— Mais franchement, qu'est-ce que j'en ai à foutre de révéler ma féminité ?

En même temps qu'elle lâche ces mots, c'est tout le poids de leur petit harcèlement sournois qu'elle laisse échapper, ces phrases et gestes perfides qui, sans jamais aller trop loin, suffisent encore aujourd'hui à l'emplir de malaise. Pendant que Florian lance un *po-po-pohh !* comme pour inciter à la bagarre, Enzo prend un regard exagérément outré :

— Non mais ça va, le prends pas mal, faut pas se vexer comme ça, hein. Mais c'est pareil, tu mets une petite jupe par exemple, ça mettrait en valeur les belles formes qu'on voit sous ton pantalon chelou. Faut savoir se dévoiler des fois. Les soutien-gorge aussi, t'as essayé ou t'es pas assez bien roulée ? Ouh là mais fais pas ta prude, t'es toute rouge là.

Ambre sait que sa peau est bien trop brune pour qu'elle prenne une quelconque nuance écarlate, qu'Enzo dit cela juste pour la déstabiliser, mais elle sait aussi que ses poings se sont mis à trembler, que sa poitrine se soulève par saccades, que sa vision s'est étrangement obscurcie, que les mots eux-mêmes lui envahissent la trachée sans vouloir en sortir, alors qu'elle aurait tant de choses à dire, tant de cris à pousser, tant et rien à la fois.

— J'ai dit, t'énerve pas ! On rigole. Ça fait longtemps que t'as pas baisé toi, non ? Tu sais c'est quoi, baiser ? Tu devrais essayer un coup, ça te détendrait.

À cette phrase, le brun glousse de plus belle. Soudain, à sa grande surprise, Arthur prend la parole :

— Franchement laisse-la, c'est bon. J'me tire moi aussi, les gars vous êtes relou, là.

Arthur se lève et entame le chemin vers la Grineraie, sans un regard pour sa cousine. Ambre lui emboîte le pas. Derrière elle s'élèvent des moqueries faussement indignées. Encore tremblante, pleine de reconnaissance, Ambre accélère le pas et arrive au niveau d'Arthur, lui glissant un *merci* à peine chuchoté. Il ne répond pas, continue sa marche énergique, le regard braqué droit devant lui. Ambre remarque qu'il a les poings serrés, lui aussi. Ils terminent le trajet en silence.

L'arrivée à la Grineraie est presque trop rapide. Seules quelques centaines de mètres les séparent de la place de la mairie. Ambre sent encore dans son dos les interpellations rigolardes et les regards bovins. Elle aimerait franchir, en même temps que le portail et le parc, une bulle protectrice qui l'isolerait du monde extérieur ; mais le mur entourant le jardin lui paraît friable, poreux. Elle s'enferme dans la maison, respire par habitude l'odeur délicieusement renfermée de l'entrée, parcourt sans les voir les posters décolorés par le temps. Le malaise qui l'a envahie depuis sa rencontre avec la bande d'Arthur ne veut pas s'en aller ; il s'est infiltré avec elle quand elle a ouvert la porte, lui agrippe la peau, lui remplit les narines. La tranquillité de la Grineraie est polluée de leur présence – *ils n'ont pas le droit d'entrer ici*. Au loin, Ambre entend la voix de Libette – cette voix si rassurante, qui devrait la ramener dans le temps présent, qui devrait frapper au visage ces spectres qui lui collent aux basques. Ambre attend que le réconfort de la Grineraie la prenne de nouveau dans ses bras, comme il le fait depuis qu'elle est petite ; que l'arrière-goût désagréable disparaisse de ses pensées ; que les fantômes cessent de ternir la perfection des dîners familiaux.

Le soir venu, Ambre attrape un livre, et n'a même pas le temps de l'ouvrir qu'elle a déjà décidé d'abandonner. Elle n'a pas la tête à ça. Elle demande à Arthur si elle peut éteindre sa lampe de chevet, qui reste la seule allumée – il émet un grommellement mou qu'elle interprète comme un acquiescement. Le cousin semble revenu à son état pachydermique habituel. La chambre est baignée d'une lumière bleue éblouissante ; c'est à se demander s'il est au courant qu'on peut baisser la luminosité de son téléphone. Ambre maugrée mentalement puis, comme tous les soirs, se retourne dans son lit pour faire face au mur. Elle repense à son rêve, naïf, de rencontrer l'âme sœur aux Vigneys, et l'amertume la gagne. Si seulement elle avait quelqu'un avec qui partager cette sensation d'oppression qui ne la quitte pas depuis tout à l'heure. Quelqu'un à qui confier ses doutes et ses secrets. Quelqu'un qui pourrait la comprendre et la rassurer. Elle songe à Maud, désespérément absente. Elle s'est rarement sentie aussi seule.

*
* *

Les Vigneys, mercredi 28 juillet

De toute façon
Il faut que je m'habitue
Il faut que je me dise c'est pas moi c'est elle

Jeanne a eu un accident.
Je ne peux pas m'empêcher d'avoir cette boule d'angoisse dans l'estomac. Je suis horrifié, en fait.
Horrifié par les circonstances terriblement anodines, on en entend tout le temps à la radio, des classiques comme ça, les gens qui meurent à l'adolescence, c'est souvent pour des histoires débiles de fêtes qui ont mal tourné

(sauf toi Suzanne
toi tu as fait fort
toi tu as dépassé les bornes
toi tu nous as tous laissés tomber)

Mais quand même
Je pensais Jeanne au-dessus de ça
Au-dessus de faillir mourir et faire flancher tous les gens qui ont eu la mauvaise idée de tenir un peu à elle.

C'est Ferdinand qui m'a donné le contexte.
Je ne l'aurais pas su par Henri de Courfresne : il tente d'étouffer l'affaire.
Le domaine de Courfresne avait l'air d'une forteresse quand je suis arrivé. Portail fermé, plusieurs volets tirés, pas un chat à l'extérieur. J'ai dû sonner plusieurs fois jusqu'à ce que Ferdinand vienne me chercher.
Il a vieilli, Ferdinand, ou alors c'est Jeanne qui l'a eu à l'usure. Une petite démarche un peu plus lasse, plus bancale. Son costume toujours aussi impeccable, et cette habitude de me vouvoyer qui me gêne toujours autant. Pourquoi je me focalise sur ces choses-là ?

Henri m'a dit que je ne pouvais pas voir Jeanne pour le moment – ni Mme de Courfresne d'ailleurs, il a dit qu'elles étaient affairées à d'autres choses, avant de s'excuser pour elles. Il avait les yeux fuyants ; je ne l'ai pas cru une seconde. Il m'a demandé comment se passait mon nouveau boulot ; à ce qu'il paraît, mon chef M. Fermant lui a parlé de moi en bien. Je n'ai pas relancé longtemps, j'étais un peu gêné de parler de ça. Ou de lui parler à lui. Ça me fait bizarre qu'il soit le patron de mon patron. Il a fini par me donner une tape sur l'épaule et me dire que Ferdinand allait me raccompagner jusqu'à la porte.

Sans Ferdinand pour me rattraper par la manche
au moment où le patron se retirait dans ses appartements,
sans Ferdinand pour me dire ce qui s'est passé,
je rentrais sans rien comprendre, sans la voir aussi.
J'aurais probablement préféré.

Jeanne est privée de sortie jusqu'à nouvel ordre.
Son père aurait reçu un appel le dimanche matin vers 5 h 30. C'était Jacques Joffrin, l'aubergiste de Chanayres. Jeanne aurait fait irruption chez lui, le visage en sang. Elle avait eu un accident sur la route de Berglanges.

Je me suis surpris à insister auprès de Ferdinand. Je voulais savoir où était Jeanne. Je voulais lui parler. Juste une minute. Voir qu'elle allait bien.
Il a fini par céder.
Il est doux comme un agneau, Ferdinand, il n'aime pas les conflits.
Je sais ce que ça lui coûte de désobéir.

Elle était là
Dans la verrière illuminée – peut-être le seul pan d'extérieur auquel elle a droit par ces beaux jours d'été
Elle a tourné sa tête auréolée de bandages blancs
Je revois la déception dans son regard quand elle a croisé le mien
Son mutisme délibéré, jusqu'à ce que sortent ces mots, à peine susurrés

Tu m'as laissée tomber
tu aurais pu insister tu aurais pu me convaincre
je savais que tu étais du genre coincé,
mais je pensais au moins qu'on pouvait compter sur toi

C'est moi qui aurais dû être fâché
C'est moi qui aurais dû faire peser sur elle la colère de la veille
À la place je m'excusais platement
Tandis qu'elle tournait le dos et me donnait congé

Où en est-on
Il faut que je prenne l'air, je crois
J'ai envie d'aller aux Eaux-Frêles ce samedi
Le 31
Partir tout seul
sans Jeanne, sans toi
sans personne
simplement le lac et les saules pleureurs
Oui, je vais faire ça

Mis à part tout ça, qu'est-ce qu'il y a dans la vie ?
Les jours au milieu des vignes. À tenir le coup. Occuper les mains pour tromper l'esprit.
Lord Jim, *L'Île mystérieuse* pour les échappées.
Pour meubler les trous, aussi, encore, peut-être.
On a avancé les travaux à grands pas
terminé la chambre à carreaux pour les filles
commencé à déménager trois affaires
Tout à l'heure,
j'ai dû entrer dans ta chambre – dans leur chambre
(je ne m'y fais pas)
Pas mis les pieds là-bas depuis que tu n'es plus

Trois ans

On sent toujours ton âme derrière les rideaux
Pour moi ce sont des murs que tu n'as pas quittés
même les jouets sont les tiens
les poupées les petits chevaux les livres de la Bibliothèque rose
Je ne peux pas Suzanne
entrer sans avoir la nausée
sans sentir le vide qui me remplit le ventre
Ta chambre, sans toi, a l'odeur de l'hiver

On a récupéré une étagère et le coffre à jouets
on a pris la table et les lampes de chevet
j'apercevais ta silhouette dans le coin de mes yeux
une silhouette floue dans le bord des pupilles
je l'apercevais dans les ombres du rideau ou la forme des draps
je l'apercevais et tu étais partout

Je ne comprends pas comment elles font
mes petites petites sœurs
pour couvrir ta présence de leur présent à elles

Chapitre 5
La chambre rose

DEHORS IL FAIT NUIT : une nuit sans lune, sombre et muette. Ambre pèse une tonne dans son lit quand elle se réveille. Elle a fait un mauvais rêve, un rêve dans lequel elle perdait les clés de la Grineraie et restait dehors, dans le froid. Un rêve d'exil et de dépossession. Plus tard, quand l'accès à la Grineraie lui sera interdit, elle repensera à ce rêve-là. Elle repensera au silence qui y régnait. Car interdite, elle l'était aussi. Absence de cris. Extinction des feux. Comme si ses mots, ses songes, ses émotions étaient restés au creux de la maison-mère.

Quelle heure ? Aucune lumière ne filtre à travers les volets. Ambre se hisse à la surface du matelas. Sort à tâtons jusqu'au couloir en velours bleu. Elle a encore les yeux dans les poches, la tête dans son rêve. Elle tente de l'invoquer de nouveau, voudrait y revenir, le rattraper un peu. Clignement des paupières. Le couloir est encore sombre, l'aube ne s'est pas levée. Elle descend les escaliers en colimaçon, évitant soigneusement la quatrième marche. Elle déambule, guidée par les sensations de ses plantes de pieds. Au marbre froid de l'entrée succèdent les poils râpeux du tapis de la salle à manger. Cette dernière est plongée dans un halo bleuté. Sur la table, la Grineraie miniature respire dans la nuit. Ambre s'approche. Un mystère enveloppe les contours sombres de la maquette, ses papiers peints surannés, sa fidélité exemplaire. À travers la fragilité des traits, Ambre cherche à percevoir, à attraper, à saisir quelque chose de son concepteur. Un infime détail qui pourrait la mener à lui.

Il y a ce vertige de penser à tous ces *autres* qui ont respiré dans ces murs avant elle ; il y a ces fantômes surgis du grenier, encombrants, dérangeants. À l'étage de la miniature, l'attention d'Ambre est attirée par la chambre de Libette et son papier peint rose pâle. C'est peut-être la chambre la plus ressemblante, à supposer que les meubles, bousculés pendant le transport de la maison de poupées, aient eu la même place. Oscar a retrouvé la commode en bois clair, qu'il a positionnée à côté de la fenêtre. Il a remis sur ses pieds le lit à baldaquin aux rideaux roses, aujourd'hui tellement rongés par les mites qu'on ne les tire plus. Il a replacé le secrétaire et sa table dépliable, qui a tendance à s'ouvrir avec fracas si l'on ne glisse pas une cale dans la rainure. Le secrétaire miniature ne comporte pas cette cale ; peut-être qu'à l'époque la table tenait bien, ou que le fabriquant de la maquette a omis ce détail. Aujourd'hui, c'est une liste de courses pliée en quatre qui joue ce rôle. Libette l'avait lue un été et s'était amusée à remarquer que le mot *pain* avait été écrit deux fois, au milieu du beurre, des bouillons de poule et du café en poudre.

Ambre promène un doigt distrait sur la structure en bois de la maisonnette. Des gens ont connu cette chambre telle qu'elle apparaît ici. Qui sont-ils ? Qu'ont-ils vécu ? Pourrait-elle, l'espace d'un instant, remonter le temps et se retrouver dans cette même chambre, quarante, soixante, quatre-vingts ans en arrière ? Qu'y verrait-elle ? Peu à peu, ces questions se délitent dans son esprit, se mélangent les unes aux autres. Les yeux piquants, le cerveau embrouillé, elle remonte doucement l'escalier et s'étale sur son lit à ressorts.

La journée du 30 juillet s'écoule tranquillement, sans remous, sans reliefs. Ambre ne descend que tard dans la matinée, encore plongée dans sa nuit agitée. Arthur ne se montre pas plus causant qu'hier soir. Elle se rappelle les amis imaginaires qu'avait Oscar quand il était petit, et se rend compte qu'elle ne l'a jamais autant compris. La compagnie d'Arthur provoque souvent chez elle un profond sentiment de solitude : qu'est-ce que cela fait d'être son petit frère ? Les deux ont l'air de s'ignorer totalement au quotidien. Qu'il est bon, dans ce cas, de se créer de toutes pièces un allié fictif avec qui parcourir le monde, partir à l'aventure, faire les quatre cents coups ! Ambre passe la journée à y songer, plongée dans un état second. À 21 h 53, Le Toche pose sa moussaka du chef au centre de la table de la cuisine. C'est Papa qui relève :

— 10 heures moins sept, la vache ! On mange de plus en plus tard, non ?

Le Toche hausse les épaules :

— Eh oui mon petit m'sieur, la bonne cuisine, ça prend du temps ! On n'est pas aux pièces, si ? C'est pas comme quand les gamins étaient petits et qu'on devait les coucher ou quoi ou qu'est-ce.

— C'est vrai. Tiens, à propos de gamins petits, Fred, t'avais pas une annonce à faire ?

Frédérique lance un regard inexpressif à son petit frère avant de s'illuminer.

— Ah oui, si ! Merci, j'avais zappé. Oscar, on discutait avec Papa : tu dirais quoi si on allait aux Eaux-Frêles pour ton anniv' demain ?

Ambre a complètement oublié l'anniversaire d'Oscar. Ce 31 juillet, il fête ses douze ans. La perspective de cette journée enthousiasme toute la tablée. Le lac des Eaux-Frêles est un très beau coin, perdu au milieu d'une forêt. Une étendue limpide, nourrie par ses cascades – de petits filets plutôt que de véritables chutes –, dont l'eau turquoise vient mourir sur une langue de sable, au creux des roseaux et des saules pleureurs. En quelques minutes, la décision est pliée. On s'y rendra en fin de matinée, à 11 heures pétantes ; on y restera autant qu'on voudra.

Peu à peu, les conversations reprennent leur cours là où on les avait laissées. Ambre est placée en bout de table. À sa gauche, Thierry lui tourne quasiment le dos. Il parle avec Papa, ou plutôt, il parle à Papa, qui l'écoute religieusement sans vraiment relancer. Thierry est capable de tenir des monologues entiers sans se rendre compte que son auditoire ne le suit plus. Mais son ton professoral n'est pas accompagné de l'innocence enthousiaste de Grand-père, de cette passion qui rend digestes même les plus longues de ses diatribes. Thierry, lui, parle d'un ton désabusé, traînant et nasillard. Ambre reconnaît dans sa voix les intonations de son fils aîné. De la bouche de son oncle par alliance, elle capte les mots *restructuration*, *collègues sympas sans plus* et *business model.* Cela n'attise pas sa curiosité. Thierry travaille depuis douze ans au service commercial d'une grande chaîne de vêtements et se targue de ses promotions régulières. Il joue un rôle important dans la boîte ; tellement important qu'à l'en croire, personne ne peut se passer de lui. Ambre s'est toujours demandé comment on pouvait être aussi fier d'un métier qui consiste à concevoir des vitrines remplies de petites culottes fabriquées en Chine.

Le discours que Thierry tient ce soir n'est pas aussi plein d'autocontentement que d'habitude. Pas de mention de sa carte Platinium obtenue chez sa compagnie aérienne préférée au prix de nombreux trajets en classe affaires et d'un impact écologique désastreux. Pas d'évocation du chiffre de la boîte qui a augmenté grâce à ses intuitions. Ce soir, le ton est aux lamentations. Il parle de son *supérieur hiérarchique* qui lui donne de nouveaux objectifs inatteignables, même s'il aime bien *se challenger*. Il parle *burn out* et *bore out*, des mots qu'il a entendus à la radio et dans des revues spécialisées, il parle *horaires démesurés* et *équilibre avec la vie familiale*, il parle *prêt immobilier à amortir* et *piscine même pas finie. En plus on a un plan de licenciement à gérer, Grutard a annoncé la suite de la délocalisation, dans les bureaux l'ambiance est mortelle.*

Peu à peu, tout le monde autour de la table s'est mis à l'écouter. C'est que Thierry a une voix qui porte, fait des pauses dans ses phrases pour maintenir le suspense, raconte tout au présent pour plonger son auditoire dans l'intrigue, même quand l'histoire n'a aucun intérêt. Ambre connaît ses tactiques.

— Alors là, je vous le donne en mille, Grutard qui débarque dans l'open space, ça faisait longtemps que je voulais lui parler moi, donc je l'aborde, je lui propose un café, puis je commence à lui dire deux mots de comment ça se passe dans le service, il me coupe, il me dit, *mon vieux Thierry, je vous arrête tout de suite : ce n'est pas à moi qu'il faut tenir ce discours-là, il faut aller voir la DSEA qui blablabla.* Sauf que j'y étais déjà allé, moi, à la DSEA. Donc je retourne à la DSEA…

Ambre remue sur sa chaise. Les problèmes que liste Thierry semblent insolubles. De son regard d'enfant, elle ne les comprend pas. Et puis il ajoute cette phrase, qui vient comme en conclusion.

— Il y a des fois où je me dis que c'est quand même des conditions de travail un peu à la con.

Un aveu de faiblesse, une perche tendue qu'Ambre saisit en plein vol, sans réfléchir.

— Mais c'est pas ton travail qui est un peu à la con ? En général, je veux dire ?

C'est sorti tout seul. Ambre a l'habitude de se terrer dès qu'elle flaire le conflit ; elle regrette déjà d'avoir prononcé cette réplique. Autour de la table, le silence s'est épaissi. Elle jette un regard circulaire, un peu affolé. Intercepte les yeux de Libette derrière ses grandes lunettes rondes, qui ont retrouvé tout leur pétillant. Raphaël, Grand-père, Le Toche fixent leur assiette. C'est Frédérique qui rompt le silence après quelques secondes en éclatant d'un grand rire tonitruant, un rire qu'Ambre aime bien car il remplit la Grineraie depuis qu'elle est petite ; un rire qui part d'en haut et qui dégouline jusqu'au tapis.

— Bah alors mon chat, t'as vu comment elle t'a aligné, notre petite nièce ? C'était bien envoyé, ça !

Comme si le rire de Frédérique avait réchauffé d'un coup l'atmosphère de la cuisine, les épaules de Thierry se détendent et son visage se fend d'un sourire. Il choisit un ton faussement posé, mais Ambre sent, à sa voix dont il force les graves, qu'il est là pour lui apprendre la vie.

— Alors, un travail qui fait tourner l'économie, qui fait vivre une famille, qui permet d'employer des gens, je serais vraiment très curieux de voir si tu oserais appeler ça *un boulot à la con*. Enfin je pense, je pense hein, mais apparemment je peux me tromper, que mon boulot sert plus à quelque chose que tous ces gens qui font des études de théâtre qui mènent à rien, j'avais un camarade dans ma promo, je me souviens, après le bac il s'est embourbé dans une fac de lettres, tu crois que ça sert à quelque chose ça, à part être un coût à la société ? *No offence* hein, mais on peut pas toujours se lancer dans des carrières de bobos en espérant se faire entretenir par papa-maman ou par les impôts des autres.

Ambre n'a pas le temps d'ouvrir la bouche pour rétorquer, Papa s'est redressé sur sa chaise :

— Excuse-moi, mais t'entends quoi par *des carrières de bobos* ? C'est quoi le problème ? Enfin si tu me permets ?

Ambre fixe son père, pense à ces mots qu'elle inscrit tous les ans sur les fiches de présentation que lui distribuent les professeurs, *chargé d'éducation à l'environnement*, sans qu'elle sache trop ce que ça veut dire. Elle sait que Papa a travaillé un peu partout et que c'est pour cela qu'ils ont déménagé plusieurs fois. Elle a surtout une pensée pour Maman qu'elle n'a presque pas connue, qui donnait des concerts de piano et des cours au conservatoire.

S'ensuit une discussion pénible où Thierry se justifie en bafouillant, en parlant de *voies de garage* et de *débouchés*, évitant soigneusement de faire référence à des métiers précis, parlant plutôt de *nos temps incertains* et du *chômage des jeunes*, expliquant d'ailleurs pourquoi il trouve que le choix d'orientation d'Arthur est mûr et réfléchi – Ambre sait très bien qu'Arthur n'a pas décidé d'entrer dans son école de commerce privée, que c'est le choix de son père, soulagé d'avoir négocié l'admission vu son niveau scolaire. Papa renchérit très courtoisement, à coups d'*utilité sociale* et de *rôle de la culture*. Sa main gauche s'est crispée. Un enchevêtrement de petites veines blanches court le long de son poignet. Le ton du débat ne monte pas et la hache de guerre est enterrée au moment où Le Toche pose un gros plat en grès sur la table :

— Qui veut du flan ?

*

*   *

Les Vigneys, vendredi 30 juillet

Pas de pause pour les bricoleurs
À peine la fin de la semaine, à peine le temps de souffler : le paternel a une de ces énergies tu sais.
On a bougé les lits des deux filles en rentrant du travail
On a fermé ta chambre, Suzanne, pour de bon.
Le luxe d'avoir une pièce en plus dont on ne sait que faire.

Enchaîné avec la commode qu'on a récupérée chez Mamé, pour mettre dans la chambre rose. Un coup de ponçage et de vernis pour effacer le passage du temps.

Le père, nos papiers de verre et le silence.
Je l'aime bien, ce silence entre lui et moi ; il s'est adouci depuis que j'apprends avec lui – depuis que j'ai accepté de te remplacer. Je suis loin d'être aussi habile de mes mains, il est loin de m'admirer autant. Mais c'est un moment qui nous rapproche, je crois.

Meuble fait en deux heures
Rien de plus.
On a été si efficaces que j'ai quartier libre demain
je crois que je vais aller faire un tour au manoir des vacanciers le matin
quand la chaleur n'aura pas encore gagné les pierres
puis filer après le déjeuner aux Eaux-Frêles.
(Pas trop tard : 13 heures, 14 heures. Par là.)

Dernier jour de juillet
plus qu'un mois avant la rentrée des classes
avant la fin de mon contrat chez Fermant, avant la fin des vignes
un peu hâte de retourner dans les livres, je dois dire
un peu hâte… !

Chapitre 6
Quel temps fait-il

Évidemment, ils sont en retard. Les journées sont si longues en été, les rythmes si distendus que l'heure n'est qu'une donnée secondaire. 31 juillet, jour des douze ans d'Oscar ; on avait dit 11 heures au lac des Eaux-Frêles. Papa proclame que tous ceux qui sont prêts doivent commencer à s'entasser dans les voitures, qu'à dix on peut rentrer dans sa 306 et dans la C3 de Grand-père en se serrant un peu. Thierry n'a pas proposé sa voiture ; Papa ne veut pas faire des suppositions, mais il est persuadé que c'est parce qu'il ne veut pas de cheveux mouillés dans sa BMW qui sent encore le cuir neuf – Ambre l'a entendu le murmurer à Libette dans un couloir. Libette lui a d'ailleurs demandé de *foutre la paix* à son beau-frère, mais Papa a ricané que *jamais*. Ambre ouvre la porte arrière de la 306 et la vague de chaleur lui donne la nausée. On embarque les quatre plus chétifs à l'arrière, elle, Oscar, Arthur et Libette, impossible de mettre sa ceinture tellement on est serrés, *s'il y a des gendarmes, tout le monde par terre*. Libette et Xavier, les deux jumeaux, bavardent pendant tout le trajet sans laisser personne en placer une.

Le parking est situé à quelques centaines de mètres du lac. C'est une étendue de sable en plein cagnard, très souvent bondée en été. Tout le monde décharge les cargaisons de pique-nique et on s'aventure sur le petit chemin de pierre tracé à travers les branchages. C'est un sentier assez magique, une trouée sinueuse au cœur du bois. Oscar court devant, indomptable. Ambre piétine avec patience aux côtés de Grand-père qu'elle a rejoint pour l'aider à marcher ; parfois, quand il n'a pas sa canne, il aime bien poser sa main sur une épaule. Au loin, elle perçoit déjà la rumeur des baigneurs et le crépitement des cascades.

— Ça fait plaisir de revenir là, ça faisait longtemps qu'on n'y avait pas été ! Tu te souviens quand tu nous emmenais y faire un tour en barque quand on était petits ?

— Je me souviens bien, oui ! Arthur et toi étiez inséparables à l'époque ! Et je me rappelle qu'il avait été formidable, ce fameux jour où tu es tombée par-dessus bord et où je t'ai repêchée. Tu avais eu une peur bleue et Arthur t'avait frictionnée avec sa serviette de plage parce que tu avais oublié la tienne sur la rive. C'était un très gentil garçon, Arthur, il s'est bien occupé de toi.

Ambre est interloquée. Elle n'a aucun souvenir de cette histoire. Il y a donc certaines anecdotes que Grand-père omet de raconter mille fois.

— On avait quel âge ?

— Oh, vous étiez pas bien vieux. Arthur devait avoir six ans, et toi cinq.

— Et on n'était que tous les trois ?

— Il me semble. Les autres avaient dû rester à la Grineraie. Bien sûr, il y avait un peu de monde autour ; mais tu sais, à l'époque, les Eaux-Frêles n'étaient pas aussi fréquentées qu'aujourd'hui.

Ambre peine à se remémorer le cousin attentionné que décrit Grand-père. Elle repense au retour de la balade de Chanayres, il y a deux jours, et à la manière dont Arthur a pris sa défense face à Enzo et sa clique. Elle avait été surprise ; peut-être était-ce tout simplement sa nature de cousin protecteur qui avait refait surface à ce moment-là.

— Tiens, on est arrivés.

Grand-père regarde devant lui, et sa barbe blanche se fend d'un sourire. Le sentier boisé s'ouvre enfin sur le lac. Les arbres, qui jusque-là avaient fait office d'écran sonore, laissent maintenant percer les cris d'enfants. Sur leur gauche s'étend le rivage aux saules pleureurs ; plusieurs groupes colorés y sont amassés sur leurs serviettes de plage. L'eau du lac perle dans les airs au gré des éclaboussures, autant de scintillements qui saisissent la lumière en plein vol. Ambre regarde avec tendresse les deux petites cascades qui dégoulinent le long des pierres luisantes. Il paraît qu'il en existe une troisième, asséchée il y a plusieurs années.

Oscar a déjà installé la piste d'atterrissage. Après le repas, on sort le gâteau d'anniversaire, on rallume les bougies qui s'éteignent à chaque coup de vent. Oscar souffle celles qui restent et récolte les applaudissements. Frédérique et Thierry embrassent leur fils cadet ; même Arthur esquisse un sourire et ébouriffe les cheveux roux de son petit frère. Libette vient s'asseoir à côté d'Ambre.

— Il fait petit pour douze ans, Oscar, non ?

— Ah çà ! C'est un petit gnome tout mignon. Je lui en donnerais neuf.

Ambre observe le visage souriant de son petit cousin, son nez en trompette couvert de taches de rousseur, ses petites dents toutes blanches, ses sourcils hauts qui lui donnent un air d'étonnement constant. Elle commente :

— C'est fou comme il ne ressemble pas à son frère. Ce n'est pas du tout la même énergie.

— Entre nous, ça lui réussit mieux que la première fournée.

— T'es gonflée !

— C'est pas vrai ?

Ambre se tourne vers Libette, qui regarde au loin, dans une moue mi-innocente, mi-malicieuse. La qualifiait-on d'insolente quand elle était à l'école ?

— Non mais t'exagères sur Arthur. Il est gentil quand même.

— *Gentil.*

— Je te jure. J'arrive toujours pas à lui parler, mais j'ai retrouvé un peu le bon fond qu'il avait petit.

— Ah oui je me rappelle, il était chou. Comme à Chamonix quand il te remontait ta luge.

— Quoi ? Mais c'était quand ça ?

— Tu devais avoir quatre ans, lui cinq, un truc comme ça.

— Mais pourquoi tout le monde se met à me raconter ce genre d'anecdotes ? Pourquoi j'ai oublié ?

— T'étais trop petite ! Mais on doit avoir des vidéos. Et donc ? Il t'a remonté ta luge y a pas longtemps ?

— En quelque sorte.

— En quelque sorte.

— Il a pris ma défense pour… pour un truc.

— Quoi ?

— Rien, ses potes là. Qu'on a vus l'autre jour.

— Ah, les gars du village avec qui il passe ses journées ? Qu'est-ce qu'ils te voulaient ?

— Je sais pas trop.

Libette plisse les paupières et sonde sa nièce. Ambre est mal à l'aise, elle n'aime pas être analysée de cette manière.

— Me fais pas marcher.

— Quoi ?

— Y a un truc. Je sais pas quoi, mais y a un truc. C'est qui ces mecs ? Tu les connaissais ?

— D'y a longtemps. C'est des gens qui roulent des mécaniques pour m'impressionner, et ça me saoule, j'ai pas envie de les voir.

— Des petits cons. Pauvre cocotte. Je connais. J'en ai plein dans mes classes. J'ai une technique pour les neutraliser.

— Ah ouais ? Vas-y, dis.

— Tu fais semblant d'essayer de comprendre leur logique, et tu les prends à leur propre jeu. Par exemple, moi ça arrive souvent qu'un élève, en début d'année, se mette à faire des blagues derrière mon dos. Donc je me retourne, je lui demande : *Tu peux me répéter ce que tu as dit ? Tu n'oses pas me le répéter ? Ça veut dire que tu n'assumes pas ? On dirait que tu as décidé de te moquer de ta prof de musique. Peut-être qu'elle t'a fait quelque chose ? C'est vrai qu'elle te prend une heure de ton temps, et ça te pompe l'air de pas pouvoir faire autre chose à la place. Dis-moi, est-ce que c'est ça ?* En général, il se tait.

Un applaudissement surgit derrière Ambre et Libette. C'est Papa.

— Bravo, encore à faire récit de tes nombreux exploits pour impressionner ma fille !

— Roh, t'es lourd Xav, arrête de te foutre de ma gueule. Faut bien que quelqu'un fasse son éducation !

— T'es sûre que tu te la racontes pas un peu avec tes histoires, là ?

— Peut-être, mais pas autant que toi quand tu joues les canons dans ton maillot de vieux beau.

Ambre laisse les deux jumeaux se chamailler. Elle est contente de voir son père se faire rabattre le caquet par sa propre sœur et rétorquer sur le même ton. Cela le rajeunit un peu. Elle se lève et court jouer avec Oscar dans le lac. L'après-midi s'étend jusqu'à 17 ou 18 heures, avant que la famille ne décide, tout doucement, de remballer les affaires et de retourner à la Grineraie.

*

*   *

Lac des Eaux-Frêles, samedi 31 juillet

Eaux-Frêles
C'est désert ici
Juste le cliquetis des feuilles qui dégoulinent dans l'eau
le clapotis du lac sur la plage terreuse
pages tournées et temps qui passe
à l'ombre des saules pleureurs
Il faut que je prenne des notes de ma visite surprise de ce matin

Compte-rendu de la matinée passée au manoir des vacanciers
Première observation : 10 heures – 10 h 20 (environ)
Petit tour rapide au manoir.
Portail ouvert.
Je n'ai pas réfléchi, j'ai foncé.
Sur la gauche : nombreux sapins qui entourent la demeure.
Me suis réfugié derrière un gros tronc d'où j'ai pu observer la façade ouest.
Assez déçu : un grand pan de mur en crépi gris ; un bâtiment neuf, sans charme, sans reliefs et sans âme. Troué de part en part de quelques fenêtres et d'une large baie vitrée.
Vu, par la baie, une pièce tapissée d'étagères. Je n'ai jamais compté autant de livres, sauf chez M. Bibloquet.
(Famille de professeurs ?)
Pas attendu longtemps pour voir surgir, dans mon champ de vision (dehors, donc !), deux personnes :
une femme, la quarantaine, l'air sévère
chignon serré et robe longue
et une fille de mon âge à peu près

Me suis demandé ce que je faisais là.
Deux voix féminines : un timbre grave, rythmé, asséché ; un plus fluet qui tintait dans l'air.

J'étais trop loin pour distinguer ce qu'elles se disaient.
Juste obnubilé par les gestes de la fille, d'une fluidité et d'une légèreté rares, qui accompagnaient ses paroles indistinctes.
Le genre d'élégance qu'Henri et Joséphine de Courfresne voudraient pour Jeanne : plus de retenue, plus de finesse.
Au bout d'un moment, il s'est passé une chose étrange.
La fille s'est penchée vers la femme et lui a chuchoté des mots à l'oreille. La femme a fait une drôle de tête et elles sont toutes les deux rentrées précipitamment. Volatilisées.
Qu'est-ce qu'elles ont bien pu se dire ?
Qu'y avait-il de si urgent ?
J'en ai profité pour me tirer de là.

Bref.
Après ça : vélo harnaché en début d'après-midi. Arrivée Eaux-Frêles à 13 h 15, après une marche hasardeuse au milieu des broussailles. Toujours aussi compliqué à trouver, mais quand on y arrive, le bonheur… ! Une oasis au milieu des saules. Solitude et liberté.

Emporté *Les Hauts de Hurlevent* pour m'emporter ailleurs
(Oui je superpose les livres en ce moment
mais bon que veux-tu, c'est l'été)
J'ai lu jusqu'à plus soif et quand j'ai relevé la tête, je ne savais plus où je me trouvais : 15 heures passées, un soleil de plomb sur ma figure d'écrevisse. Quelques minutes auparavant, je naviguais en plein Yorkshire, dans les amours manquées, pluies battantes et nuits gelées. Frissons.

Eaux-Frêles Eaux-Frêles
Tu te souviens de ce que Mamé nous avait raconté ?

Oui tu te souviens tu es plus grande que moi
Les Eaux-Frêles pour les trois fines chutes d'eau
Venues nourrir le lac
trois chutes pour trois fées emprisonnées… je ne parviens pas à me rappeler la légende.
Des fois je pense aux questions que je poserais à Mamé si elle était en vie
des fois je me dis que j'aurais dû écouter moins distraitement ses histoires à rallonge
je suis sûr que maintenant je boirais ses paroles
Un peu dommage quand j'y pense
Pourquoi on fait plus attention aux absents qu'aux vivants

Chapitre 7
Le calme, le vent, la tempête

Une semaine s'est écoulée depuis la journée aux Eaux-Frêles. En ce mardi pluvieux et gris, Ambre va faire une découverte majeure. Elle ne le sait pas encore. Pour l'instant, le tic-tac de l'horloge suit son cours régulier. Aucune ombre ne vient troubler le déroulement des choses. Tout se passera tranquillement.

Les jours s'égrènent à une vitesse folle. Ambre parfois s'arrête dans ses mouvements, tente de compter les secondes. Dans l'immobilité muette, elle prend conscience de ce temps, qui lui paraît s'étirer à l'infini. Les heures se nourrissent de peu. Quelques pages tournées, des mots échangés, des tables mises et démises.

Ambre a fini par recevoir un mail de Maud, qui lui a raconté les pins parasol et l'eau turquoise des calanques où elle passe l'été, quand elle ne sert pas des huîtres dans l'un des restos les plus touristiques de la côte. Maud lui écrit toujours de longues lettres, pleines d'emphase et d'enthousiasme. En la lisant, Ambre croirait entendre sa voix : une voix tout en rocailles et en sinusoïdes. Elle pourrait la voir accompagner ses paroles de ses grands mouvements de main, agiter ses longs doigts de danseuse et d'artiste. Quand Ambre l'a rencontrée à la rentrée de sixième, elle a vu les pétilles dans ses yeux, cet or franc qui peuplait son regard – elle s'est dit que ce serait elle, elle au milieu de la mêlée, elle au milieu des camarades ternes et narquois.

Ambre venait de débarquer à Bordeaux après toute une enfance passée à Lyon, et ne connaissait personne. De l'autre côté de la cour, Maud était entourée de son groupe d'amies de primaire, muraille qu'Ambre avait fini par percer, apprenant que Maud était passionnée d'Égypte antique et de mammifères marins, écoutait du jazz fusion avec son père dans le salon comme on sirote un bon vin et gribouillait des poèmes à ses heures perdues. Maud était hors du commun. Elles restèrent bras dessus, bras dessous de la sixième à la première, jusqu'à ce qu'Ambre déménage à Toulouse. Ambre en avait pleuré et lui avait fait promettre de l'appeler tous les jours. Tous les jours étaient devenus toutes les semaines, parfois tous les mois, mais elles ne se sont pas oubliées.

À la fin de son message, Maud a ajouté un post-scriptum. Elle lui ordonne de réserver au moins deux week-ends de l'année prochaine pour lui rendre visite. Ambre lui répond par la positive. Elle lui donne aussi des nouvelles de la Grineraie, un univers où son amie n'a jamais mis les pieds, mais qu'elle connaît par cœur à force d'en entendre parler.

Un mardi, le 7 août. Début d'après-midi. Plusieurs membres de la famille se baladent dans les villages alentour. Les autres somnolent dans les chambres. Sans lumière, la Grineraie semble perdre une partie de son âme. Ses respirations se font lentes et discrètes. C'est toute la maison qui se tamise, se recroqueville, gonflée comme une éponge par la moiteur de l'air. Certains rideaux restent tirés, certaines fenêtres obscures ; perchées sur les guéridons ou les cheminées en pierre, les lampes d'appoint luisent, blafardes – autant de petits phares trop vacillants pour éteindre la torpeur qui s'installe et s'englue. La Grineraie calfeutrée, immobile, dans l'attente.

Ambre erre du salon à la bibliothèque, de la bibliothèque au salon. Ses doigts frémissent sur les reliefs piquants d'un fauteuil élimé. Ses pas l'aventurent jusque dans la salle à manger. Sur le mur en face des placards, à côté de la porte qui donne sur la cuisine, se tient le piano droit. Malgré les tentatives d'accordage de Libette, il garde toujours son timbre vieillot, un *son de bastringue*, dit Frédérique. Ambre appuie distraitement sur l'une des touches, qui s'enfonce dans un *fa* faiblard. En dessous, le *mi*, plus dur à jouer, résiste au poids de son doigt. Le clavier ressemble à un sourire de vieux cowboy ; édenté, irrégulier, jauni par les ans. À gauche d'Ambre, les vitres de la fenêtre se mettent à trembler. Un long sifflement s'engouffre par un interstice. Le vent se lève.

Derrière, sur la table recouverte de piles de dessins et d'autres objets non identifiés, trône la maquette de la petite Grineraie. Ambre l'a explorée des centaines de fois. Elle a revu les pièces, comparé les meubles présents, dont une majorité est restée telle quelle. Elle promène machinalement son doigt sur le toit en bois peint. Le contact est lisse, poli, la surface a été vernie avec soin. Elle a fini par l'apprivoiser, cette petite maison. Mais le mystère de sa fabrication continue de trotter dans son esprit. Le renversement qu'a produit la maquette dans sa manière de voir les choses la prend encore aux tripes. Pendant qu'elle réfléchit, des pas se rapprochent derrière elle. Papa.

— Ah ! Tu tombes bien, mon bouchon. Y a plus personne dans cette maison. T'aurais deux minutes pour m'aider à plier les draps ? S'il te plaît s'il te plaît s'il te plaît !

Ambre le suit avec plaisir jusqu'au grenier. Elle pense à la ressemblance entre Papa et Libette ; même bleu très clair dans les yeux, même complicité rieuse. Les marches de l'escalier pentu craquent sous les pas. Le grenier les enveloppe dans son atmosphère humide et poussiéreuse.

À deux, on dépend les draps, on les plie comme Grand-mère l'a appris à Papa et comme Papa l'a appris à Ambre, dans des mouvements coordonnés. L'activité est vite bouclée. Au bout de deux minutes, Papa n'a plus besoin de son aide, veut plier tout seul le reste du linge. Au-dehors, un coup de tonnerre retentit. Ambre est prise d'une détermination soudaine.

— T'as ton téléphone ?

Papa le lui tend. Il a l'habitude qu'elle le prenne pour jouer à d'autres jeux que les siens, même s'ils ne valent pas le *Snake* du vieux cellulaire de Raphaël. Elle pianote rapidement sur l'écran, active la lampe de poche et s'aventure vers la deuxième partie du grenier – celle où elle a découvert la petite Grineraie avec Oscar. Papa la suit du regard un moment, curieux, puis retourne à son affaire. Le téléphone éclaire bien mieux que la dynamo de l'autre fois. Les poutres, les contours des objets, les recoins mystérieux sont aplatis, mis à nu, brutalement dénaturés par le faisceau blanc qui sort de l'appareil. Ambre retrouve, au loin, le drap qui protégeait la maison de poupées. Juste derrière celui-ci, un autre relief, recouvert d'un tissu identique, attire son attention. Comment ne l'avait-elle pas vu la dernière fois ? Elle s'approche, magnétisée.

Sous le tissu, une grosse malle, ancienne, comme on en voit dans les films. Les loquets sont épais et difficiles à défaire. Après plusieurs tentatives, elle parvient à les ouvrir. Son esprit est parcouru de pensées embrouillées, inégales, qui s'enchevêtrent et se chevauchent. Tout en se demandant si elle ne risque pas de tomber sur une mauvaise surprise, sur un corps découpé en morceaux par un tueur en série, ou pire : sur un vide complet, juste une valise nue, anonyme et sans histoire, Ambre soulève lentement la partie supérieure de la valise.

Pas de corps à l'horizon. À la lueur du téléphone, qui s'est faite tremblotante, apparaissent des objets éclatants, préservés par le temps. Un ours en peluche, un peu dégonflé, une oreille plus petite que l'autre et des boutons noirs en guise de pupilles. Une poupée en porcelaine aux cheveux soigneusement peignés. Un petit bateau en bois peint en vert. Un peigne en corne, quelques poteries vernies, un nez de clown rouge vif. Elle les enlève précautionneusement de la valise. Celle-ci contient aussi une poignée de vêtements, soigneusement pliés. C'est tout.

Non, une dernière chose.

Au fond, sous les couches d'objets qu'elle a dégagées, Ambre découvre un épais carnet aux pages cornées. Le souffle court, elle rapproche la lampe. La couverture, couleur grisaille, est vierge de toute écriture. D'une main, elle ouvre une page au hasard. C'est un carnet à petits carreaux, un cahier d'écolier. Les feuillets sont couverts de lignes serrées les unes contre les autres, comme si l'auteur avait peur de manquer de place. L'écriture est fine et appliquée, tout en longueur. Ambre repère quelques mots, en vrac. Ses yeux papillonnent de paragraphe en paragraphe sans réussir à se poser. *Calme-toi.*

Ambre saisit le cahier, referme la malle, se lève, rebrousse chemin. Elle veut dire à Papa, elle croit qu'elle a trouvé un truc, elle ne sait pas à qui c'est, ni ce qu'il y a dedans, mais c'est énorme. Aucun son ne sort de sa bouche. Les questions restent enfoncées dans son gosier, dans son ventre, elles veulent rester au chaud, pour elle, rien que pour elle. Quand elle arrive près du fil à linge, elle tourne la tête à gauche, à droite. Papa est déjà redescendu. Elle a le cahier dans la main, la couverture cartonnée est toute lisse et un peu froncée par endroits, ça fait des plis, dehors il pleut et il tonne, elle a le cahier dans la main et oublie d'éteindre la lampe de poche, elle est debout dans le grenier qui grince dans la lumière grise et vide du temps maussade et de nouveau elle ouvre le cahier en plein milieu, une page au hasard, parce qu'Ambre est une fille désordonnée et qu'elle déteste qu'on commence toujours les histoires par le début :

*

*   *

Les Vigneys, dimanche 1er août

Suzanne au secours
Je suis allé beaucoup trop loin
Qu'est-ce qui m'a pris

(Rester calme)
En fin d'après-midi j'ai eu quartier libre :
autorisation du paternel de m'échapper des travaux de l'étage
pour vaquer à mes occupations
J'étais ravi, mais si j'avais su

J'ai quasiment couru vers ma chambre
fourrer dans mon sac de cours ma trousse et quelques feuilles
(tu sais, nos trousses en cuir à nos noms)
et je suis allé m'aventurer vers le manoir des vacanciers
encore une fois
décidé à faire des croquis de la vue que j'avais hier

Le portail était encore ouvert quand je suis arrivé
la maison silencieuse et sans vie

juste le bruissement du vent dans les arbres mouvants
Je me faufile dans les troncs des pins
je me faufile jusqu'à l'endroit de la dernière fois
la façade ouest trouée de sa baie vitrée
puis je croque, à toute vitesse
le plus fidèlement possible

Au bout d'une dizaine de minutes, je m'aperçois (encore mieux)
que je peux m'enfoncer davantage
Petite excursion à travers le sous-bois
virage vers la droite, toujours à couvert
Je trouve un nouveau point d'observation et j'entame mes esquisses
toujours un bloc massif et lisse
seule fantaisie de l'architecte : une tourelle carrée
sans aucun charme, qui me paraît récente
C'est un bâtiment en toc, sans histoire

Tout cela me fait considérer notre maison d'un autre œil
avec ses pierres anciennes et son toit tordu
ses trous où nichent les mésanges timides
Je devrais prendre le temps de la dessiner aussi
un jour

Plongé dans mon dessin, je mets du temps à entendre les voix
Trois personnes surgissent dans mon champ de vision : la femme sévère et la fille de mon âge, accompagnées d'un troisième larron, un homme barbu
Ils déplient des transatlantiques et s'installent sur l'herbe
trois verres, une bouteille
bien plus près de moi que la dernière fois
une dizaine de mètres, maximum
conversation animée
La fille a des cheveux corbeau qui ondulent jusqu'à la taille, des traits fins et un de ces sourires

Je troque mes croquis contre de la prise de notes
Quelques bribes que je capture sur mes feuilles volantes :
Homme : Je sais que c'est mal de médire, mais j'ai trouvé qu'il se foutait éperdument du reste de la famille
Femme : Comment ?
Homme : Du reste de la famille, je veux dire… à chaque fois, il faut qu'il n'y en ait que pour lui, il se pavane devant tout le monde, et on est forcés de l'écouter…
Fille : Tant mieux s'il parle beaucoup, c'est qu'au moins il se trouve une place
Homme : Oui, mais par moments c'était assez grotesque. Il fait ça pour la galerie, tout le reste lui est égal. C'était parfois à la limite du supportable.
Femme : Mais enfin, tu ne peux pas nier les efforts qu'il a faits en venant à Groix avec tout le monde, il n'avait pas revu Tante Lucie depuis des années. Je trouve que tu es sévère avec lui. Ça ne t'a pas gâché tes vacances, tout de même ?
Homme : Non. C'était un séjour tout ce qu'il y a de plus parfait. La preuve : ce n'est que maintenant qu'on revient sur lui. Mais j'espère que Tante Lucie n'a pas été trop peinée en observant la métamorphose de son fils.

Groix. Morbihan. 56.
La seule évocation de cette île me laisse encore rêveur.
Ils y ont manifestement passé le début de l'été.
Cela me paraît terriblement exotique.
Tu imagines si un jour on pouvait se payer ce genre de vacances
Je ne recopie pas ici le reste de la conversation, qui continuait sur ce cousin exécrable, avant de partir sur d'autres sujets.

J'ai commencé à m'inquiéter de l'heure en voyant qu'ils n'étaient pas près de décoller.
J'avais dit que j'allais faire un tour.
Pourtant, je me sentais incapable de bouger sans être surpris.

À ce moment-là, la femme à l'air sévère a demandé à la fille si elle avait travaillé son violon
Cœur au fond de l'estomac
Son violon, Suzanne
Est-ce que je pourrai un jour écouter du violon à nouveau sans avoir envie d'aller m'effondrer dans une grotte humide et sombre
Est-ce que je pourrai un jour en écouter sans me dire que c'est toi qui me parles à travers tous les violons du monde

En tout cas, c'était peut-être le moment
J'initie un mouvement. Tout doucement.
Alors que j'attrape mes feuilles de croquis, je pose mon pied droit sur une branche sèche – elle émet un craquement formidable
Je relève la tête
les voix se sont interrompues
la fille plisse les yeux dans ma direction
ses pupilles me transpercent à travers les épines de pin
L'immobilisation dure une éternité, avant que la fille ne détourne le regard et revienne à ses occupations.

Je reste figé tout le reste de leur conversation, jusqu'à ce qu'ils rangent leurs assises et se redirigent vers la maison
Fenêtre de tir : mon cœur s'arrête de battre.
Je me redresse et je me carapate, accroupi derrière les feuillages
J'arrive à la maison à bout de souffle.

Dès mon arrivée, je prends une résolution : ne plus jamais remettre les pieds au manoir des vacanciers.
Le soulagement a été de courte durée
Reste un problème : ma trousse n'est pas dans mon sac.
Dans ma hâte de m'enfuir, je l'ai oubliée derrière les arbres… !
Il va falloir que j'y aille.

Tu sais comment est notre père
S'il s'en rendait compte
(et il s'en rendra compte)

J'ai une boule dans la gorge.
Je n'ai presque pas mangé au dîner.
Je suis monté directement dans la chambre pour écrire ces lignes. Je n'ai aucune envie de retourner dans le jardin du manoir.
Tu as un plan ? Ou pas

Oui, c'est ça, laisse-moi tout seul

Chapitre 8
Renversements

UNE DEMI-HEURE QUE LE JOURNAL A ÉTÉ DÉCOUVERT. Elle est encore debout, dans la lueur de l'après-midi qui faiblit, dans l'odeur de paille du grenier qu'elle ne remarque plus. Elle a rebroussé les pages et recommencé le cahier depuis le début pour y voir plus clair. Ses yeux parcourent les lignes serrées, qui s'agglutinent et qu'elle défriche, déchiffre, encore trop vite à son goût – elle aimerait savourer, digérer chaque détail, chaque impression sauvage, chaque trait fugace de cet autre *moi* si réel, si présent, qui lui écrit depuis l'immensité du vide, depuis l'ellipse des années. Elle prend le temps de déglutir et d'expirer, *une phrase à la fois*, mais ses yeux ne cessent de filer plus loin encore, plus loin et plus vite, comme si le journal allait lui échapper des mains.

À l'inverse, par moments, son regard quitte brutalement le carnet des yeux et fixe les poutres miteuses et les toiles d'araignée. Des blocages l'empêchent de continuer. La lecture l'embroussaille, l'information est trop vive, pleine, riche de sens. Une demi-heure debout dans le grenier et elle saisit, au plus profond de son abdomen, que cette autre vie va faire – a fait déjà – intrusion dans la sienne de manière irrattrapable. Elle sent son destin se resserrer autour de ce cahier dont elle ne comprend que la moitié des signes – la faute aux sentiments contraires qui s'affrontent par-dessus les caractères tracés au stylo plume.

Qui es-tu ?

Le vertige vient par vagues et donne la nausée, en même temps qu'une puissante euphorie. Il y a d'abord cette sensation, discrète mais profonde, d'être dépossédée d'elle-même. Autour d'Ambre, la Grineraie paraît totalement nouvelle. Le garçon au journal lui rappelle, gardien du temple, que cette maison n'est pas à elle. Le terrain conquis devient jungle inconnue ; la propriétaire devient intruse. Qui est-elle pour s'introduire dans ce sanctuaire ?

En même temps, un bouillonnement d'énergie vient ébranler sa colonne vertébrale. Le journal qu'elle tient entre ses mains est une trouvaille, une trouvaille si inespérée qu'il lui semble qu'elle pourrait s'évaporer comme par magie si elle la posait quelque part. Elle a ici la trace d'un autre : un autre qui a vécu dans *sa* Grineraie, connu les mêmes murs, peut-être éprouvé les mêmes choses en les regardant. Elle a ici la trace, enfin ! d'un ami imaginaire, dont elle peut partager les doutes et les questionnements. Un ami âme sœur, un *alter ego*, qui vient remplir ses manques et ses vides. Un lien se tisse déjà entre elle et lui, traversant les âges et les temps.

Si Ambre retrouve le présent, au bout d'une demi-heure de lecture éprouvante, c'est parce que le ciel s'est soudainement assombri : elle est forcée de froncer les sourcils pour tenter d'y voir clair. Elle n'a aucune idée de l'heure qu'il est. Cette notion même lui paraît dérisoire à côté des années-lumière qu'elle a franchies. Un espace-temps la sépare du garçon au journal – pourtant, elle a l'impression de se tenir à côté de lui. Ambre descend du grenier, lentement, le carnet entre ses mains. En bas de l'escalier pentu, le couloir à velours bleu l'envoie vers la chambre qu'elle partage avec Arthur. La porte entrouverte lui indique que son cousin ne s'y trouve pas. Elle se pose sur son lit sans même allumer la lumière. Elle a besoin de réfléchir.

Il y a ce garçon, donc. Un peu geignard, un peu frêle. Seize ans, dit-il. Un an de moins qu'elle. Elle l'imagine, en plus grand, sous les traits d'Oscar. Il pourrait lui ressembler : mêmes bras freluquets, même teint pâle. Quoi d'autre ? Elle lui ajoute deux épais verres de myope. Le petit binoclard un peu premier de la classe. Elle le voit entouré de livres, plongé dans ses univers de SF à l'ancienne, la mine un peu renfrognée à force d'avoir trop lu. Et puis il y a le père admiré, le père sévère mais juste ; elle lui donne des mains gigantesques et un ton cassant. Elle se figure moins la mère, effacée derrière un tablier à fleurs. Une vraie femme au foyer, étouffée par les tâches ménagères, trop chargée pour satisfaire ses envies d'évasion – une grande lectrice oubliée, perdue entre ses bocaux de confiture et les couches des enfants. C'est l'un des détails qui datent le plus le récit. Il y a eu, dans cette cuisine de la Grineraie, un petit bout de femme qui a assuré les repas jour et nuit sans broncher, sans que son fils lui-même questionne une seule fois cette division des corvées.

Et puis il y a Suzanne, la sœur disparue. Suzanne évaporée, rayée de la carte. C'est peut-être ça qui la prend le plus aux tripes quand elle le lit. Elle se figure un garçon profondément seul, incompris, âme errante parmi les errantes. Son isolement l'émeut. Sa manière d'écrire le manque, aussi. Elle comprend, au plus profond de son être, ce que c'est que ce trou béant à combler, chaque jour, laborieusement, courageusement. La sensation d'avoir perdu une alliée. L'impression, parfois, que celle-ci ressurgit, dans les recoins d'une pièce ou derrière une porte ouverte. La quête constante d'un complice imaginaire, avec qui renouer ce lien défait.

Ambre s'allonge sur le lit. Elle pose le journal sur son ventre, ouvert à la page où elle s'est arrêtée de lire. Un petit chapeau pointu, un toit sous lequel se réfugier. Combien de minutes reste-t-elle là, allongée sur le matelas grumeleux ? Le temps est devenu élastique. Les résonnances du gong, mille ans plus tard, la sortiront de sa torpeur – Oscar appelant à table. Elle se lèvera, ignorant les protestations des ressorts du vieux lit, rejoindra lentement la cuisine. Elle ne verra pas le repas passer. Quelques fois, elle envisagera d'ouvrir la bouche. Faire sortir la nouvelle, comme ça, d'un coup. *Regardez ce que j'ai trouvé.* Mais elle a la certitude que si elle tentait d'en parler, les mots ne sortiraient pas de sa gorge. Tout autour des voix étouffées des convives, il y a ce lien indescriptible qui l'unit à l'histoire d'un autre, ce renversement du monde dont elle ne sait que faire.

*

* *

Les Vigneys, mardi 3 août

Le portail du manoir des vacanciers a décidé d'être solidement fermé depuis deux jours.
J'y jette un œil avant et après le travail.
Ma trousse repose toujours entre les sapins, à deux pas de chez moi.
Je suis écœuré.
Tu sais ce que c'est, cette trousse. Les économies de notre père pour nous offrir du vrai cuir, les noms pyrogravés avec soin. La symbolique, aussi.
Impossible d'en retrouver une par moi-même
Quand bien même j'y mettrais toute la paye de M. Fermant, on n'en trouverait plus des comme ça
Le cordonnier de Chanayres qui nous les avait faites a pris sa retraite

J'ai ouï dire que le repreneur se concentrait sur le raccommodage de souliers
Alors aucune idée d'où faire refaire une trousse en cuir
Il y a encore la tienne dans la petite commode de ta chambre.
C'est d'ailleurs le seul meuble qu'on n'a pas déménagé là-haut.
Il y a trop de toi dedans.

On bricole avec le père, sinon, encore.
Un nouveau projet, une idée à lui, qui lui ressemble.
Les anniversaires des petites sont dans un mois. Il m'a proposé qu'on leur construise une maison de poupées. Notre maison, en miniature.
Tout en bois. Un cadeau commun pour toutes les deux.
Il a récupéré deux ou trois planchettes fines chez Dassier et a déniché un joli pot de peinture grise chez le quincailler
On commence à travailler la structure.
Sa précision dans la découpe du bois me fascine.
Maman s'est déjà mise à coudre les petites nappes et les rideaux à partir de chutes de tissu.

Je sais que si tu avais été là, il t'aurait recrutée à ses côtés.
Tu aurais ouvragé la façade et les menuiseries
taillé les détails de chaque meuble
les tâches les plus fines et les plus rigoureuses.
tes doigts agiles sur le bois, tes gestes maîtrisés, millimétrés.
Tu te serais emparée de cette maison comme tu t'emparais de tes violons : avec avidité.
Je repense à la manière dont tu maniais ceux qu'on te chargeait de restaurer, mais surtout à ton appétit de concevoir les tiens.
De nouveaux instruments, à partir de rien. Juste ton exigence et ton talent.
J'aurais tellement aimé te voir à l'œuvre.

En parlant de ça
Cette nuit j'ai refait ce genre de rêve

Je me réveillais chez nous, mais ce n'était pas pareil
comme une lourdeur dans l'atmosphère
comme un passage à vide
Je déambulais, bras ballants, inutile
de plus en plus grand dans ce monde de volumes et d'arêtes
l'air se faisait rare, suffocant
Me sentant à l'étroit, je courais vers l'entrée, ouvrais la porte
me contorsionnais pour passer à l'extérieur,
mais je n'arrivais pas dehors
Sous mes pieds, une épaisse couche molle, douillette
à ma gauche, une rambarde grande comme une forêt
J'étais encore dans notre maison, mille fois plus grande
j'étais à l'étage, posé sur le long tapis bleu
les plafonds me paraissaient des voûtes,
le couloir, une cathédrale.
Je me retournais : derrière moi, l'entrée dont je venais de m'échapper était celle de la maison de poupées, à peine achevée

Chapitre 9
La fille de mon âge

En bas ce matin, après une nuit interminable, Ambre déambule dans la maison silencieuse. Elle veut voir Grand-père. Une question urgente. Elle le trouve dans le salon, en robe de chambre pelucheuse et charentaises ternes. Le salon est une pièce qu'elle aime beaucoup : pour ses grosses pierres au sol, couvertes d'un tapis en paille tressée ; pour sa cheminée toujours éteinte, l'assemblée de fauteuils en cercle autour d'une table basse Ikea étrangement anachronique. Posée sur cette table, la pile de bouquins que Grand-père dévore lentement au fil des jours.

— Bonjour, ma chérie ! Tu as bien dormi ?

Ambre acquiesce, sans réfléchir.

— En fait, je voulais savoir… Tu sais, quand on parlait de la maquette et tout ça… On a parlé un peu de l'histoire de la maison. Mais j'ai jamais su quand vous vous êtes installés ici. À quelle date précise, je veux dire.

Elle voit deux sourcils se lever derrière les lunettes dépolies, et a une pensée fugace pour Papa, qui s'énerve régulièrement de l'état des verres de Grand-père malgré le chiffon microfibre et le liquide nettoyant qu'il lui a offerts, *un peu pour la blague*, pour Noël dernier.

— Tu veux savoir la date où on s'est installés à l'année, ou celle de l'achat de la maison ? C'est différent.

— La date d'achat.

— C'est une date facile à retenir : 1980. L'année de mes cinquante ans. Ta mère – excuse-moi, ta grand-mère ! Je deviens complètement gâteux. Ta grand-mère avait quarante-sept ans. Pourquoi tu veux savoir ça, ma belle ?

Ambre bredouille que c'est la maquette qui la fascine. Il lui dit qu'en effet, c'est une histoire *assez prodigieuse*. Lui aussi est intrigué ; il irait bien faire un tour chez le notaire pour trouver, peut-être, des informations sur les précédents habitants. Ambre sent son cœur se serrer. Elle a tout à coup l'impression de lui cacher une autre découverte capitale. En haut, sa trouvaille lui envoie des radiations depuis son tiroir à trous. Est-ce qu'il faudrait qu'elle en parle ? Rien qu'à lui ? Est-ce que Grand-père et ses yeux pleins de passion ne mériteraient pas qu'elle partage son secret ?

— Quelqu'un pour m'accompagner ? Papa, Ambre, vous avez déjà mangé ?

Frédérique se tient dans l'embrasure de la porte du salon. Ambre ne l'a pas entendue entrer. Un *j'arrive* lui parvient d'en haut ; la voix du paternel. Ambre emboîte le pas des deux frangins.

Pendant le petit-déjeuner, elle se lance dans des équations à plusieurs inconnues. Grand-père et Grand-mère ont acquis la Grineraie en 1980 – il y a trente-deux ans. A-t-elle été rachetée à la famille de ce garçon ? Quel âge avait-il quand il a quitté la maison ? Elle aura peut-être la réponse à sa seconde question dans le journal lui-même. Il y a une chance que son auteur fasse référence à un projet de déménagement. Pour ce qui est de la première interrogation, il faudrait disposer d'un historique des différents habitants de la maison – mais quand bien même elle y aurait accès, aucune date, aucun nom de famille du propriétaire du journal ne figure dans les pages qu'elle a lues pour le moment.

Si le garçon avait au moins seize ans quand il a quitté la Grineraie, et qu'il était parti en 1980, au moment du rachat, il aurait aujourd'hui, en 2012, une cinquantaine d'années. Elle a du mal à se figurer le petit freluquet à binocles en père de famille, un tout petit peu plus âgé que Papa aujourd'hui. Au moins quarante-huit ans, peut-être plus. Il pourrait tout aussi bien être mort depuis belle lurette. N'y a-t-il pas des références, dans le journal, qui lui permettent d'identifier des dates, des périodes ? Il faut absolument qu'elle y cherche des indices.

Une autre question la taraude, plus lointaine, plus profonde. Un éclair et elle revoit la malle dans la pénombre, ses doigts tremblants soulevant les piles d'habits, tâtant l'ours en peluche élimé, les jouets épars et autres objets oubliés, le journal enfin découvert. Pourquoi avoir laissé ces affaires ici ? Elle peut imaginer que ses sœurs et lui se soient séparés de jouets et vieux vêtements, mais l'idée qu'il ait volontairement laissé son journal intime, dans lequel il avait livré des pensées aussi personnelles, et auquel il semblait tenir, est plus difficile à concevoir. Pourquoi ne pas l'emporter avec lui ? Avait-il dû partir précipitamment, sans avoir le temps de récupérer ses affaires ? Avait-il grandi et oublié, finalement, ce concentré de mémoire adolescente ? Ou bien avait-il l'espoir qu'un jour, quelqu'un comme Ambre le retrouve et partage avec lui son quotidien, ses doutes, ses rêves ? La dernière idée est séduisante. Peut-être avait-il pensé à la postérité. Peut-être lui avait-il imaginé des allures plus dignes : être retrouvé, un siècle, un millénaire plus tard, par un historien ravi de sa découverte, qui pourrait en faire un cas exemplaire de la vie quotidienne rurale au XXe siècle. Ce serait son genre, au garçon, avec ses rêves de voyage dans le temps.

Après le petit-déjeuner, Ambre remonte dans la chambre, récupère le plus discrètement possible le journal dans le tiroir de sa table de nuit, n'osant pas se tourner vers la masse endormie d'Arthur, puis redescend les escaliers. Alors qu'elle est sur le point d'atteindre l'entrée, un violent craquement se fait entendre. Juste en dessous de ses pieds. Elle sursaute, baisse les yeux. Sous sa jambe gauche, la quatrième marche de l'escalier souffre le martyre ; la fente dans le bois, plaie béante et noire, semble s'être encore allongée sous son poids. Sonnée, Ambre dévale la fin de l'escalier. En dix-sept ans, elle n'a jamais vu cela. Elle a *oublié*, tout simplement, de sauter la marche grinçante. Autour d'elle, coincés dans leurs affiches plates et déteintes, Van Gogh, une petite fille inconnue et le masque dogon jugent son faux pas d'un œil torve. Un frisson parcourt son dos. En vitesse, elle rejoint la bibliothèque, y embarque son ordinateur et sort s'installer près du mur du jardin de la terrasse ouest.

Une barre de Wi-Fi. C'est suffisant. Ambre ouvre le journal à la première page et relit méthodiquement les pattes de mouche. Sur le portable, qu'elle peine à faire tenir sur ses genoux en même temps que le carnet, elle inscrit au fur et à mesure les références qu'elle croise. Parvenue à la page à laquelle elle s'est arrêtée, celle du 31 juillet, elle cesse son relevé et contemple le fichier qu'elle a ouvert :

Lord Jim (Joseph Conrad)

Claude François

L'Île mystérieuse (Jules Verne)

Les Hauts de Hurlevent (sœur Brontë, laquelle déjà ?)

Elle passe une quinzaine de minutes à rechercher les dates de parution, se doutant bien que le point de repère le plus déterminant est le plus tardif : Claude François. Elle sourit en pensant au récit de la « fête » chez « Louis », l'ami de Jeanne. Le malaise du garçon du journal est palpable ; elle a traversé assez de fois la même expérience pour comprendre tout à fait l'inconfort qu'il a pu ressentir. Sa description des conversations vides des fêtards lui a rappelé sa vie lycéenne depuis son arrivée à Toulouse, sa vie lycéenne passée à regarder l'heure pendant les pauses et attendre que la journée se termine.

Claude François, donc. Sur les moteurs de recherche, elle apprend qu'il a sorti tous ses albums entre 1962 et 1978. Seize ans seulement. Le garçon n'a donc pas pu écrire son journal avant 1962. Seize ans en 1962 : cela lui donnerait soixante-six ans aujourd'hui. Ce n'est pas si vieux. Cela signifie aussi qu'il y a de fortes chances qu'il soit encore vivant quelque part dans ce monde.

La nouvelle la plonge dans une torpeur étrange. Le garçon est presque trop réel, trop tangible. Fuir l'idée. Reculer. Sans trop réfléchir, Ambre clique de lien en lien sur les sites web, finit par tomber sur un vieux clip plein de paillettes et de filles en petite tenue. Elle écoute quelques notes de la voix chevrotante, grimace. Le réseau n'est pas assez puissant et la vidéo s'interrompt. Elle fixe un temps la petite roulette de chargement, les yeux vides, puis rabat le caquet de l'ordinateur et rentre à la maison.

Les heures s'écoulent lentement. L'après-midi, toute la famille prévoit une promenade en forêt. Ambre, d'habitude la première à enfiler ses chaussures de marche, décline l'invitation. Elle n'a pas bien dormi, explique-t-elle à Libette. Une légère boule dans la gorge, elle regarde le petit groupe réunir sacs à dos et bouteilles d'eau. Leur monde connu, repérable, quotidien, lui paraît soudain bien lointain. Un immense sentiment d'isolement l'envahit. Tandis que tout le monde part se balader, tout le monde même Arthur, elle monte s'affaler sur son lit. Pendant quelques secondes, elle louche sur les carreaux du papier peint, immobiles, désespérants. Les motifs se floutent, se mettent à danser, entrent en collision. Elle est déjà loin, au creux de son matelas, plus profond que le plancher, plus profond que les étages, dans la terre molle et grondante.

*

* *

Les Vigneys, mercredi 4 août

Oh là là Suzanne

Je me sens encore tremblant de ma rencontre d'aujourd'hui
« Tremblant », je te vois venir, mais ne te méprends pas
tremblant de honte, et d'adrénaline

J'ai récupéré la trousse
La fille de mon âge me l'a rapportée
la fille
ma voisine
celle du manoir des vacanciers
celle aux cheveux corbeau

J'étais entre deux coups de scie sur la maison de poupées
quand Maman m'appelle
Y a quelqu'un pour toi
Si ç'avait été notre Jeanne, Maman n'aurait pas dit quelqu'un
Quand je m'approche de l'entrée, j'entends les petites piailler
et une voix cristalline qui répond calmement
mon sang se glace un peu
Maman qui reprend les filles avec elle pour me laisser parler
à mon invitée
mon invitée

qui me regarde l'air curieux
et me demande si je me souviens d'elle
    Je suis contente de vous revoir
    nous nous sommes rencontrés sur la place de la mairie
    l'autre jour
Il a fallu qu'elle écarquille un peu les yeux
il a fallu que je pense au fait que Maman était là, derrière mon dos, les filles sous ses jupes
pour que je me dise que peut-être, il fallait m'embarquer dans son jeu
Alors je bredouille, n'importe quoi
un
    Ah oui bien sûr, comment allez-vous ?
sorti d'on ne sait où
Tu aurais entendu ma voix à côté de la sienne
c'était comme si je muais à nouveau
je ne reste qu'un petit garçon après tout

Derrière moi c'est l'hilarité générale
Marie qui pouffe d'excitation
Gabrielle qui pousse un cri suraigu
et elle de l'autre côté de la porte, qui sourit simplement
qui me répond par tout un tas de phrases
chaque son qui sort de sa bouche est une magie totale

Finalement, elle se tourne vers Maman
    Cela ne vous embêterait pas que nous fassions
    une petite promenade dans le village ?
    Nous ne rentrerons pas tard
Maman était drôle
Presque aussi emberlificotée que moi dans les mots et les phrases
Faisant tourner son alliance frénétiquement sur sa phalange, avant d'acquiescer

Silence
Affreux silence pendant les premières minutes
On marche côte à côte tous les deux
Je ne sais pas dans quel malentendu je me suis fourré
je me sens complètement con
jusqu'à ce qu'on prenne ce chemin bordé de haies et qu'elle finisse par ouvrir la bouche
Elle ouvre le sac qu'elle tient à la main, et me tend ma trousse
Elle pense que ça m'appartient, elle a lu mon nom à l'intérieur
je confirme, avec l'envie de me pendre
Est-ce que je peux lui expliquer ce que cette trousse faisait à l'endroit où elle l'a trouvée ? Elle a du mal à comprendre.
Je déglutis. Je fais comme je peux.
Je parle du manoir, du mystère, des croquis.

Puis je me tais. Je m'attends à ce qu'elle m'explose au visage
Je m'étonne de son calme.
Elle est intriguée, en fait. Je crois.

Pas une once de colère dans sa voix quand elle me demande
si je pourrais lui montrer les croquis, un jour.
Quand elle me remercie d'avoir été honnête.

Rien de plus. Elle doit y aller. Faire une course chez l'épicier.
On se sépare là, sur la place de la mairie.

Avant que je lui tourne le dos pour rentrer chez moi, elle me fait un grand sourire et me sort cette tirade magnifique :

> N'hésitez pas à venir prendre le thé à la maison.
> Après tout, vous connaissez le chemin.

Chapitre 10
Une activité normale

AMBRE EST DE CES PERSONNES qui n'ont aucun problème à lâcher prise. Papa dit souvent d'elle pour rigoler qu'elle a *deux de tens'*, parce qu'il est très rare de la voir stressée par quelque chose. Ambre laisse couler la vie autour d'elle, s'en imprègne, mais elle s'agrippe rarement. Sauf pour les choses qui comptent. Elle s'agrippe aux jambes de Maman quand elle la dépose, à trois ans, en première section de maternelle ; elle s'agrippe à Nounours quand quelqu'un veut le mettre à la machine à laver ; elle s'agrippe à ce journal inconnu comme au plus beau des trésors. Ambre s'agrippe rarement – mais depuis ce jour où elle a découvert le carnet dans la malle empoussiérée du grenier, elle passe sa vie dans les pensées d'un autre.

Le 1er août, le garçon au journal est dans une mauvaise passe. Ambre frémit en découvrant sa mésaventure dans la villa des vacanciers : la fille de son âge qui a failli le voir derrière les sapins, la trousse laissée dans le jardin. On n'a pas idée de se mettre dans des situations pareilles. Elle tourne les pages frénétiquement, se demande comment cela va finir. Le 3 août, le père montre à son fils son projet de maquette. Le visage d'Ambre se fend d'un large sourire. Elle en était sûre. Elle se hâte, tout à coup, de redescendre dans la salle à manger ; de caresser, d'un œil neuf, les contours et les détails de la Grineraie miniature.

Deux jours après avoir trouvé le journal, elle demande à Grand-père si elle peut lui emprunter *L'Île mystérieuse*. Il a l'air ravi. Raphaël les a tous lus ; Oscar en feuillette quelques-uns depuis l'année dernière. Ambre ne s'était jamais sentie concernée par ces univers de science-fiction à l'ancienne. Il a fallu l'insistance de ce garçon au journal pour susciter sa curiosité. La collection complète des Jules Verne dort dans la bibliothèque ; une ribambelle de dos rouges ouvragés, autant de promesses d'aventures extraordinaires. Grand-père lui recommande de commencer par *Les Enfants du capitaine Grant*, car il raconte les débuts de l'histoire ; *L'Île mystérieuse* est le troisième tome d'une trilogie, et succède à *Vingt mille lieues sous les mers*.

La recherche de *L'Île mystérieuse* est le seul contact qu'Ambre entretient avec le présent pendant des jours. Elle passe le reste de son temps plongée dans le journal, relisant entre les lignes, ponçant certains passages jusqu'à les connaître par cœur. Elle garde, consciencieusement, les dernières pages de côté. Une partie d'elle ne veut pas que ce carnet ait une fin ; elle redoute la butée et la chute finale. Elle est déjà allée feuilleter, plissant les yeux pour ne pas distinguer l'écriture, pour voir où le monde du garçon s'arrêtait. Il n'a pas fini de remplir le journal. Le long monologue quotidien se clôt par une vingtaine de pages vierges, comme autant de points de suspension d'une histoire interrompue. Mais elle n'a pas lu la fin. Ce réflexe de conserver son butin *pour plus tard*, comme on couve précieusement les œufs de Pâques durement récoltés jusqu'à ce qu'ils aient pris un goût de savon.

Aux récits du journal se sont ajoutées les découvertes inédites de Cyrus Smith et de sa clique. Depuis la chambre,

Ambre ne voit plus le soleil se lever. Des jours passent dans une torpeur fiévreuse, des jours couleur sépia, indénombrables, identiques – des nuits infinies, où, encore et plus que jamais, elle fixe sans les voir les carreaux du papier peint plongés dans la pénombre.

Et puis un jour, cela suffit. Au moment où Ambre termine les derniers mots de *L'Île mystérieuse*, elle prend une décision. L'ouvrage se ferme dans un claquement, éternuant un nuage de poussière. Ambre saisit le journal, qui n'a pas quitté son matelas depuis une semaine, et se lève d'un bond. Elle a besoin de fermer des portes. Quatre à quatre, les marches de l'escalier pentu ; elle dépose le carnet dans sa malle, sans lui jeter un regard, sans l'avoir lu jusqu'au bout, non plus, actionne le mécanisme qui clôt la valise et pousse un soupir de soulagement. Arme du crime éloignée pour un bon bout de temps. Elle peut rejoindre le présent.

En bas, Ambre trouve, dans l'entrée, la trappe de la cave grande ouverte, d'où s'échappe un bruit de verres qui s'entrechoquent.

— Tout va bien en bas ?

Pas de réponse. Elle passe la tête dans l'embrasure et voit une ombre se dessiner dans la lumière glauque.

— Grand-père ? C'est toi ce remue-ménage ?

— Ah, ma chérie ! Tu tombes bien, tu me rendrais un petit service ?

Ambre descend les marches prudemment. Le souterrain court devant elle, une étendue voûtée aux contours imprécis, tout juste éclairée par une ampoule nue accrochée au plafond. Grand-père lui tend deux bouteilles, une dans chaque main.

— Rapporte ça à Patrick, tu seras gentille. C'est du cidre de l'an dernier.

Grand-père est le seul à appeler Le Toche par son prénom. Ambre jette un œil au couloir qui part de la cave à vin pour filer vers la grange, et tressaille. Le souvenir des après-midi passés à tenter de le traverser est encore frais. Elle remonte et file vers la cuisine. Un parfum chaud et généreux s'en échappe – un parfum qu'elle connaît par cœur sans parvenir à l'associer à quelque chose de précis. Elle trouve Raphaël et Le Toche en pleine confection d'une tourte au céleri et aux champignons. Elle s'exclame avec ravissement et ils répliquent par un grand sourire. Elle n'a goûté qu'une poignée de fois à la tourte au céleri du Toche – c'était une fête des papilles, un réconfort fumant et intense. Tout en posant les deux bouteilles sur la toile cirée, Ambre les observe plier et replier la pâte pour la feuilleter eux-mêmes, geste qu'elle a du mal à s'imaginer faire un jour tant il lui paraît technique et chronophage. Elle pense à Libette, à Frédérique, élevées comme des jeunes filles indépendantes, qui se contentent de plats surgelés et de j'y-fous-tout et considèrent la cuisine comme une perte de temps. Elle pense à Grand-mère avant elles, professionnelle des gratins carbonisés et des pâtes trop cuites que Grand-père tentait de rattraper par quelques boîtes de conserve toujours stockées, au cas où, dans le garde-manger. La passion du Toche pour la cuisine n'est pas familiale ; elle relève du miracle.

— Ouais donc je disais, en même temps les gens qui critiquent les panneaux solaires parce que c'est fabriqué en Chine, ils ont pas tort, si ? C'est fondé, leur truc, tu réponds quoi à ça ?

Ambre regarde avec tendresse les sourcils froncés de Raphaël. Elle a envie de poser son doigt sur la ride du lion qui se forme sur son front pour la faire disparaître. Des années qu'elle lui voit cet air soucieux d'aîné de la famille. Le Toche répond à sa question par une tirade argumentée, et elle écarquille les yeux. Les occasions de le voir se plonger dans un débat technique sont rarissimes. Il n'est pas du genre à la ramener, sauf quand on le sollicite sur son domaine de prédilection. Ambre sait qu'il travaille sur les énergies renouvelables depuis longtemps, sans comprendre exactement ce qu'il fait.

Admirative, elle écoute les joutes verbales sur le sort des énergies solaires. Les deux adversaires s'y connaissent trop sur le sujet pour qu'elle puisse saisir beaucoup de choses, et elle finit par décrocher. Comme d'habitude dans les débats, elle est d'accord avec tout le monde, et ne sait pas trop quoi faire de tout cela. Elle s'éloigne de la cuisine à pas de loup ; ils n'ont pas l'air de s'apercevoir de son abdication. Avec une satisfaction teintée de fierté, elle ignore superbement la maquette de la Grineraie, immobile sur la table de la salle à manger, et chemine jusqu'au salon. Au fond, à travers la porte vitrée qui donne sur la bibliothèque, elle aperçoit Thierry, Frédérique et Papa, pliés en deux devant leurs ordinateurs respectifs. Thierry dit toujours qu'il ne va pas travailler, que cette fois-ci il a bien signifié à sa boîte que *congés payés* signifie *déconnexion*, mais il reçoit constamment des coups de fil urgents et finit par s'enterrer dans la bibliothèque. Pour Frédérique et Papa – pour Le Toche aussi, quand il ne fait pas la cuisine –, la situation est différente. Ils travaillent tous les trois à distance, mais c'est prévu comme cela ; c'est ce qui leur permet de rester aussi longtemps. Combien de jours d'ailleurs ? Ambre compte sur ses doigts. Elle se rend compte soudain. Frédérique et Thierry partent demain. La maison va se vider d'un coup. Obnubilée par le journal, elle a oublié que la fin des vacances approchait à toute vitesse. Elle se retourne. Cherche Oscar dans son esprit. Elle n'a pas envie qu'il s'en aille. Elle n'en a pas assez profité.

Elle reprend l'escalier, ouvre les portes des chambres une par une à la recherche de son petit cousin, sans succès. Au fond, à côté de la salle de bains baignée de lumière, la porte à doubles battants s'ouvre sur la chambre de Grand-père et Grand-mère. Elle trouve Libette en pleine répétition.

— Ah, t'es là, toi !

— J'allais te dire la même chose.

Ambre jette un regard circulaire à l'intimidante suite grand-parentale, aux meubles en bois sombre, au lit encadré de deux armoires, au bureau où trônent des piles de feuilles – encore des recherches inachevées de Grand-père, qu'il relit de temps en temps à défaut de pouvoir retourner au labo. Accrochés aux murs, des dessins des petits-enfants adoucissent la solennité du reste de la chambre ; les soleils à lunettes noires d'Arthur, les bestiaires imaginaires d'Oscar et d'Ambre, les portraits en pied de Raphaël, qui se résument à des têtes tout sourire reposant sur des jambes-bâtons infinies.

— Pardon, je voulais pas te déranger, je cherchais Oscar.

— Oscar ? Il est parti se balader avec Arthur et Grand-père.

— Avec Arthur ?

— Oui, t'as bien entendu. Avec Arthur. Un petit miracle.

Ambre sourit. Décidément, ces derniers temps, Arthur semble changé.

— Mais tu me déranges pas. Je galère sur ce prélude, là, ras le bol.

— Tu joues plus avec Papa ?

— Plus ? Non, non non, il travaille. Il doit rendre son rapport d'activité ou je sais pas quoi d'ici demain.

— C'est quoi un rapport d'activité ?

— Ben, je crois qu'il doit faire un relevé de toutes les activités de l'asso où il travaille pour qu'ils le présentent à l'assemblée générale. Comme tous les ans, quoi. Et il me semble que c'est en septembre pour lui.

— Au fait, Le Toche, il fait quoi comme boulot en fait ?

Libette se marre.

— T'as repris du poil de la bête, toi, on dirait ! Le grand retour d'Ambre et de ses questions !

Ambre acquiesce, mais ne dit rien.

— Le Toche, il donne des conseils à des collectivités locales sur quel mix énergétique adopter en fonction des pratiques de la population. Il a des financements de petits villages comme de l'Union européenne.

— L'Union européenne ? Mais c'est la classe !

— Mais il est classe, Le Toche.

— J'ai toujours eu l'impression que c'étaient Thierry et Frédérique qui faisaient des métiers importants, alors que Le Toche aussi.

Libette émet un petit rire bref et se détourne pour ranger son violoncelle. Ambre a la vague sensation que sa remarque a gêné sa tante. Elle se demande pourquoi. Elle pense au Toche, toujours absent des débats politiques alors que lui-même participe activement à la vie de nombreuses villes et villages, qu'il doit certainement défendre des points de vue face à des dirigeants – pourquoi ne l'a-t-elle jamais entendu refaire le monde ? Se pourrait-il qu'il déconnecte complètement, une fois en vacances, de toutes ses connaissances accumulées et de sa capacité à argumenter ? Ambre a envie d'insister.

— Comment ça se fait, tu crois, qu'on ne l'entende jamais parler de son métier, Le Toche ?

Libette glisse son archet dans l'étui. Quand elle se retourne, son regard est ailleurs.

— C'est juste qu'il a pas vraiment la place de se mettre en avant. Disons qu'il y a dans cette famille d'autres gens qui occupent déjà cette place-là, donc il a sûrement dû chercher un autre créneau, à savoir : les gougères et les blagues stupides. C'est quelqu'un de simple, Le Toche. De simple et de très très gentil.

Derrière les grandes lunettes rondes, des lumières s'animent dans les yeux de Libette. C'est la première fois qu'Ambre identifie le regard que porte sa tante sur son grand frère ; une admiration teintée de tendresse. A posteriori, elle s'en veut d'avoir reproché au Toche sa fuite constante des discussions sérieuses ; elle pressent maintenant que cette fuite est liée à quelque chose de plus profond, à sa place d'enfant et à son rôle dans la famille, peut-être. Elle l'imagine à sept ans, ballotté dans tous les sens par les autres êtres humains à cause de ses différences : son allure d'abord, un peu potelée, ses joues pleines et ses dents du bonheur ; sa timidité, rapidement cachée par son autodérision. Elle l'imagine poursuivre Frédérique, son aînée déjà grande, pour lui demander de jouer avec elle alors qu'elle reçoit ses amies et le balaye d'un revers de main ; tenter d'atteindre les petits jumeaux, Papa et Libette, et se heurter à ce duo inséparable, télépathe, inaccessible. Le Toche est le garçon du milieu.

Elle regarde Libette et lui glisse un sourire. Il lui semble voir, dans son expression scintillante, une lueur rare, étrange, qu'elle peine à identifier. Une forme de nostalgie lointaine, ou de regret enfoui. Souvenirs de jeunesse, secrets de fratrie, dont il lui est difficile de demander l'accès ici et maintenant. Elle préfère se retirer dans son intime à elle, et repart divaguer dans les dédales de la Grineraie.

*

* *

Les Vigneys, samedi 7 août

Hier matin
Maman est venue me chercher une lettre à la main
Enveloppe épaisse, odeur de papier neuf
une carte toute simple à l'intérieur

Venez prendre le thé ce samedi à 16 heures :
mes parents vous invitent à la maison.
Nous ferez-vous le plaisir d'apporter vos croquis ?
Amitiés,
Agnès

Agnès. Ce prénom lui va si bien.

J'étais ravi d'avoir une occasion d'échapper à la maison pour un après-midi
Ici l'ambiance est orageuse
je sens Maman amère
un malaise enfoui depuis des siècles
Le paternel étrangement tendu et sombre
Entre eux, des émotions tues, des gestes secs
Pas de raison apparente
pas de raison, vraiment
si ce n'est ton fantôme, Suzanne, contre nos dos gelés
si ce n'est celui de Mamé, pour ajouter au vide
Les trous béants de vos absences dans nos cœurs défaits

Donc très bien cette histoire de manoir
mettre un peu de vie au milieu du chaos

pour oublier ce que l'on peut perdre et ceux qui nous restent trop

Je rentre donc d'un après-midi chez les Reignault

Un peu une boule dans la gorge au moment de franchir le portail
la grande allée de terre au milieu des sapins
le heurtoir de l'entrée est moderne et sobre, une simple poignée d'argent aux lignes épurées
(je ne sais pas pourquoi je note ce genre de trucs)
Vue de face, la maison me fait encore moins d'effet
toujours ce bloc gris massif, cette tour sans élégance

C'est Agnès qui m'ouvre, sourire aux lèvres
un simple signe de tête pour m'inviter à entrer
Elle porte cette robe qu'on ne voit que dans les magazines
une robe droite, à rayures, qui s'arrête juste au-dessus du genou
pas le genre de robe que Jeanne s'autoriserait
ça doit être la mode à la ville
L'intérieur m'impressionne : de grands volumes, de l'espace et du vide ; çà et là, quelques meubles aux lignes pures, des commodes en bois sombre et des fauteuils métalliques
Un autre monde
une froideur qui contraste avec l'accueil qu'on me fait
Agnès me présente à ses parents, qui me saluent avec entrain : c'est l'homme barbu et la femme à l'air sévère
Ils lui demandent de me faire visiter

On fait le tour du propriétaire, auquel je ne trouve pas un grand intérêt – les pièces se ressemblent, toujours neutres et sans âme
Même la salle de musique ne me fait pas grand-chose
il y a pourtant les partitions étalées sur le pupitre luisant
le violon rangé dans son étui ouvert

le violon qui me scrute et que je ne veux pas voir
j'en ai honte, mais je détourne presque le regard
trop de toi dedans
Tu l'aurais pris Suzanne, je le sais
tu l'aurais pris entre tes doigts agiles
tu aurais vérifié l'ajustement des chevilles, la position du chevalet
que sais-je encore

Je sors de la salle de musique presque en sueur
visite les enfilades dans un état second
La grande bibliothèque, celle que j'avais entr'aperçue depuis le jardin, me remet d'aplomb
des murs blancs avalés par les étagères
des centaines et des centaines de livres immobiles
Alors que je reste sans mot dire devant les volumes offerts, à portée de main, Agnès me demande si j'ai apporté les croquis
Je les sors de ma poche et les lui tends mécaniquement
comme un laissez-passer

Elle scrute longuement, calmement, sans mot dire, chacun des petits feuillets froissés
malmenés par le vent et les plis
Quand elle lève les yeux vers moi, j'y vois une lueur nouvelle
Deux trois reflets vermeils dans ses pupilles floues
Puis elle commente
Je n'ai pas envie de transcrire ici ce qu'elle me dit
Tu me trouverais trop prétentieux, et j'en ai un peu honte
Je peux juste dire que j'ai senti mes oreilles s'enflammer quand elle m'a demandé où j'avais appris à faire ça
J'ai baragouiné trois mots dont je ne me souviens plus

La peur me prend, à un moment
la peur qu'Agnès m'ait amené ici pour me piéger
qu'elle dévoile tout à ses parents
Pendant tout le thé, je suis tendu, intimidé

sa mère et son père sont en face de nous, au bout de la table
On parle de la bibliothèque. De tous ces livres, rangés, tiens-toi bien, par maison d'édition et par auteur.
C'est la mère qui s'est occupée du classement.
Ils veulent savoir ce que je lis en ce moment. Je leur parle des Hauts de Hurlevent, ils s'exclament, ont l'air d'apprécier.

Les Reignault habitent Paris le reste de l'année
Je me demande à quoi ressemble la bibliothèque qu'ils ont chez eux, si celle-ci n'en est que le complément

On parle de mon avenir aussi, étrangement. Le père m'interroge. Qu'est-ce qui m'intéresse dans la vie. Ce que je fais de mes fins de semaine. Mes matières préférées. Qu'est-ce que j'aimerais faire plus tard.
C'en est presque gênant. Des allures d'entretien d'embauche. Tu verrais nos parents imposer ce genre d'interrogatoire à nos amis ?
Je ne sais pas pourquoi
est-ce l'élan des paroles d'Agnès sur mes pauvres esquisses
est-ce le besoin d'avoir quelque chose à leur mettre sous la dent, mais
j'ose parler de mon projet de devenir architecte
Agnès et sa mère sont enthousiastes, ce qui me réconforte
Son père me sonde sur mes compétences en mathématiques et en physique. Je pense gagner son respect quand je lui dis que je sais calculer une intégrale
C'est la première fois que j'évoque cette idée auprès de quelqu'un d'autre que Jeanne. J'imagine, vu leurs réactions, qu'elle n'est pas complètement farfelue

Je repars tard, juste à temps pour le dîner
Agnès n'a pas dévoilé à ses parents mon épisode d'espionnage
Quand elle m'a raccompagné dehors, elle m'a dit qu'elle n'en ferait rien

Tu m'intrigues, elle a ajouté
Ça veut certainement dire que je ne lui parais pas dangereux
au pire, étrange
une bête de foire ?

Je lui ai laissé les croquis. Elle souhaitait les garder, pour elle
seule évidemment, si ça ne me gênait pas.
Ça ne me gênait pas.
Encore une fois, le regard qu'elle m'a lancé

Chapitre 11
Dialogues inespérés

Ce soir, la tourte au céleri est un régal. Ambre mord dans la pâte feuilletée épaisse et craquante, se laisse envahir par le fondant des champignons et l'animation des conversations familiales. Le dîner se prolonge par une partie de mah-jong avec Oscar, Grand-père et Le Toche. Chaque petite pièce du jeu, en bois et en ivoire, lui évoque un calisson rectangulaire. Quand elle monte se coucher, elle trouve la chambre des enfants comme à son habitude, baignant dans la lumière bleue du téléphone d'Arthur. Veille de départ pour son cousin mutique. Elle s'allonge sur le lit, mais reste un moment à fixer le plafond sombre. En ce dernier soir, s'endormir sans un mot pour son cousin lui semblerait inapproprié.

— Donc, tu pars demain du coup ?

Arthur ne décroche pas les pupilles de son écran, ses doigts s'agitent sur le clavier, mais elle sait qu'il a entendu. La réponse, d'ailleurs, ne tarde pas.

— Ouais, c'est ça.

Laconique, comme toujours. Une volonté, tout de même, de rallonger la phrase, par le *c'est ça*, petite politesse.

— T'es content ? Tu vas faire quoi après ?

Le regard d'Arthur se fige légèrement sur son écran. Comme s'il faisait semblant de lire ce qui s'y trouvait, tandis que son attention passait à travers les lettres, les mots, les images.

— Euh, on va à Ibiza avec mon père.

Un temps d'hésitation, puis il développe.

— Il essaie de faire des vacances entre père et fils, un truc comme ça.

— Entre père et fils ? Oscar, c'est pas un fils ?

— Non, mais tu vois… Il est petit encore, du coup c'est… Et je crois qu'ils voulaient faire des vacances séparées pour, genre, se rapprocher, j'sais pas quoi. Du coup ma mère et mon frère partent en Ardèche, je crois, c'est elle qui a choisi, en mode vacances nature nin-nin-nin.

— Toi tu voulais pas aller en Ardèche ?

— Ouais non pas vraiment ouais. Les plans paumés c'est pas mon truc, quoi… La rando je suis pas fan, et avec ma mère faut toujours se lever à l'aube pour partir monter une montagne pour la redescendre ensuite, non merci. Enfin *no offence*, y a des gens qui aiment ça, hein, mais moi du coup… non.

Ambre a tressailli quand il a dit *no offence*. Il a utilisé – s'en est-il rendu compte ? – la même expression que son père ; mais Thierry l'emploie de façon infiniment plus suffisante, tandis qu'il y a une certaine précaution de la part d'Arthur ; elle irait presque jusqu'à dire qu'il y a une forme de délicatesse dans sa manière de se préoccuper des goûts des autres. À ce moment précis, le couloir émet un lourd grincement et la porte de la chambre s'ouvre en grand. Frédérique se tient sur le pas de la chambre, une main sur la poignée, une autre en visière au-dessus de ses yeux pour se protéger du plafonnier.

— Pourquoi y a cette lumière allumée ? Vous avez vu l'heure qu'il est ? Arthur, on part à l'aube demain, tes affaires sont même pas prêtes…

— Mais si Maman ! Y a tout dans ma valise, c'est bon là !

— Ah ouais, et ça c'est quoi ?

Frédérique brandit une bombe de laque pour les cheveux qui a roulé par terre contre le mur d'entrée.

— C'est pas à moi.

— Dis pas de conneries.

— Non, je te jure !

— T'essaies de m'avoir ? Tu veux que ce soit à qui ? À Ambre, peut-être ? Ambre, c'est à toi ?

Ambre lance un regard en direction de son cousin, puis ouvre la bouche pour inventer un bobard. Frédérique est plus rapide.

— Évidemment que c'est pas à toi. Arthur, tu mets un réveil demain. À l'heure que tu veux, tu te débrouilles, mais un peu d'efforts, s'il te plaît.

Arthur acquiesce en silence. D'un geste vif, sa mère lui lance la laque, qu'il attrape de justesse. Elle actionne l'interrupteur et ferme la porte derrière elle, les laissant tous les deux dans la pénombre. Un silence s'installe, le temps de reprendre ses esprits, le temps d'écouter, aussi, les pas de Frédérique s'éloigner sur le velours bleu du couloir. Au bout d'un moment, Arthur reprend à voix basse.

— Bref, je disais...

Il a l'air tellement serein, rompu à l'exercice face aux envolées orageuses de sa mère, qu'Ambre en sourit :

— T'as pas eu l'impression d'avoir de nouveau dix ans quand elle nous a engueulés, là ? Ça faisait longtemps.

— J'avoue. Après, moi, elle me parle déjà comme si j'avais dix ans tout le reste de l'année, mais bon.

— Tout le temps ? Mais ça doit être relou, non ?

— Grave. C'est pour ça que j'essaie de pas trop la croiser pendant l'été, ça me fait des vacances.

— Et Thierry, il te parle aussi comme ça ?

— Non, mon père c'est différent. Lui, c'est plutôt : il sait à ma place ce qui est bien pour moi.

Jusqu'à présent, Ambre avait tendance à mépriser les adolescents qui se méfiaient des adultes. Cela lui vient de Papa, sûrement. De la confiance inconditionnelle qu'elle éprouve pour lui, mais aussi de cette manière qu'il a de critiquer, en aparté, les enfants qui considèrent le monde des parents comme un camp adverse. Ambre a beaucoup d'amis qui se comportent de cette manière ; qui disent *c'est un vieux* à propos de toute personne ayant dépassé la trentaine, souvent d'un ton dédaigneux, érigent une barrière entre eux et les autres. Maintenant qu'elle a lu le journal du garçon – qu'elle a vu à quoi peut ressembler un père un peu rigide et moralisateur, elle comprend mieux. Ce sont les parents qui construisent la méfiance que les adolescents éprouvent vis-à-vis d'eux.

— Tu veux dire, Thierry, il te laisse pas faire des choix tout seul ?

— Mon père, me laisser faire ? Alors il va me laisser faire, mais il va juger, on sent qu'il juge. Tout le temps.

— Genre, sur quoi ?

— Genre… euh… j'ai pas d'exemples, là. Mais c'est tout le temps, pour tout, pour les vœux après le bac, pour les potes que je ramène à la maison, pour le sport aussi : j'ai dû m'engueuler avec lui pour arrêter le tennis, putain, t'sais je fais du tennis depuis que je suis petit, mais j'ai toujours détesté ça.

— T'es hyper fort en tennis, non, pourtant ?

— Ben ouais, mais fallait, je m'entraînais toute la semaine, il m'emmenait tout le temps en compétition, les petits championnats régionaux et ci et ça... Mais ça me saoule en fait. Ça, il a jamais compris. Pareil pour l'option chinois en quatrième, c'est lui qui a choisi. J'avais tous mes potes qui terminaient à 15 heures le vendredi, et moi j'avais trois heures de chinois, t'imagines, trois heures ?! Donc je les voyais partir trop contents en mode week-end, et moi je devais rester jusqu'à 18 heures.

Ils discutent encore longtemps en chuchotant, les yeux ouverts dans la pénombre. Ils parlent de Grand-père, aussi, dont Arthur se sent très éloigné. Il lui avoue, un peu désolé, qu'il s'ennuie souvent face à ses monologues ; la manière dont il raconte ses livres de chevet ou explique un phénomène physique ne l'atteint pas. Ambre proteste ; elle lui rappelle que personne n'est pendu aux lèvres de Grand-père, que le sport familial est de l'interrompre le plus vite possible.

— Oui, mais la différence, c'est que vous comprenez ce qu'il raconte. Quand vous voulez bien écouter, vous comprenez. Moi, ça me saoule tellement, j'ai l'impression que même quand je me concentre, il y a un petit singe qui gère mon cerveau à l'intérieur de mon crâne et qui me bouche les oreilles.

Ambre comprend peu à peu comment la chambre de la Grineraie est devenue pour lui un refuge, et les virées villageoises avec Enzo, une échappatoire. Il ne se sent pas à sa place dans cette maison, Arthur, il ne sait pas vraiment où se mettre ni comment s'accommoder de cette culture familiale pesante, de ces traditions qui l'encombrent : les anecdotes que l'on répète en boucle, la répartition immuable des rôles et des caractères, les expressions partagées et les rituels quotidiens, tous objets d'une religion commune dont il se sent exclu. Quand il conclut, elle sent un soulagement dans sa voix.

— C'est con, mais j'étais persuadé que t'allais me juger.

— Te juger ?

— Ben ouais, me juger, comme tu juges mes potes des Vigneys. T'es un peu une fille modèle, tu vois ; nous, à côté, on a l'air de gros débiles. Du coup on est gênés quoi.

Il a ri en disant cela. Si la chambre n'était pas plongée dans le noir, Ambre le dévisagerait bien pour comprendre quel sérieux elle doit accorder à sa réflexion. L'altercation d'il y a quinze jours avec Enzo, Florian et le type brun est chargée de mauvais souvenirs qu'elle a du mal à démêler. Elle a envie d'en parler à son cousin. A minima, de le remercier encore de l'avoir tirée de là. Mais au moment où elle s'apprête à dire quelque chose, dire n'importe quoi pourvu que le dialogue s'installe sur ce sujet-là aussi, Arthur se retourne dans son lit :

— Bon allez, c'était cool, mais faut que je me lève tôt demain sinon je vais me faire allumer. Bonne nuit.

Ce sera pour une autre fois. Ambre reste longtemps éveillée, ressassant la discussion qu'ils viennent d'avoir. Elle pense à ce que l'été prochain sera si elle réussit à renouer une connexion avec lui. Aux nouvelles conversations nocturnes qu'ils pourront avoir tous les deux dans la chambre à carreaux, comme quand ils étaient petits. L'idée la fait sourire. Oui, l'été prochain, rien ne sera comme avant.

Elle ne sait juste pas encore à quel point.

Le lendemain, le départ des cousins a un avant-goût de fin d'été. La famille de Frédérique a beau être irritante à certains points de vue, son absence crée un vide dans la maison. À table, les couverts s'espacent, on range les chaises supplémentaires que l'on avait importées de la salle à manger. Les journées s'enchaînent à nouveau, des journées passées sous le soleil d'août, dans le désœuvrement le plus total, des journées vides comme des pages blanches. Pas à pas, la rentrée se précise dans l'esprit d'Ambre. Régulièrement, elle pense à sa future vie d'étudiante, fait rouler ce mot dans sa bouche, un mot banal plein de promesses. Un matin, elle sort contre le mur du fond du jardin pour attraper des nouvelles du monde. Le soleil chauffe ses épaules brunies par l'été. Le site de sa faculté s'affiche lentement sur son écran, au gré du réseau capricieux. Elle veut se renseigner sur la bourse spéciale que sa future université a mise en place, très sélective, pour bénéficier d'un double diplôme en Angleterre. Chaque année, deux places sont accordées aux candidats de L1 les plus studieux, dans un programme d'échange avec une université anglaise, les invitant à y poursuivre leur cursus jusqu'en master. Elle avait vu l'information il y a quelque temps, mais l'opportunité lui avait paru tellement inaccessible qu'elle ne s'y était pas attardée. De toute manière, elle se sent bien en France, et quatre ans à l'étranger lui paraissent une montagne.

Mais la rencontre du garçon au journal lui fait peu à peu reconsidérer cette possibilité. Elle l'imagine enferré dans sa vie aux Vigneys. À sa place, il aurait probablement sauté sur l'occasion. Il aurait travaillé d'arrache-pied comme il le faisait déjà, et il aurait remporté la bourse. Elle s'était agacée, au début, de le voir parler de la Grineraie avec aussi peu d'enthousiasme. Elle avait été déçue de voir que la maison ne suscitait pas chez lui l'affection qu'elle-même lui accordait. Elle lui avait envié son enfance à la campagne, ce luxe des grands espaces et des vieilles pierres ; il aurait certainement rêvé de grandir à la ville, connaître l'agitation des foules et les bibliothèques municipales. Mais à sa différence, elle a cette chance monumentale de pouvoir choisir entre ces deux univers.

Ambre en est là de ses réflexions, plongée dans la Grineraie du passé et les avenirs grand ouverts, lorsque Grand-père vient s'installer près d'elle. Il cherche de la connexion, lui aussi, pour répondre au mail de son vieux beau-frère. Elle le regarde ouvrir ses dossiers sur son antique Macintosh, sourit de ses mots de passe à rallonge.

— Ah, c'est Oncle Émile ? Il a vu tes photos ?

— Eh ben figure-toi que non, il n'arrive pas à lire mes pièces jointes apparemment.

Ambre n'est pas étonnée. Le cousin en question ne maîtrise pas encore les joies de l'ordinateur, tandis que Grand-père, du haut de ses quatre-vingt-deux ans, est un geek de la première heure. L'autre jour, il a scanné des photos de famille trouvées dans le tiroir d'un secrétaire. Une phrase du garçon au journal, à propos de sa Mamé, lui revient en mémoire. *Pourquoi on fait plus attention aux absents qu'aux vivants ?* Quand Grand-mère est morte, Ambre était trop jeune et ne l'avait pas assez connue pour ressentir un manque. Mais la remarque du garçon la touche : ce n'est qu'une fois Mamé évaporée qu'il se rend compte qu'il ne lui a jamais vraiment parlé. Le cœur pincé, elle jette un œil à Grand-père. Ses doigts s'activent sur le clavier, instables, tremblotants. Elle détaille les petites rides sur les phalanges, les belles taches de vieillesse sur le dos de la main, l'alliance dorée à l'annulaire.

— Grand-père, quand t'auras fini, je pourrai te poser des questions ?

Grand-père lève les yeux de son écran et la regarde par-dessus ses verres opaques. *Bien sûr ma chérie*, il lui dit, *tout ce que tu veux*. Il termine son mail et ferme l'ordinateur.

— Alors, qu'est-ce que tu as envie de savoir ?

— C'était comment quand t'étais enfant ?

*
* *

Les Vigneys, dimanche 15 août

Une semaine sans écrire
Cet été est plus mouvementé que je ne l'imaginais
Je passe du temps avec Agnès, des longues balades à travers champs
Elle lit *Le Deuxième Sexe* en ce moment, elle m'en parle beaucoup
C'est presque déjà devenu un classique, mais je ne l'ai pas encore lu
Elle me le prêtera quand elle aura terminé

Avec le paternel, on a terminé le gros de la maison de poupées pour Marie et Gabrielle
C'était si rapide… !
deux week-ends passés dessus
Hier soir, après le bricolage, il est retourné à l'usine
un samedi en fin d'après-midi
un jour de fête votive
ça n'arrive jamais

Première fête des Vigneys sans le paternel
on a eu droit aux questions
je sais que du côté de la pluche ça commérait
les voisines autour de Maman et des filles
au milieu des carottes et des pommes de terre
Elles se demandent ce qui se passe

L'autre sujet des racontars, c'était les Reignault, qui pour la première fois se sont joints à nous pour les préparatifs et le dîner du soir

On ne les avait jamais vus ici
C'était gentil de leur part, même si un peu décalé

Agnès était perdue
Entre deux montages de tables, je lui ai montré qui était qui, je lui ai confié les rumeurs du village. Elle était contente, je crois
Il y avait Ferdinand, M. Bibloquet, Mlle Ossin-Mouret, M. Fermant
L'épicier, le quincailler et sa femme
Toujours les fils Sernine aux commandes
Et les Morillot chez qui on va regarder la télévision les jours de match, tu te souviens ?
Bref, les classiques

On était en train d'accueillir le reste pour entamer les festivités quand on a prononcé mon nom par-dessus mon épaule
Je me suis retourné lentement sans oser y croire, mais
Jeanne était là
Jeanne notre Jeanne
J'ai couru vers elle, Agnès sur mes talons
C'était inespéré
Henri lui a donné l'autorisation de venir. Il était derrière elle, en retrait, accompagné de Joséphine.
Jeanne sans son bandage, les cheveux coupés en dessous des oreilles, les jolies boucles blondes
Nos disputes de la dernière fois effacées d'un coup de baguette magique. J'étais ravi et nostalgique. Elle aussi peut-être

Je l'ai présentée à Agnès, elles se sont fait un sourire poli
J'ai commencé à lui raconter qu'Agnès aimait beaucoup lire, comme nous deux, mais à ce moment-là elle a détourné les yeux et a fait de grands signes de la main
C'était Charles
Le fameux Charles de la fête de Louis
clope au bec, cheveux coiffés en arrière

trenchcoat beige à la mode des grandes villes
charisme insupportable
Non mais qu'est-ce qu'ils lui trouvent
Je lui ai fait un signe de tête, par politesse, qu'il n'a pas remarqué
Je n'ai pas vraiment revu Jeanne de la soirée

Agnès était à l'autre bout pendant tout le repas, près des Saincler et de la famille de Louis
Elle m'a rejoint après le dessert, pendant que Justin Villeminuse et son groupe s'accordaient pour lancer la musique
Elle a trouvé Louis totalement insipide, par ailleurs
c'est le mot qu'elle a utilisé
j'étais ravi
Et c'est là qu'elle m'a fait cette proposition de l'espace
tiens-toi bien

Elle veut que je passe une semaine chez ses parents à Paris
ils prennent la route fin août pour rentrer
Une semaine
à Paris
Je n'en reviens pas

Demander congé plus tôt à M. Fermant
En parler à Maman tout à l'heure
tu la connais
c'est sûr qu'elle dira oui

Chapitre 12
Quand s'apaisent les âmes

LORSQUE RAPHAËL SONNE LE GONG pour annoncer le déjeuner, Ambre sursaute. Depuis des heures – combien ? deux, trois ? –, qui lui ont paru des décennies, elle est partie sur les traces d'un Grand-père pas encore grand-père, plongée dans la France de l'entre-deux-guerres par son récit exalté. Elle a suivi le tout jeune Yves Gréniat dans l'appartement minuscule qu'il occupait avec ses parents et ses deux grands frères, a entendu siffler la bouilloire, trouvé les toilettes sur le palier, observé la vue donnant juste en face, sur les immeubles haussmanniens du bas de la rue Saint-Maur.

— Allez allez, à table là, c'est toujours les mêmes qu'on attend !

Raphaël n'a pas tort ; Ambre et Grand-père sont généralement les derniers à apparaître, trop lents à descendre de leurs planètes respectives. Alors qu'elle se lève, Grand-père se racle la gorge.

— Bon, mais je t'emmerde, avec mes histoires. Qu'est-ce qu'il est gonflant, ce vieux grand-père !

Ambre proteste. Absolument pas. Elle a adoré découvrir tous ces souvenirs, et espère qu'il lui racontera la suite après manger. Il l'interrompt alors.

— Il y a quelque chose que j'ai du mal à m'expliquer, quand même. C'est curieux que tu me poses toutes ces questions. Pourquoi maintenant ?

Son ton se fait hésitant. Ses yeux sont baissés vers le sol. Grand-père est d'une pudeur et d'une discrétion qu'Ambre a toujours appréciées.

— Est-ce qu'il s'est passé quelque chose récemment ? J'ai l'impression, mais peut-être que je me trompe, ou que c'est pas mes oignons, mais tu as l'air un peu changée, ces jours-ci.

Grand-père mentionne qu'il l'a peu vue ces derniers temps, et qu'il y a eu cet engouement soudain pour Jules Verne qui lui a fait plaisir, mais qui l'a interrogé aussi. Ambre se sent pataude. Si même Grand-père s'est inquiété, lui toujours captivé par ses livres et ses recherches, cela signifie que ses changements d'humeur ont été plus que tangibles. Ambre oublie toujours que les autres l'observent sûrement autant qu'elle-même observe les autres. Le moment est peut-être venu de renoncer au secret de cette aventure rien que pour elle, de briser le silence dans lequel elle s'est murée.

— Je t'en parlerai après le repas, mais j'ai trouvé quelque chose dans le grenier. Un carnet… un journal d'un ancien habitant de la Grineraie.

Alors qu'elle prononce ces mots, une idée lui vient en tête. Peut-être que Grand-père en connaît déjà l'existence. Peut-être même est-ce lui qui l'a remisé dans le grenier il y a des années, à son arrivée dans la maison. Mais ses yeux écarquillés derrière ses lunettes ne trompent pas. Il est aussi surpris qu'elle l'a été.

Grand-père a la délicatesse de ne pas l'interroger tout de suite. Même après le déjeuner, il ne se précipite pas vers elle. Il s'installe simplement dans la salle à manger, tandis que tout le monde se disperse vers les étages ou la bibliothèque. Quand elle récupère le journal dans la malle, Ambre a l'impression de retrouver un vieil ami. De retour en bas, elle tâte un instant la couverture râpeuse, familière, puis tend l'objet à Grand-père. Il le soupèse, l'ouvre méticuleusement, lit les premières pages. Ambre l'observe en silence. Elle se souvient de ses propres mains sur le papier, de sa difficulté à ralentir sa lecture fébrile. Au bout de quelques minutes, il lève les yeux. Elle se rend compte qu'il en est déjà au quart du carnet ; pas étonnant qu'il dévore plusieurs livres entiers chaque semaine.

— C'est formidable. Où est-ce que tu as trouvé ça ?

Ambre lui décrit alors la valise dans le grenier, pas loin de l'endroit où était entreposée la maquette de la Grineraie – d'ailleurs, c'est l'auteur du journal, avec son père, qui a construit la maquette, il le raconte lui-même.

— Heureusement que tu es là. Sans ça, je serais passé à côté de bien des choses. Tu as lu jusqu'au bout ?

Ambre secoue la tête, explique avoir mis de côté les dernières pages. Il lui demande si elle permet qu'il continue sa lecture. Elle va faire un tour dans le jardin. Dehors, le soleil est à son zénith et tape furieusement sur son front sombre. Elle s'allonge dans l'herbe et ferme les yeux. Son cœur bat fort entre ses côtes. Elle ressent un profond apaisement, en même temps qu'une excitation soudaine. Grand-père partage son émotion ; elle l'a vu dans ses yeux quand il les a levés vers elle.

Grand-père ne tarde pas à la rejoindre. *Déjà*, elle se dit, et tout à coup elle a peur de ce qu'elle va apprendre, peur qu'il l'ait devancée et qu'il lui parle de la fin. Il n'en fait rien.

— Tu as fait une découverte phénoménale. Je suis très touché que tu aies bien voulu la partager avec moi. C'est… je trouve ça assez bouleversant. S'imaginer son quotidien dans cette maison qui est maintenant la nôtre… C'est très émouvant.

— Oui, j'ai pensé exactement la même chose que toi. On a beau savoir que des gens ont habité là avant, c'est autre chose de le comprendre d'aussi près.

— Mais alors, je me demande... en lisant, j'essayais de retrouver la date à laquelle il a été écrit.

— J'ai cherché des choses, déjà. Je ne suis pas allée au bout, mais dès le début, il fait référence à un chanteur de variétoche, comment il s'appelle déjà...

— Ah oui, Claude François, c'est vrai ! C'est les années 1960 ça, au moins ? Bon, mais à partir de cette date-là, on doit pouvoir formuler des propositions plus précises. Il y a sûrement un modèle mathématique pour trouver facilement toutes les années où a existé un vendredi 23 juillet.

Grand-père trouve un crayon à papier, se penche au-dessus d'une feuille de brouillon, et commence à lui détailler son raisonnement. Il est comme ça, Grand-père. Il ne cherche pas un calendrier sur Internet, il refait la démonstration depuis le début. Elle ne peut s'empêcher de soupirer intérieurement face à l'ampleur de la tâche. Elle se remémore les paroles d'Arthur, la façon dont les oreilles de son cousin se bouchent dès que Grand-père se lance dans des explications laborieuses. Elle ne s'en était jamais vraiment aperçue, mais elle fait souvent la même chose. Au bout d'un calcul interminable, une série de résultats s'aligne en bas de la page. Il les encadre d'un trait épais.

— Regarde. Au vendredi 23 juillet, qui est la première date indiquée sur le journal, correspond un certain nombre d'années. Naturellement, on peut exclure celles qui se situent après 1980, la date où ta Grand-mère et moi sommes devenus propriétaires de la Grineraie. Je suis remonté jusqu'à 1900, même si je sais que c'est plus tard ; j'ai trouvé ça plus amusant. Nous aurions alors les dates suivantes : 1909, 1915, 1920, 1926, 1937, 1943, 1948, 1954, 1965, 1971, 1976. Cela nous laisse en réalité trois possibilités : 1965, 1971 et 1976. Trois étés où le garçon aurait passé ses seize ans.

Ambre fixe le brouillon de Grand-père. Elle y appose quelques rapides additions. Si leurs calculs sont exacts, l'auteur du journal aurait aujourd'hui entre cinquante-deux et soixante-trois ans. Ambre a du mal à se le figurer. Ce ne sont que des chiffres, froids et immobiles, couchés sur le papier. De toute manière, l'inconnu est sûrement loin aujourd'hui. Une aiguille dans une botte de foin. Ambre l'imagine vivant à Paris avec Agnès, un chat sur les genoux, dessinant des maisons sur son bureau mal éclairé. Peut-être est-il parti dans une ville encore plus vaste. À New York, en haut d'un gratte-ciel, comme dans ses rêves d'architecte. Peut-être est-il aussi six pieds sous terre, fauché par un cancer fulgurant ou un accident de voiture et enterré ici, aux Vigneys, dans le cimetière qui longue la route de Deues.

— Je vais regarder les papiers de la maison. Si jamais tu en as envie, nous pourrions essayer de retrouver la notaire qui nous a vendu la Grineraie. Elle a peut-être des éléments sur les anciens habitants. Les locataires n'apparaissent pas sur les actes de vente, nous verrons les propriétaires qui se sont succédé. Peut-être même pourrons-nous les contacter.

Ambre reste silencieuse. Les choses vont trop vite pour elle. Elle le trouve drôle avec son esprit d'adulte, ses questions rationnelles, sa manière de faire entrer le mystère dans des boîtes. Des dates, des lieux, des noms. Tout à coup, l'envie de se terrer dans le grenier avec le journal l'assaille. Il est trop tôt pour partir à l'aventure, trop tôt pour mener l'enquête. L'histoire du garçon au journal est collée à ses viscères, une terre vierge à protéger. Mais au moment où elle prend conscience de cette crainte qui la tenaille, cette crainte que l'histoire qu'elle a fait sienne ne lui échappe, à nouveau, pour

ne devenir qu'une liste de faits défrichés, froidement exposés à la lumière blanche, Grand-père pose sa main sur son épaule.
— C'est toi qui décides, ma chérie.

*

* *

Les Vigneys, mercredi 18 août

J moins 5
Valise déjà ouverte au pied de mon lit
L'excitation est à son comble
(Bien sûr Maman était d'accord
notre père est hors jeu, on ne le voit quasi plus en ce moment
quand il n'est pas à l'usine il s'enferme dans son atelier
je ne comprends pas grand-chose, mais n'ai pas le cœur à fouiller)

Eu Jeanne au téléphone hier ou je ne sais plus
À part pour la fête votive, elle n'a toujours pas le droit de sortir
Elle avait une voix douce
elle a hâte de me revoir
Moi aussi
j'ai répondu
un peu mécaniquement

Je lui ai parlé de mon départ imminent pour Paris
Elle a raccroché peu de temps après
elle avait des choses à faire
je ne l'ai pas crue une seconde

Un peu hâte de fuir la maison
L'ambiance est toujours aussi tendue
Marie et Gabrielle sont ingérables, Maman déprimée

Quand Agnès est passée, l'autre jour, elle a rempli la maison d'enthousiasme et de sérénité.
Maman l'a vaguement saluée, puis nous a laissés vaquer à nos occupations. Marie et Gabrielle, sous le charme, ont voulu lui montrer leur nouvelle chambre
La chambre à carreaux sur laquelle j'ai passé l'été

Agnès était pleine de compliments
impressionnée aussi je crois
Qu'elle se calme tout de suite
Je lui ai dit que c'était le père qui avait tout fait, que j'avais deux mains gauches, que je n'avais réussi à poser ce papier peint que sur un malentendu.
Elle a trouvé beaucoup d'allure à la maison
elle lui a trouvé une histoire et une âme
J'étais heureux qu'elle ressente ça
À moins qu'elle n'ait dit ça pour me faire plaisir
Parfois c'est un peu un mystère
Agnès Agnès

Chapitre 13
Queues de poissons

Le pare-brise de la C3 de Grand-père est aussi négligé que ses lunettes. La fenêtre ouverte, les cheveux embrouillés par les chaudes rafales d'été, Ambre compte distraitement les nuées de petits moustiques écrasés contre la vitre. À côté, les mains de Grand-père posées sur le volant ; en dessous des pieds, la route défoncée, qui hoquette sous les roues quand il change les vitesses. Il y a deux jours, Ambre a donné son accord pour ouvrir l'enquête sur le garçon au journal. Grand-père a déterré les papiers de la maison. C'est un certain Franz Reicher qui lui a cédé le bien. Il avait acquis la Grineraie en 1946, et revendu trente-quatre ans plus tard, en 1980. Franz Reicher… le nom sonnait bien allemand, comme Grand-père s'en souvenait. Un ancien occupant qui avait eu le coup de cœur pour les paysages français, fait fortune et acquis une résidence secondaire au milieu des vignes ? *Fort probable*, a décidé Grand-père, avant d'appeler le numéro du cabinet de notaires qui figurait dans les papiers. Catherine Bellaire, en charge du dossier à l'époque, était maintenant à la retraite, et le secrétariat n'a pas voulu répondre à ses questions, ni lui donner de coordonnées. Une rapide recherche dans les Pages jaunes y a remédié. Ambre a entendu Grand-père lui demander très poliment s'il pourrait la rencontrer pour une *longue histoire de famille* qu'il serait *ravi d'élucider grâce à elle, en espérant ne pas l'importuner.* Il a dû la convaincre à force de politesses, car Catherine Bellaire a fini par les inviter à lui rendre visite.

Le trajet dure trente-cinq minutes. Grand-père a annoncé à tout le monde qu'ils avaient une course à faire, rien que tous les deux, avec sa petite-fille. Ambre aime bien quand il dit *ma petite-fille*. Cela se produit surtout quand il la présente à des amis, à la boulangère ou au guichetier de la Poste ; il l'annonce avec une légère fierté dans la voix et l'impression que cela intéresse la terre entière. Le Toche, Papa, Libette et Raphaël n'ont pas rebondi sur leur alibi ; ils les ont laissés prendre la poudre d'escampette, direction le bien-nommé village du Nichoir, un peu plus loin vers l'est. Il était temps qu'ils obtiennent ce rendez-vous, en ce dimanche après-midi ; Ambre repart demain avec Papa et Raphaël. La pensée lui tord le ventre, mais Grand-père la distrait en lui parlant du carnet. Tout au long du voyage, ils débattent sur le caractère du garçon et lui inventent des prénoms. Le Nichoir est un petit hameau au creux d'une vallée, encerclé par une forêt de bouleaux. Ils manquent une première fois le chemin de terre qu'ils doivent prendre, puis arrivent, enfin, à destination. Le cottage de Catherine Bellaire est plongé dans la pénombre, au cœur d'un jardin touffu et sinueux, piqué de plants de sauge et de fraises des bois. Une maison en meulière, flanquée d'un bow-window antique et inquiétant. La porte s'ouvre en grand avant même qu'ils ne toquent. Derrière, une femme aux yeux perçants les déshabille de la tête aux pieds, puis démarre sans salutations, comme si elle reprenait une conversation déjà entamée.

— Alors, expliquez-moi la raison exacte de votre visite.

Grand-père se racle la gorge. Il ne s'attendait sûrement pas à un accueil aussi peu protocolaire.

— Bonjour… Madame Bellaire, c'est bien ça ?

— Bien sûr. Une femme de mon âge n'aurait jamais ouvert à des inconnus d'un geste aussi assuré.

Ambre admire les belles rides qui encadrent ses yeux sombres. Il y a une forme de dignité dans sa posture, droite, alerte. Ses longs cheveux gris ondulent soigneusement sur ses épaules. Elle porte un kimono qui tombe élégamment jusqu'à ses mollets. Immédiatement, Ambre la range dans son panthéon des dames qu'elle a envie d'être plus tard ; franche, classe, confiante. Toujours sur le pas de la porte, Grand-père explique qu'ils cherchent des informations sur les habitants qui les ont précédés à la Grineraie. L'ancienne notaire ne se souvient plus du dossier, mais elle voit où la maison se situe, *dans le virage en sortant des Vigneys*. « Reicher », cela lui dit quelque chose, sans plus. Elle se souvient par contre de Grand-père, et plus encore, de Grand-mère.

— M. et Mme Gréniat, c'est bien cela. Comment s'appelle votre épouse, déjà ?

— Anne-Claude.

— Vous m'excuserez, je ne suis pas très forte en prénoms. Mais je me souviens bien d'elle. Une femme très vive. C'est elle qui avait parlé pendant toutes nos entrevues. Vous, vous étiez moins bavard en sa présence, monsieur Gréniat.

La barbe blanche de Grand-père se fend d'un large sourire.

— Effectivement, quand Anne-Claude était là, il m'était difficile d'en placer une, si je peux dire. Mais je ne m'en plaignais pas. Elle avait toujours quelque chose de plus intelligent à raconter.

La femme sourit. Elle comprend que Grand-mère a disparu depuis, mais ne s'encombre pas des formules de condoléances. En tout cas, elle ne peut pas les aider. Elle n'a pas d'informations sur le sujet. Elle espère qu'ils ne sont pas venus de trop loin, elle est désolée de les décevoir.

— Attendez ! Je me permets d'insister, mais cette recherche est très importante pour nous. Figurez-vous que nous avons découvert des objets qui appartiennent aux anciens locataires, dont un journal intime. Nous aimerions retrouver leur trace pour le leur rendre.

Grand-père a visé juste. Une lueur de curiosité parcourt le regard de l'ancienne notaire. Pour la première fois depuis qu'elle a ouvert la porte, elle semble perdre un peu de sa fière assurance. Elle marque un arrêt, puis murmure, d'une voix plus douce cette fois :

— Entrez, vous allez me raconter tout ça. Je n'aurai toujours pas de réponses à vos questions, je le crains, mais je ferai mon possible.

Grand-père jette un coup d'œil à Ambre. Ils n'ont rien à perdre à la suivre. Catherine Bellaire fait volte-face et les invite à l'intérieur de la maison. Ils empruntent un couloir étroit, qui débouche sur un salon sobre, dont la modernité tranche avec l'allure vieillotte de l'extérieur. Quelques sièges et une table basse aux lignes épurées suffisent à faire le décor. Le vrai spectacle est dehors : le bow-window ouvre sur la forêt majestueuse et diffuse une lumière douce, végétale.

— Un café, ça vous convient ? Et la petite, qu'est-ce qu'elle prendra ?

Ambre ne sait pas répondre aux questions qui lui sont adressées à la troisième personne. Elle oscille d'un pied sur l'autre, mal à l'aise. Probable que Catherine Bellaire n'ait jamais eu d'enfants ; elle ne semble pas savoir lui parler comme à un véritable individu. La femme a du café chaud sur le gaz, elle ne boit que ça, mais elle doit bien avoir un jus de tomate quelque part si on regarde bien, au fond du buffet. Elle se penche, fait claquer des tiroirs, tire une petite bouteille rouge d'une étagère. Va pour le jus de tomate.

C'est pourtant Ambre qui raconte l'histoire du garçon au journal, invitée par Grand-père. Catherine Bellaire la dévisage pour la première fois, affichant une petite moue surprise et curieuse. Ambre explique tout, la découverte de la maquette dans le grenier, suivie par celle du journal, n'omettant pas le vertige qu'elle a ressenti en découvrant que des habitants s'étaient approprié le lieu avant elle, ni les recherches entreprises pour situer le garçon dans le temps. La seule chose qu'elle choisit de taire est le contenu du journal lui-même, l'intimité d'une vie, dont elle se sent soudain gardienne et protectrice. À la fin du récit, un silence s'installe. Avec douceur, Catherine Bellaire porte la tasse de café à ses lèvres puis la repose sans un bruit. Grand-père finit par prendre la parole.

— Pardonnez-moi d'insister : vous n'avez vraiment aucun souvenir de ce Franz Reicher qui nous a vendu cette maison ? Un Allemand, très probablement… Vous comprenez maintenant pourquoi nous sommes curieux de le contacter. C'est certainement lui qui a loué la maison à l'auteur du journal.

— Monsieur Gréniat, je ne vais pas vous mentir : retracer l'histoire d'une maison est une entreprise longue et difficile. Pendant ma carrière, j'ai rencontré beaucoup de personnes qui cherchaient à faire comme vous – le carnet en moins. Mais dans la moitié des cas, ils se sont découragés avant d'obtenir des réponses à leurs questions. Le jeu n'en valait pas la chandelle. M. Reicher, je ne m'en souviens que vaguement. Je n'ai plus ses coordonnées, car je n'ai plus accès aux dossiers, qui sont de toute manière strictement confidentiels. Même si j'avais l'adresse en tête, je ne serais pas en mesure de vous la donner, vous comprenez ; secret professionnel. En revanche, vu la facilité manifeste avec laquelle vous avez trouvé mon numéro dans les Pages jaunes, je ne doute pas que vous dénicherez également la famille Reicher après quelques recherches. Et j'espère vivement que vous le ferez, parce que je trouve l'histoire émouvante.

Catherine Bellaire semble lire le désappointement sur le visage de Grand-père. Elle marque un temps puis reprend, presque dans un murmure, un murmure enjoué et plein de vie.

— Tout ça me fait penser à quelque chose qui est arrivé à un ancien client. Je commençais tout juste. Il vendait la maison de ses parents, fraîchement partis s'installer en EHPAD. C'était une magnifique maison, en vieilles pierres, perdue dans la vallée. Je ne discute pas souvent avec mes clients, mais lui, c'était particulier. Je sentais une forme de fragilité, de l'empressement aussi. Comme s'il devait me raconter son histoire avant que nous n'en soyons aux formalités de l'acte de vente. La maison de ses parents était aussi sa maison d'enfance ; ils l'avaient achetée avant qu'il naisse. Une fois adulte, il a continué d'habiter à quelques kilomètres de là. Un jour, alors qu'il approchait de la cinquantaine, il est allé prendre un verre dans un café du coin, et a commencé à parler avec un homme, au comptoir, qu'il n'avait jamais vu. L'homme avait une quinzaine d'années de plus que lui. Il avait pris quelques jours de vacances pour visiter sa région natale. Une chose en entraîne une autre : mon client lui explique que ses parents habitent à côté, sur la route qui mène à un village voisin. L'homme connaît très bien le lieu-dit. Même plus : il lui explique, de but en blanc, que cette maison, c'est toute son enfance. Il l'a connue à l'abandon, avant que la famille de mon client ne s'y installe. Avec ses frères, ils avaient trouvé une entrée : une porte au bord de l'émiettement, sur laquelle ils n'avaient presque pas eu à forcer. Au rez-de-chaussée, la cuisine était praticable. Ils ont passé des heures à jouer à la dînette avec des assiettes qu'il y avait encore dans le buffet. Vous imaginez ? Le côté vieille maison hantée, sombre, un peu glauque. Ils s'attendaient presque à ce que la table soit mise, avec des spectres pour convives. Je crois d'ailleurs que l'homme a raconté à mon client qu'il avait une sorte d'attraction-répulsion pour cette maison. Elle le terrifiait, mais il y a passé des journées entières. Il avait aussi entendu dire que la maison avait été abandonnée à cause d'une sombre histoire de crime. Mon client n'avait jamais eu vent de ces rumeurs avant ce jour-là. L'homme n'a pas su lui en dire plus. Quand mon client m'a raconté tout ça, il paraissait bouleversé. J'ai eu l'intime conviction qu'il n'était pas mécontent de la vendre, cette maison d'enfance.

La femme termine là son monologue. Ambre cligne des yeux. Autour d'elle, le bow-window du salon, la forêt environnante, le verre de jus de tomate qu'elle n'a pas entamé reprennent forme. Elle ne s'imagine que trop bien l'émotion qu'a dû ressentir le client de Catherine Bellaire. L'impression que sa maison se déformait, gonflait et grimaçait jusqu'à se dédoubler. D'un côté, les pierres lisses qu'il avait toujours connues, rénovées et parcourues de vie. De l'autre, un fantôme au visage difforme, pétri de légendes et de silences.

— Et… c'est tout ? Il n'a jamais connu la véritable histoire de sa maison ?

— C'est tout. Ou, s'il y avait autre chose, il ne m'en a pas fait part. A-t-il fait tourner les tables avant de partir, je ne sais pas. Il aurait peut-être dû !

Catherine Bellaire s'excuse encore une fois de ne pas pouvoir apporter son aide. Ambre et Grand-père finissent par prendre congé. Retrouvant le chemin dans les bois qui les mènera jusqu'à la voiture, ils se tournent une dernière fois vers la façade du cottage. La femme les fixe de ses yeux ridés, sublime et perçante.

— Mademoiselle, dites à votre grand-père de ne pas baisser les bras. Vous passeriez à côté d'une histoire formidable.

*

* *

Les Vigneys, dimanche 22 août

Étrange d'être heureux un jour gris comme celui-là
Départ demain, valise prête de l'avant-veille
Pas pris grand-chose : vêtements, livres, papier à dessin

Je te laisse ici, Suzanne
Avec toi ces feuilles d'été
Je raconterai tout à mon retour
Je me vois d'ici noircir des pages et des pages
Ça m'aura manqué de t'écrire

Je quitte la maison morose
Nos sœurs nerveuses, notre père absent, notre mère en brumes
Quand j'y pense, mon cœur de fils ingrat se serre
Maman, même si elle ne le dit pas,
est triste de me laisser partir

Jeanne par contre
Jeanne m'a encore appelé, ce matin
pour me dire
pour me dire quoi
qu'elle était désolée
qu'elle aurait aimé passer plus de temps avec moi
qu'elle a l'impression de m'avoir perdu de vue
Elle avait l'air assez bouleversée
J'avais la tête ailleurs et la gorge serrée

Elle voulait savoir
quand je partais
si on se revoyait bientôt
comment ça allait
J'ai trouvé cette dernière question étrange
Je ne lui comprends pas grand-chose en ce moment
Je lui ai dit qu'on se retrouvait très vite
qu'une semaine ce n'était rien
alors que pour moi une semaine
une semaine c'est tout plein

À bientôt, Suzanne
À bientôt, petit cahier à carreaux
À dans un clin d'œil et dans des millénaires

Chapitre 14
Qu'ils l'arrachent aux racines

JOUR DE DÉPART. Le grondement des valises que l'on traîne sur le gravier. L'agitation anormale qui emplit la maison, entre moments d'attente et mouvements précipités. Le sac d'Ambre est dans l'entrée, à côté du *sac de bouffe*, estampillé d'une marque de surgelés et dont la fermeture éclair est inutilisable depuis belle lurette, et du *sac de Marie-Hélène*, tout en couleurs vives, dans lequel on glisse les affaires diverses qui n'entrent pas ailleurs. Là où Ambre réduit ses bagages au minimum, au risque d'oublier des choses essentielles, Papa a un léger penchant pour l'encombrement. Cet été, il a embarqué sa perceuse *au cas où* il voudrait fixer quelques trucs à la Grineraie, deux tubes supplémentaires d'antimoustique parce qu'il ne savait pas s'il en restait beaucoup dans le premier, et les journaux gratuits du métro dont il n'avait pas eu le temps de finir les mots croisés.

Ambre contourne le tas d'affaires et sort vers le jardin de la terrasse ouest, le journal du garçon à la main. Elle ne veut pas partir avec, mais ne s'est pas résolue à s'en séparer tout de suite. Quelques instants de répit avec son compagnon de l'été. Au milieu des transats vides et des pommiers tranquilles, elle contemple avec nostalgie la vieille bâtisse. Le pincement est là, dans le ventre. Trop fort pour qu'elle l'apprivoise. Trop fort, comme à chaque fin d'été. Qu'elle passe un week-end ou trois semaines aux Vigneys, Ambre a beau être préparée, l'instant du départ est toujours sec et brutal. On part : maintenant.

Ambre n'a pas conscience de la gravité de cet au revoir. Elle ignore qu'il s'agit d'un au revoir quasi pour de bon, d'un au revoir aux allures d'adieu.

Qu'elle garde cette innocence, jusqu'au bout.

Au loin les agitations du monde. Les papillonnements de Papa et de Raphaël, qui chargent la voiture. *Charger la voiture.* Cette expression si réjouissante lors des départs en vacances se transforme en sentence irrémédiable à la fin du mois d'août. Secrètement, au milieu de ses transats et de ses pommiers, elle espère gagner du temps. Quelques précieuses secondes, qui ne lui apporteront pourtant aucun réconfort.

Ce n'est pas qu'elle redoute l'année à venir. Elle a même plutôt hâte. Elle aime sa vie toulousaine ; elle parvient à trouver, là-bas aussi, loin des Vigneys, le sens de l'existence dans chaque petit détail – peut-être un sens un peu moins brillant, un peu moins plein de toutes les vérités de l'enfance, mais un sens quand même. Elle sait qu'une fois dans la voiture, elle se sentira mieux. Elle savourera les ciels marbrés de rose le long de l'autoroute, les silhouettes des éoliennes, pensera aux nouvelles escapades qui l'attendent et à l'année prochaine.

Le soleil tape fort au-dessus des têtes. La Grineraie se tient, splendide, indifférente aux allées et venues de ses habitants. L'air est digne des jours les plus chauds de l'été, mais un léger fond de fraîcheur laisse pressentir le passage des saisons. Et puis il y a les précurseurs. Les feuilles grisonnantes du vieux tilleul. Les roses trémières aux arcades voûtées, courbées vers la terre, ultime révérence.

Pieds nus, encore et toujours, elle marche sur l'herbe qui craque, sur les pierres chaudes et douces des perrons de porte. Serre le journal contre ses côtes. Écoute le vent familier dans les branches, les gloussements frêles des oiseaux invisibles. C'est le moment où elle pense à ce qu'elle n'a pas fait. À la tondeuse qu'elle n'a pas repassée parce que l'herbe avait cessé de pousser ; au dernier bol de céréales qu'elle aurait dû savourer, dehors ; aux voix de Grand-père et de Libette qu'elle n'entendra plus. Elle pense *mais non, déjà ?* et c'est bête de penser ça, elle le sait que *déjà*, elle sait que *déjà* depuis son arrivée à la Grineraie ; on l'avait prévenue du couperet, elle avait même commencé à compter, fiévreusement, tout en essayant de ne pas. Des années que ce cercle vicieux existe, entre ces premiers jours euphoriques à l'idée de se réveiller dans la chambre des enfants, *dans la chambre à carreaux* comme dirait le garçon, *c'est pas vrai, on y est, on y est vraiment*, ce temps de l'insouciance où les semaines à venir semblent des mois, ce début d'été si plein de charme et d'énergie mal contenue ; et ce moment venu de la sentence finale, ce moment où l'on s'aperçoit que l'on a pris racine, qu'il va falloir s'arracher à nouveau du sol noir et moelleux. Il est trop tôt, toujours trop tôt, pour quitter la contrée des souvenirs.

Au loin, la voix de Grand-père se fait entendre, tonitruante et enjouée. Des portes claquent, Raphaël et Papa éclatent de rire. Ambre saisit des bribes. Une histoire de GPS ; de réglages que Raphaël a oublié de montrer à Grand-père avant de partir. Ils rient parce que le départ est retardé de quelques minutes. *On va jamais arriver à y aller*. Y aller. Le pincement sur l'estomac se renforce d'un cran. Il est temps. Ambre file à l'intérieur, monte l'escalier. Une fois dans la chambre, elle caresse une dernière fois la couverture rêche. Sous la surveillance de Baba le Bahut, elle glisse le journal dans le tiroir de la table de nuit. Elle a fini les dernières pages hier. Des pages volées, avalées hâtivement, à la dérobée – des pages-délices et défendues, comme les fruits confits des *Malheurs de Sophie*. La nuit ne lui a pas laissé le temps de digérer. Elle ne comprend pas cette fin, elle ne comprend pas cette interruption abrupte. Pourquoi le garçon n'a-t-il pas repris son journal après son retour de vacances ? Est-il jamais rentré ? Un malheur l'attendait-il dans la capitale, a-t-il été *en incapacité* de rentrer ? A-t-il au contraire décidé de couper les ponts, définitivement ? Qu'a-t-il vécu à Paris pour qu'il passe totalement à autre chose, et abandonne le carnet dans sa maison d'enfance ? Elle l'imagine se marier avec la belle Agnès, adopter avec émerveillement les joies de la vie parisienne, tout oublier de sa vie d'avant, oublier jusqu'à son amie d'enfance, délaissée au milieu des champs de vignes et des Charles insipides.

Au loin, Raphaël l'appelle. *On est déjà dans la voiture*. Elle ferme le tiroir et sort de la chambre. Une fois sur le perron, elle passe de bras en bras, se blottit dans ceux de Grand-père, de Libette, du Toche. Ils disent *soyez prudents sur la route* et *Xavier t'es sûr que vous voulez pas partir avec le reste de quiche*. Elle voudrait s'enchaîner aux pierres de la maison pour disparaître en elle.

Coffre fermé, ceintures attachées, Ambre agite la main en direction des trois adultes. À gauche de Grand-père, une marche plus haut, une vision : le garçon au journal lui fait un signe de tête. Il remonte ses lunettes sur son nez en trompette ; il a les gestes et les bras d'Oscar, *L'Île mystérieuse* sous le bras et un petit sourire calme. S'est-il vraiment senti reclus dans cette prison dorée jusqu'à ce qu'il en parte ? Ambre a toujours du mal à se figurer son enfermement – elle pour qui la Grineraie est la source de tous les souvenirs, le berceau douillet où goûter chaque morceau du jour. Mais, tout en regardant l'ombre du garçon contre la façade, tout en apercevant ses sourcils froncés et ses pupilles avides, elle comprend, un peu, les rythmes lancinants, la contrainte, l'entrave aux points de fuite que peut imposer la maison.

Pour lui, Ambre savourera sa liberté de quitter les lieux.

Deuxième partie
Vides

Chapitre 15
Bonjour au revoir

La Passion selon saint Matthieu résonne à plein volume dans la voiture, comme s'il y avait besoin d'ajouter ces déchirements sonores à celui du cœur des passagers. Les collines n'ont pas bougé depuis l'an passé. S'il y a bien quelque chose qui ne change pas, ce sont ces reliefs fabuleusement monotones, creusés de stries, peuplés de vignes tordues et recroquevillées. Sur le bas-côté, Ambre lorgne les bandes blanches qui s'interrompent par à-coups, une sorte de code en morse parfois mâchonné sur le bord par des touffes d'orties téméraires. Cette année, personne n'a crié *LES VIGNEYS* ; le clocher sans intérêt s'est contenté de sortir mollement de terre, sans aucun roulement de tambour. Dans le coffre, Papa n'a pas mis la perceuse ni le sac isotherme usé jusqu'à la corde ; la famille voyage léger, cette fois. Pas besoin de grand-chose pour faire ce qu'il y a à faire.

Sur les genoux d'Ambre, l'exemplaire d'*Hamlet* qu'elle s'est juré d'achever avant la fin du mois d'août – d'ici dix jours, donc. L'anglais shakespearien est un calvaire, mais elle s'accroche. La pièce est au programme du cours de littérature qu'elle suivra l'an prochain au University College de Londres. Le fait qu'elle a été sélectionnée, à l'issue de sa première année, parmi les centaines de candidatures, relève du miracle – et, se dit-elle, de la supercherie. Car Ambre est persuadée d'avoir été choisie par hasard, pour sa bouille sympathique ou son enthousiasme – elle pense aussi aux rêves qu'elle a volés aux autres candidats, se demande pourquoi elle, attend que d'une minute à l'autre on lui annonce qu'elle n'est, en fait, pas prise, qu'*il y a eu erreur sur la personne.*

Plus que ce sentiment de fraude qui la hante, il y a aussi cette frustration que toute la famille ait eu vent de cette victoire, toute la famille sauf la personne qui en aurait été la plus fière. Les pneus écrasent les cailloux blancs avant de ralentir. La fringante BMW de Thierry est garée sur le côté, le coffre encore ouvert. Au moment de sortir de la voiture, Ambre voit Libette apparaître sur le porche. Les cousins sortent tous les deux pour aller attraper leurs valises encore dans le coffre. Oscar a grandi de quinze centimètres, Arthur a coupé ses cheveux, et même si Ambre a déjà constaté ces changements il y a quelques semaines, elle a encore un petit temps d'arrêt en les apercevant, avant de leur glisser un sourire qu'ils lui renvoient aussitôt. Elle s'approche du perron et s'enfonce dans les bras de sa tante. Pas de rire en tourbillon, pas de *salut ma cocotte.* Libette s'écarte un peu de sa nièce et la scanne de son regard ému, un silence qui veut dire *comment tu te sens,* mais qui a déjà sa réponse. Frédérique débarque elle aussi, elle blague sur le fait qu'elle est arrivée avant Papa alors qu'il avait parié le contraire, presse le bras d'Ambre et lui dit que c'est bien qu'elle soit là, c'est bien qu'ils soient tous là.

En attendant il y a la Grineraie comme si rien ne s'était passé, la Grineraie à l'identique, insensible, impitoyable. Ambre sent son cœur lui remonter dans la gorge. Dehors, tout le monde discute et se donne des nouvelles, on ne parle pas encore plan d'attaque et répartition des missions, mais cela ne va pas tarder. Ambre saisit son sac à dos et deux ou trois autres bagages, rejoint en soufflant l'intérieur de la maison. Une gorgée du parfum renfermé de l'entrée à colonnades, éternel et mélancolique, beaucoup trop plein de tout. Elle trébuche et déglutit. Elle jette un œil dans le salon, mais pas de signe de présence du Toche. Dans la véranda de la bibliothèque en revanche, Thierry regarde le jardin depuis les mille fenêtres. Elle le trouve émouvant comme ça, contemplatif, les mains dans les poches, sans apparat. Sa rupture conventionnelle lui a fait du bien. Il se retourne, elle lui fait un signe de la main. Il dit simplement *Ambre*, d'un ton un peu trop solennel. Elle répond *Thierry*, de sa voix la plus grave possible, et il rigole. Elle prend l'escalier, monte vers les chambres, emportant les bagages jusqu'en haut et les posant devant les chambres de Papa et de Raphaël, et s'arrête enfin devant sa chambre à elle. *La chambre des enfants*.

Les parfums de vieux bois et de lin lui montent à la tête. La retrouvaille est intense, pleine, évidente. Ambre pénètre dans la pièce comme elle rouvrirait un vieux livre d'enfant. Les songes, les doutes, les espoirs passés lui sautent à la figure – des émotions, des états d'esprit qu'elle a laissés en suspens des mois durant, intacts et chauds, conservés bien à plat entre deux pages jaunies. Avec les volets qu'elle écarte dans un nuage de poussière, Baba le Bahut qui grince sur ses gonds quand elle y enfourne ses affaires sorties du sac, les souvenirs affluent et la déboussolent, des souvenirs plus ou moins lointains, ravivés par l'air frais du dehors : soudain elle a douze ans et Arthur ne veut plus jouer avec elle ; elle en a sept et elle s'est fâchée avec Grand-père qui lui a dit d'arrêter de descendre les marches de l'escalier en chaussettes, *je t'avais prévenue que t'allais glisser, va chercher tes pantoufles*, la colère de savoir qu'il a raison et la fierté ravalée en suçotant les billes d'arnica ; elle lit pour la troisième fois *Le Club des Cinq et le trésor de l'île* et en a marre d'Annie qu'elle trouve trop cruche ; elle a dix-sept ans et le garçon au journal est apparu dans sa vie, accapare tous ses rêves et renomme l'endroit où elle dort *la chambre à carreaux*. À ce dernier souvenir, elle n'a pas envie de penser – elle ne peut pas, pas maintenant. Elle se rappelle les paroles de Grand-père l'été dernier, *on garde l'enquête pour plus tard, ça nous occupera l'année prochaine*. Elle aurait dû aller plus vite, revenir à toutes les petites vacances suivantes pour avancer l'aventure avec Grand-père et savourer ces moments à deux. Tout est encore trop frais, trop lourd. L'instant d'après, elle redescend les marches quatre à quatre.

Le Toche est dans le salon. La vision lui fait bizarre : il est assis sur le fauteuil de Grand-père. Pendant un moment, sa vue se trouble. Depuis qu'il s'est laissé pousser la barbe, la ressemblance saute aux yeux. Il a maigri, aussi ; ses joues se sont légèrement creusées, mais c'est surtout son chaleureux embonpoint qui s'est volatilisé. Au moment où il aperçoit sa nièce, il s'empare d'un journal posé sur la table basse et l'ouvre en grand.

— Alors écoute, ma petite-fille, voilà qui est absolument phénoménal : savais-tu que la France a annexé l'Irlande en seize cent quinze, soit seulement cinquante-trois ans après la prise de Constantinople par Nicolas II ?

Ambre rigole, un rire nerveux, incontrôlé, qui dégringole tout le long de sa colonne vertébrale. Pour la première fois, elle s'aperçoit qu'elle a peut-être le même rire en tourbillon que sa tante Libette. Depuis combien de temps ? Le Toche replie le journal et se lève du fauteuil. Ils ne savent pas quoi se raconter, ils ont cet embarras du trop-plein, cette pudeur qui les pousse à contempler leurs pieds, à deux mètres l'un de l'autre, les bras ballants. C'est l'oncle qui reprend la parole.

— Ça fait drôle, hein. Qu'il soit pas là. Tout à l'heure quand je me suis assis, j'ai eu peur de me retrouver sur ses genoux. On n'ose pas, hein, le fauteuil du patriarche !

Il marque un arrêt. Ambre a la gorge obstruée.

— Ça va comment, toi ? Pas trop long, le trajet ?

— Pas trop long. Je… C'est dur, là, un peu.

Sa voix a tremblé alors qu'elle ne voulait pas. Le mot *dur* a mordu sa langue, anguleux et indigeste, pour venir lui exploser à la figure. C'est drôle comme une seule syllabe peut démanger à ce point les cordes vocales. À sa grande surprise, Le Toche affiche un air sérieux, presque ému. Elle ne se fait pas encore à cette sensibilité qu'il partage plus aisément depuis l'enterrement. Le Toche lui fait un geste d'invitation de la main et écarte les bras. *Allez, viens là, mon petit pleurote.* Ambre accepte l'accolade avec soulagement. Il n'a pas complètement fondu non plus. Un véritable ours en peluche. Depuis les profondeurs du câlin dodu, Ambre ravale l'émotion qui lui monte dans l'œsophage.

— Au fait, félicitations pour ta bourse ! J'ai pas encore eu l'occasion de te le dire, je crois.

En effet. La dernière fois qu'ils se sont vus, c'était le 13 mai, au cimetière des Vigneys. Un soleil à son zénith, odieux d'éclat et de triomphe. Une chaleur épouvantable, les vestes noires que l'on porte à la main, les allers-retours vers la fontaine à eau entre deux discours. Libette avait sorti son violoncelle et joué un arrangement poignant d'on ne sait plus quel morceau de Bach, puis on avait remballé. Ça avait avalé des gougères et du champagne dans le jardin de la terrasse ouest, jardin méconnaissable, défiguré par la présence de tous ces gens qui ne venaient jamais d'habitude, les frères et sœurs de Grand-père, ceux de Grand-mère, les amis, les ex-collègues, les cousins éloignés, tous rameutés des quatre coins de la France. Quelques voisins aussi étaient venus. Ambre, Raphaël et Papa n'avaient même pas dormi aux Vigneys ; ils avaient dû reprendre la route, elle pour ses partiels du second semestre, Raphaël pour son stage dans le labo de biologie marine qui l'accueillait, Papa parce qu'il n'avait pris qu'un jour de congé.

Cinq semaines plus tard, Ambre apprenait par téléphone que son dossier pour Londres était accepté. Au même moment, les quatre parents, Frédérique, Le Toche, Papa et Libette, avaient pris leur décision. *On ne peut pas garder Les Vigneys*. Papa avait véritablement prononcé cette phrase devant elle un soir au dîner, il lui avait dit ça comme ça, le nom du village éclipsant violemment celui de la maison comme si elle n'existait déjà plus, comme si elle avait déjà disparu au milieu de toutes les autres. Ambre imaginait déjà l'annonce immobilière, *vend T9 310 m^2, villa de charme typique région avec grand terrain et combles aménageables, parfaite pour résidence secondaire*, la froide objectivité des chiffres et des adjectifs préfabriqués, l'angoissant usage du terme *villa* et sa connotation blingbling, le cocon familial mis en pâture sur les vitrines, à poil sur Internet, bientôt racheté par d'honnêtes gens qu'Ambre ne pourrait s'empêcher de considérer, malgré leur innocence, comme des salauds finis.

On vend, donc. On est venus pour vendre, vider la maison, dégager tout ça. Le jour de l'annonce, dans la cuisine de l'appartement toulousain, entre le fromage et le dessert, Ambre tétanisée devant l'inenvisageable, Papa tripotant une croûte de morbier du bout du couteau, Raphaël avait haussé le ton, seul capable de formuler des phrases complètes après la nouvelle cinglante :

— Non mais Papa, vous allez pas faire ça ?

Papa l'avait regardé avec des yeux coupables et avait haussé les épaules. Il avait parlé de l'entretien que nécessitait une telle maison, un gouffre à fric pour une surface démesurée, alors que tout le monde parmi les frères et sœurs avait déjà son logement et ses prêts et que personne ne pouvait envisager de déménager dans la région. La discussion avait tourné court. Ambre, du haut de ses dix-huit ans, n'avait aucun argument à opposer à cette rationalité d'adulte. Vu comme cela, elle ne faisait qu'un caprice d'enfant gâtée. Elle savait son chagrin peu légitime – le chagrin d'une petite-bourgeoise à qui l'on retire une partie de ses privilèges. Elle avait simplement quitté la table en silence. Elle s'était remémoré les paroles du Toche sur la maquette de la Grineraie ; son oncle qui avait expliqué que lui et ses frère et sœurs n'avaient connu la maison que tardivement, alors que Frédérique et lui avaient déjà quitté le domicile familial – trop tard pour s'y attacher comme Ambre l'avait fait. D'où le plan d'action : quelques semaines pour vider la maison, puis une mise en vente d'ici la fin de l'été.

Ambre remercie Le Toche pour ses félicitations. Les autres les rejoignent dans le salon, peuplant la pièce des voix de l'enfance. Rapidement, la Grineraie s'emplit de gaîté. L'été s'engouffre entre les volets à peine ouverts, Le Toche reprend du service du côté de la cuisine et Ambre aide à servir l'apéritif. L'atmosphère s'enrobe du parfum insouciant des retrouvailles. Pendant le repas de midi, Ambre a du mal à suivre les conversations tellement Grand-père est partout, sur la chaise vide en bout de table, dans la cuillère à soupe qu'elle tient dans sa main et qu'il ferait trembloter, dans les motifs ringards de la toile cirée, dans les magnets du frigo et les nuages bleus dehors.

Après manger, Ambre est affectée, avec Oscar, à la bibliothèque. On commence par les bibelots et les livres. Ambre grimpe sur un escabeau pour sortir les étages les plus hauts et les tendre à Oscar. Les deux cousins toussent et éternuent, le nez pris dans d'épais nuages de poussière. Ambre manque de se prendre la tête dans le plafonnier, tandis qu'Oscar remplit la pièce de joyeux pépiements. Il enchaîne les sujets comme un moulin à paroles, parlant à Ambre de ses amies du collège et de sa nouvelle passion : l'escrime. Mais il lui pose des questions aussi. Il veut savoir quand elle va partir à Londres, ce qu'elle va faire là-bas, si elle va avoir un appartement pour elle toute seule, si ça va pas être dur de parler toute la journée anglais, lui il pourrait pas. Ambre sourit, lui raconte la chambre qu'elle a trouvée, le ferry qu'elle va prendre, les matières qu'elle va étudier. Partout dans la Grineraie, le sol se peuple de piles d'objets divers. Au milieu de la mer de cartons, on rigole, on panique aussi, un peu nauséeux, se demandant ce que l'on va pouvoir faire de toute cette vie accumulée. On s'épuise devant les étagères à triple rangée, les tiroirs à double-fond, les armoires qui ne désemplissent pas. Prise dans le feu de l'action, Ambre ne voit pas la journée s'achever.

Le soir, Arthur ne la rejoint pas tout de suite dans la chambre des enfants. Elle s'avance vers sa table de nuit, en sort le journal du garçon et, sans le regarder, comme s'il risquait de lui fondre dans les mains, elle le glisse dans son sac à dos. *Toujours ça que les Boches n'auront pas*, se dit-elle, et elle sourit de cette expression désuète typique de Grand-père. Les rires d'Oscar et les blagues du Toche l'ont apaisée pendant la journée, mais une fois seule dans son lit, son ventre se serre de nouveau. Elle pense au séjour à venir. Plus tard, on fera venir un antiquaire, *pour voir*, un gars du coin, un homme au sourire navré qui exposera poliment les lois du marché, examinera les vieilles armoires normandes que plus personne ne veut, les lampes qui ne valent pas un kopeck sauf si elles vont par paires. Prise d'assaut, la Grineraie se défigurera peu à peu. Le séjour passera à une vitesse délirante. Ambre sentira le décompte de la pendule dans chacune de ses vertèbres, verra en chaque jour le départ qui approche et la maison qui se vide – un séjour estropié en forme de *bonjour-au revoir*.

Troisième partie
Habitées

Chapitre 16
Neuf ans

— Ambre… Ambre… Ambre-euh ?

Elle arrive. Elle émerge, ouvre les yeux lentement, la saveur de son rêve encore au bord des lèvres.

— Ambre, il reste encore une heure. Tu veux prendre le relais ?

Elle tourne la tête, hagarde. À sa gauche, Maud conduit, les yeux rivés sur la route. Maud et ses longs cheveux qui lui coulent dans le dos, une rivière lisse et luisante contre sa peau sombre, l'élégance de ses longs doigts enroulés autour du volant. Maud, son amie d'enfance, qui lui jette un regard amusé, un peu attendri aussi.

— T'es tout fripon.

— Quoi ? Non.

— Si. T'as la trace du coussin.

Ambre se redresse, envoie valser ledit coussin à l'arrière de la voiture. Un grommellement se fait entendre. Elle se retourne et jette un coup d'œil inquiet à la masse informe pliée en quatre sur la banquette, la tête fourrée sous un foulard pour se protéger de la lumière.

— Ça fait combien de temps qu'il dort, ton petit métalleux ? Il va pas être fripon lui aussi ?

Maud sourit.

— Baptiste ? Si, à fond.

Ambre rabat le pare-soleil, vérifie dans le miroir que son amie dit vrai. Le côté droit de son visage est couvert de petits plis irréguliers. Ses traits se sont affinés, mais elle a sensiblement la même figure qu'il y a neuf ans. Les mêmes boucles brunes coupées en dessous des oreilles, les mêmes yeux clairs contrastant avec le hâle de sa peau, les mêmes pommettes saillantes.

Neuf ans. Neuf ans qu'elle n'a pas remis les pieds dans cette région, neuf ans qu'elle l'a enfouie au creux de ses souvenirs, dans un recoin chaud où elle se blottit souvent, les nuits d'insomnie et les jours de pluie. Autour d'eux, les champs de vignes s'étendent déjà sur les collines plates. On a pris les petites routes. On ne va pas aux Vigneys : on va *pas loin* des Vigneys. C'est Ambre, cette fois, qui a choisi la destination des vacances. Ambre qui a réservé le gîte, aussi. Les Essandres se trouvent à l'ouest des Vigneys. Un endroit ni trop loin ni trop près. Une bonne distance de sécurité ; un rapprochement en douceur.

Elle avait longtemps fixé la carte du département avant de se décider. Sur l'écran de son ordinateur, *Les Essandres* était écrit en gros caractères, par-dessus les aplats de couleur et les traits sinueux. En haut à gauche, une image de carte postale figurait un petit patelin perché sur une falaise, flanqué d'un immense lac en contrebas, dont les contours dépassaient le cadre de la photo. Un paysage surréaliste. Un bon argument pour convaincre Étienne et Mathis, amoureux de grands reliefs.

Ambre avait fait reculer la molette de sa souris pour agrandir la carte. À droite, elle avait fixé un petit moment les lettres familières. *Chanayres*. Plus loin, plus à l'est encore, les noms connus défilaient sur l'écran. En bas, une légère étendue bleue : *Lac des Eaux-Frêles*. Ici, un autre groupement de maisons, longeant une rivière : *Deues*, et son *moulin*, flanqué d'un logo *Point d'intérêt touristique*. Entre tous ces points, elle avait dû zoomer, zoomer encore, pour parvenir aux petits villages anonymes et sans charme, aux ignorés des grandes routes. C'était là. *Les Vigneys.*

Les Essandres – Les Vigneys : 27 heures à pied ; 7 h 56 à vélo. En voiture, 1 h 19.

Les pneus crissent sur les graviers du bas-côté de la route, les places s'échangent. Ambre préfère de loin le siège passager, mais Maud a déjà conduit une bonne partie du trajet et Baptiste doit rattraper sa nuit de garde à l'hôpital. Les mains ancrées sur le gouvernail, espérant que ce contact avec le réel permettra à son cerveau de garder le cap sur la route, Ambre contemple le paysage au-devant. Peu à peu, les terres prennent du relief. La pente se fait raide, la route devient étroite, bordée de feuillus qui dissimulent la vue ; on gagne en altitude. Sur la droite, au détour d'un virage, une falaise rêche, parcourue de veines anguleuses, se découpe sur le ciel sans nuages. À bâbord, une trouée dans les arbres laisse apercevoir un petit village inconnu, en bordure d'un château de pierres sombres. Où sommes-nous ? Le décor est trop intéressant pour coller avec ses souvenirs : il contraste avec les paysages monotones des Vigneys. 1 h 19. Elle pourrait emprunter la voiture de Maud et Baptiste, ou celle d'Étienne et Mathis, mais osera-t-elle ? Des jours qu'elle y pense – *ce n'est pas le moment de se dégonfler* –, des jours qu'elle s'espère plus décidée qu'elle ne l'est. Des jours que la Grineraie passe et repasse à l'intérieur de ses orbites, de ses narines, de son crâne. Des rêves-refuges dans lesquels elle voudrait passer sa vie.

En face, une camionnette a déboulé sans prévenir. Ambre roulait au milieu de la route. D'un brusque mouvement de volant, elle rétablit sa trajectoire et frôle le relief abrupt de la falaise. Bon réflexe. Maud a poussé un cri.

— Ambre qu'est-ce que, mais qu'est-ce que t'as foutu !

— C'est rien, j'étais dans mes pensées.

— Dans tes pensées ? T'as pas moins rassurant ?

Ambre s'excuse : elle connaît bien Maud et ses moments de panique. Elle jette un œil dans le rétroviseur.

— Ah, coucou, Baptiste. Bien dormi ?

Baptiste s'est redressé, réveillé par les cris et les remous. Il bougonne une réponse inaudible. La vue de son visage fripé par la couverture procure à Ambre un léger sentiment de satisfaction. En quelques gestes brouillons, il dégage les longs cheveux qui s'emmêlent dans sa barbe et les attache dans sa nuque, puis se blottit à nouveau sur la banquette arrière. Baptiste. Un bon gars. Ambre entend parler de lui depuis sept ans, depuis que Maud lui a dit *il faut que je te présente l'homme de ma vie.* À certains moments, il lui fait penser à son oncle rigolo. Même silhouette, même joie de vivre, même appétence pour les soirées *Donjons et Dragons.*

Ambre sait tout de sa rencontre avec Maud. Elle n'était pas là à ce moment-là, absorbée dans ses études à Londres et ne revenant en France que l'été, mais durant toutes ces années, elles ont continué de s'appeler. Elles restaient plus de deux heures en ligne à chaque fois, l'une comme l'autre avachies sur leurs canapés respectifs ; quand elles raccrochaient, la nuit s'était installée et une mélancolie envahissait la pièce éteinte. C'est lors d'un de ces coups de fil interminables, un sombre soir de novembre, que Maud lui avait fait le feuilleton de son idylle avec Baptiste. Elle lui avait raconté ce jour où elle avait toqué chez le voisin de palier pour lui demander un marteau, cette heure passée à discuter sur le pas de la porte jusqu'à ce qu'elle doive courir à l'Institut national du patrimoine, où elle suivait une formation pour devenir restauratrice d'art, oubliant évidemment d'emprunter le marteau. Il avait vingt-quatre ans quand elle en avait vingt, il était infirmier, écoutait Porcupine Tree et rougissait dès qu'il devait prendre la parole. Deux semaines après l'épisode du marteau, Maud avait de nouveau sonné à sa porte pour lui demander du désinfectant : elle s'était coupée en débitant son potimarron en cubes. Elle lui avouerait bien plus tard que le désinfectant était un prétexte pour le revoir ; elle en avait trois flacons dans sa salle de bains. Elle n'était ressortie de chez le charmant voisin que deux jours plus tard.

Comme ils étaient au septième et dernier étage de l'immeuble, et que le seul autre appartement à cet étage était inoccupé, le palier était rapidement devenu un couloir entre leurs deux logis. Ils s'y baladaient en pyjama, une pizza à la main, un coffret DVD de *Kaamelott* dans l'autre. Ils y avaient installé des plantes vertes et sorti leur meuble à chaussures. La copropriété n'avait jamais râlé ; personne ne montait jamais jusque-là. Les studios réunis de Maud et de Baptiste étaient devenus un vaste palace : celui de Maud avait été transformé en chambre à temps plein ; celui de Baptiste en salon. L'ensemble avait pompeusement été baptisé *la Suite royale*. Les étés suivants, Ambre avait partagé ses vacances entre Papa, qui avait déménagé à Lille, Libette, qui avait une petite maison en banlieue parisienne, et quelques séjours chez Maud et Baptiste. Ils avaient passé des après-midi entiers à refaire le monde en jouant à des jeux de plateau, à courir les salles de cinéma et à visiter des expositions dont Maud assurait des visites-conférences nourrissantes et passionnées.

Un soir, deux ans et demi après l'inauguration de la Suite royale, Maud et Baptiste avaient entendu des bruits étranges dans la cage d'escalier. Des pas, des souffles rauques. Maud, qui à vingt-deux ans avait toujours peur du noir et des fantômes, s'était blottie sous la couette et avait demandé à Baptiste s'il pouvait aller voir. Pas particulièrement rassuré, Baptiste n'avait pas bougé d'un pouce. Ils avaient entendu les pas se rapprocher, le bruit d'une masse que l'on traîne derrière soi. Quelqu'un – quelque chose ? – se trouvait dans *leur* couloir. Ce n'était jamais arrivé. Baptiste avait demandé à Maud si elle pensait qu'un meurtrier avait choisi leur étage pour y planquer un corps. Ils avaient mentionné la grande dame du quatrième, qui surgissait de son appartement chaque fois que l'on circulait sur son palier, comme si elle passait sa vie tapie derrière sa porte d'entrée, l'œil collé contre le judas.

Puis ils avaient perçu des chuchotements hâtifs, juste à côté de leur porte. Le criminel n'était pas seul. Baptiste et Maud s'étaient regardés dans le noir. Ils avaient pouffé comme des enfants terrifiés à qui on raconte une histoire d'épouvante. Un long cliquetis, des jurons poussés puis un raclement sourd avaient suivi. Au claquement de la porte, Baptiste avait compris qu'ils avaient sûrement de nouveaux voisins. Le troisième appartement du septième étage allait être occupé. Maud avait grimacé. Cela sonnait la fin d'une époque, la fin du luxe et de l'insouciance de la Suite royale. Désormais il faudrait *bien se tenir* quand on franchirait le couloir. Il faudrait remballer les plantes et le meuble à chaussures. Qui étaient ces nouveaux voisins ? Des touristes venus pour le week-end, qui se relaieraient chaque semaine par flots ininterrompus ? Un sosie de la grande dame du quatrième, accompagné d'un mari défunt dont il transporterait l'urne partout avec lui, marmonnant jour et nuit des formules incompréhensibles ?

Le lendemain, ni Maud ni Baptiste n'avait eu le temps d'enquêter. Les deux locataires soupiraient devant leur territoire menacé comme on se lamente intérieurement lorsqu'un passager débarque dans notre wagon de train, brandissant son billet avec un sourire d'excuse exaspérant, et qu'il faut remballer les affaires que l'on avait répandues sur la place voisine inoccupée.

Le surlendemain était un vendredi. Maud n'avait eu que quelques heures de cours ce jour-là et Baptiste, qui travaillait, finissait plus tôt à l'hôpital. Ils étaient tous les deux dans le salon, en train de se raconter leurs journées respectives, quand on avait toqué à la porte. Sur le palier, deux garçons de vingt-huit ans s'étaient présentés. Étienne portait une barbe blonde et son œil droit louchait légèrement ; Mathis, légèrement plus petit, avait des gestes nerveux et des fossettes longues comme le bras. Le premier était illustrateur d'albums pour enfants ; le deuxième, informaticien. Ils adoraient les plantes sur le palier, et avaient demandé s'il y avait de la place dans le meuble à chaussures. On se serait cru dans un remake d'*Amélie Poulain*, un peu trop beau pour être vrai. Mathis et Étienne voulaient savoir depuis combien de temps Maud et Baptiste habitaient ici, comment était le quartier, s'ils s'y plaisaient. Ils étaient à Paris depuis plusieurs années pour le travail, mais ils rêvaient de se réinstaller dans leur région d'origine, sur la côte basque. Ils s'étaient rencontrés sur les vagues et retournaient chaque été à Biarritz. Parfois – rarement –, ils s'aventuraient dans d'autres régions pour les vacances, mais la route les ramenait très souvent vers l'océan.

La Suite royale n'avait pas disparu. Elle avait recruté de nouveaux colocataires. Très vite, les deux couples étaient devenus inséparables. Six mois plus tard, Ambre rentrait de Londres, son diplôme en poche, et s'installait à Paris, où elle s'était mise à enchaîner les petits boulots de traduction. Elle transcrivait des centaines de faux blogs vendant des *perceuses multifonctions trois-en-un batterie rechargeable secteur* et des *séjours Corse pas chers all inclusive*, écrivait des sous-titres pour une entreprise de production de DVD, jouait l'interprète dans des émissions de radio qui passaient la nuit et que personne n'écoutait. Ambre avait emménagé seule à dix minutes à pied de la Suite royale. Elle avait adoré Étienne pour sa bienveillance, son enthousiasme enfantin et sa sensibilité ; Mathis pour son second degré, la passion avec laquelle il racontait les choses de la vie et son don inégalé pour l'imitation de l'accent québécois. Elle avait parfois ressenti une pointe de jalousie vis-à-vis de cet heureux hasard qui avait uni les quatre amis sur le même palier, mais à la réflexion, elle savourait aussi la solitude de son petit nid personnel, l'anonymat de la grande ville et les longs dimanches d'automne passés dans le bruit de la pluie battante.

Cinq ans, maintenant, qu'elle niche dans sa chambre de bonne avec vue sur les toits en zinc, à compter les cheminées qui y poussent comme des champignons et les fenêtres qui s'illuminent à la nuit tombée. Fou comme le temps passe vite.

— Tournez à gauche, puis, dans 500 mètres, tournez à droite.

Ambre fronce les sourcils. Le chemin indiqué sur le GPS est tout emberlificoté, signe qu'on arrive d'une minute à l'autre. À côté, Maud, les yeux toujours rivés sur la route, n'a pas réussi à dormir. Elle montre du doigt les petites maisons empilées, perchées en équilibre au-dessus d'une grande étendue bleue. Ambre repense au bon vieux temps, au jeu du *premier qui voit Les Vigneys a gagné* qu'elle perdait tout le temps contre Papa et Raphaël, surtout Raphaël et sa concentration à toute épreuve. La voiture quitte la route principale qui mène vers Les Essandres pour un petit chemin de terre cabossé.

Le gîte où ils vont passer les deux prochaines semaines est un petit mas, tout en pierres et en tuiles, cuivré par le soleil.

Une porte fermière en bois vermoulu donne accès à l'intérieur. À travers le vantail haut, resté ouvert, Ambre distingue la cuisine, plongée dans l'ombre. Une vraie cuisine campagnarde, avec un immense évier, des meubles massifs et du carrelage en terre cuite. Baptiste appelle Étienne et Mathis, arrivés avant eux. Ambre ne se donne pas la peine de l'aider. Quelles péripéties ont pris place derrière ces murs ? Combien de vies ont foulé ce sol ? Combien d'autres à écrire ?

La voix de Mathis, pleine de rondeurs et de chaleur, se fait entendre à l'arrière de la maison. Ambre sent le sourire lui grimper aux joues. Elle rit déjà de le retrouver, songe à ses yeux globuleux et à ses bras désarticulés quand il fait le clown.

— Ambre, t'as super bien choisi, viens voir la vue du gîte !

Il est là, à une vingtaine de mètres, lui fait signe de le rejoindre. Elle le rattrape en contournant la maison par la gauche. Derrière, une terrasse s'étend le long du mur, dévoilant une vue spectaculaire sur les vallées voisines, désertes de toute habitation, étendues sauvages et libres où plonger le regard jusqu'à plus soif. Les voilà seuls au monde. Ambre repense aux appartements qu'elle a occupés, avec son père d'abord, à Lyon, à Bordeaux, à Toulouse, à Lille ; en colocation ensuite, dans l'East End à Londres ; et enfin toute seule à Paris, dans le paisible quartier d'Alésia, exception faite des confinements passés dans la maison de Libette à Drancy, plus spacieuse que son T2 parisien. Elle pense à la Grineraie, à la maison du Toche à Nantes. Tous les lieux de vie qu'elle a connus ont une limite claire et franche.

Le gîte des Essandres étale son panorama à l'infini, sans autre barrière que l'horizon des plaines et les reflets du ciel.

Chapitre 17
Il faut que

IL Y A QUELQUE CHOSE DANS LES FINS DE SOIRÉE. Dans les ventres pleins, les paysages couleur charbon, l'apaisement des corps et le déliement des langues. Les verres sont restés en plan sur la table en fer blanc, les raquettes de ping-pong au milieu des bouteilles et des cendriers, les chaises écartées aux quatre coins de la terrasse. Les deux couples blottis dans quatre transats sortis de la remise, Ambre allongée par terre, enroulée dans une grosse polaire, la nuque picorée par l'herbe tondue, les yeux rivés sur la Voie lactée.

— Mais si, c'était pas possible de pas la voir, celle-là, elle était en plein milieu !

Ambre rate toutes les étoiles filantes. Les autres doivent forcément en inventer pour s'écrier autant. Elle essaie, pourtant, elle a les yeux qui piquent à force de ne pas ciller. Baptiste et Mathis piaillent sans arrêt depuis bien quarante minutes. Les voix papillonnent autour d'elle, et ses pensées ne cessent de se frayer un passage entre les brins d'herbe silencieux pour s'envoler loin, loin, en direction des Vigneys. Elle s'imagine le panneau d'agglomération, la route sinueuse, le fameux virage final à l'entrée du village. Les images s'essoufflent au niveau du portail, dont les volutes de fer forgé font barrage au reste des souvenirs. Alors qu'elle l'a visualisée mille et mille fois, cette maison, alors qu'elle pourrait la réciter par cœur, à l'endroit et à l'envers, ce soir, le chemin s'arrête net. Floutée, la Grineraie, planquée derrière une poignée d'arbre épars qui lui effacent les traits, la rendent indéchiffrable, brouillonne.

— Non mais ce que je dis juste, c'est que ça nous ferait plaisir d'avancer un peu… On a l'impression de faire du sur-place depuis quelques mois.

Ambre redresse la tête, mais ne distingue que des masses inexpressives sur les transats. Elle reconnaît les intonations d'Étienne, enrouées et ensommeillées. À côté de lui, Baptiste acquiesce.

— Oui, je vois bien ce que tu veux dire. On s'était dit la même chose avec Maud, il y a quelques semaines. Avant que… Enfin bref, tu sais, quoi.

Baptiste se racle la gorge. Il semble y avoir un malaise dans la fin de sa phrase, comme s'il avait dit quelque chose dont il n'était pas censé parler. Ambre s'interroge un instant, mais elle est trop engourdie pour interrompre la conversation.

— Et tu penses à quoi comme genre de changements avec Mathis ? Vous avez des projets ?

— Oh, pourquoi pas, je sais pas, aller habiter à la campagne, on étouffe un peu à Paris là, ça fait trop d'années qu'on… alors je sais pas, peut-être le Pays basque, après est-ce que c'est pas dommage de vivre à temps plein sur son lieu de vacances, t'idéalises le truc puis en fait ça devient ta routine…

Les pensées d'Ambre se bousculent dans son esprit sans qu'elle réussisse à les trier vraiment. L'idée qu'Étienne et Mathis puissent partir un jour l'attriste un peu. Elle a envie, aussi, de leur dire que vivre sur son lieu de vacances ne gâche pas tout pour autant ; au contraire, le quotidien y prend des saveurs exotiques. Elle repense aux parcs de

Londres bourrés de roseaux et d'écureuils gris, aux fins de journée dans les pubs inconnus et aux *guided tours* gratuits du Victoria & Albert Museum le dimanche ; à son enthousiasme de touriste persistant malgré les années passées dans la ville-monde, à sa façon de s'émerveiller jour après jour de l'effervescence des grandes gares et des reflets des phares dans les flaques goudronneuses.

Paris lui fait toujours cet effet-là aussi ; cette impression de vivre au cœur d'un musée à ciel ouvert où tout est encore à défricher, à découvrir, à apprendre ; Paris comme terrain de jeu, Paris comme une page vierge où s'inventer cent vies. Si Étienne et Mathis s'en vont, perdront-ils leurs dîners rituels chez M. Fernando ? La vieille pizzeria de M. Fernando, située à mi-chemin entre l'appartement d'Ambre et l'immeuble des quatre autres, est leur quartier général depuis trois ans. Une vingtaine de tables toujours vides, à l'exception de celle près de la fenêtre, parfois occupée par un couple mutique aux cheveux grisonnants ; une ambiance fin de soirée dès 20 h 30 ; des pizzas d'une croustillance à se damner, sur fond de variétoche italienne des années quatre-vingt. La saveur des détails : les nappes blanches dans lesquelles on se prend les genoux, les serviettes en papier pliées en éventail dans les verres à vin, l'aquarium posé sur le comptoir, peuplé de trois gravillons et d'un poisson dépressif. Aux murs pendouillent des ballons de baudruche vert-blanc-rouge tout fripés, probablement accrochés là depuis la Coupe du monde de 2006. Mais surtout, au milieu de cet univers désuet étonnamment réconfortant, il y a la cerise sur le gâteau, la crème de la crème : M. Fernando, un petit homme en gilet boutonné et pantalon en velours côtelé, trente-cinq ans de métier, un service d'une lenteur extraordinaire, petit pas après petit pas, une assiette à la fois, tout en retenue et en discrétion – un homme fait de hochements de tête plus que de longues tirades, dont l'affection portée à ses clients les plus fidèles se mesure au nombre de kirs qu'il leur distribue aux frais de la maison.

Baptiste, Étienne et Mathis continuent à tirer des plans sur la comète en parlant d'avenir, de *se poser* ou au contraire d'*avancer*, et Ambre a du mal à partager cette pression qui semble les submerger. Est-ce qu'il faudrait qu'elle *avance*, elle aussi ? Elle pense à ce job de traductrice qu'elle a trouvé, tout un roman à passer de l'anglais vers le français ; c'est certes pour une maison d'édition inconnue, certes un roman à l'eau de rose pas des plus passionnants, mais pour elle, c'est le graal : la garantie de plusieurs mois de tranquillité. Dans ce métier, les places sont chères et elle navigue à vue ; Ambre n'a aucune idée de ce que signifierait *avancer* dans ces conditions, et cela lui convient. Elle paniquerait probablement si elle était embauchée dans une multinationale pour la vie. Pourtant, Étienne la connaît aussi, cette instabilité ; avec son métier d'illustrateur, il a une situation similaire à la sienne. Mais il est amoureux, plus âgé qu'elle, et prêt à faire de grands projets. La maison et le chien, bientôt, peut-être. Ambre pense à ses dimanches passés sous la couette à relire ses romans d'enfance, à vingt-sept ans quand même – elle se demande si elle ne devrait pas grandir, elle aussi.

Le lendemain matin, Ambre se réveille avec la gorge irritée et le nez qui coule. La veillée à la belle étoile a eu raison de son larynx. Elle est seule dans sa chambre au rez-de-chaussée : une chambre à l'ancienne, un peu kitsch, aux meubles peints et couvre-lit à fleurs. La lumière du jour filtre à travers les volets, mais aucun bruit ne s'échappe du salon adjacent. Au pied de sa table de nuit, son sac est éventré à la va-vite : elle a juste eu la force d'en tirer son pyjama avant de s'enfoncer sous les draps. C'est le même sac de randonnée qu'il y a neuf ans ; les bretelles sont plus élimées peut-être, et le fond s'émiette, mais il a encore les couleurs de sa jeunesse. De la poche intérieure, elle sort un petit volume rectangulaire, enroulé dans un tee-shirt. Elle écarte les pans de tissu, laissant apparaître la couverture familière. Les pages cornées, couvertes de l'écriture fine et serrée du garçon au journal, défilent sous son pouce. Au moment où elle envisage d'en relire une au hasard, la commode trapue se met à vibrer à l'autre bout de la chambre. C'est son téléphone ; un bruit à réveiller les morts. Ambre bondit et s'en empare. Maud et Baptiste dorment dans la chambre voisine. L'écran affiche un visage aux lunettes rondes, aux yeux pétillants et au sourire de tournesol. Elle décroche.

— Oui, Libette, trente secondes.

Ambre quitte la chambre sur la pointe des pieds, déboule sur la pièce de vie tout en tomettes en terre cuite, sort sur la terrasse.

— Ouais, excuse-moi, tout le monde dort ici, j'ai dû aller dehors !

— Dis donc, t'as la voix enrouée, t'as pris froid ?

— Ouais, hier soir.

— Ah zut. Et, ouais, bon, désolée, je sais plus quand t'as essayé de m'appeler.

— Y a deux trois jours ! Mais c'est pas grave. Ça va, toi ?

— Super ! Crevée comme d'hab', mais trop bien.

— Et Hannah ?

— Au top. Elle commence à faire ses nuits, je vais peut-être pouvoir dormir un de ces quatre.

— Je peux la voir ? Mets ta cam.

— Elle pionce encore, là. Miracle.

La voix de Libette bouillonne d'allégresse. Le trésor qui éclaire ses journées et découd ses nuits lui est tombé dans les bras il y a une dizaine de mois. Pas de trace du père, qu'elle n'avait pas cherché à retenir, mais elle a gagné au change en récoltant cette adorable petite bouille aux yeux tout ronds.

— T'es où là ?

— Alors, tu te souviens quand je te racontais qu'on allait en vacances avec Maud et les autres ? Ben c'est pour ça que je voulais t'appeler, je t'ai caché le fin mot de l'histoire : on est aux Essandres.

— Aux Essandres, t'as dit ? C'est à quoi, une heure des Vigneys, ça, non ?

— À peu près, oui.

— Dingue ! Un pur hasard ou… ?

— Non non, j'ai fait du lobbying. Je nous ai trouvé une super baraque, au milieu de nulle part, c'est top. Mais ouais, ça me turlupine un peu, cette histoire de Vigneys. C'était mon but d'aller y faire un tour, et en même temps je sais pas trop…

— Mais attends, vas-y, carrément ! Surtout que les nouveaux proprios, s'ils sont toujours là-bas, ils t'accueilleront sûrement à bras ouverts !

— Ah bon ? Pourquoi ?

— Ben je sais pas, si tu leur dis que t'es une ancienne habitante, que t'as des souvenirs d'enfance… C'était leur cas aussi, donc ils comprendront.

— Leur cas ? Je comprends pas.

— Ben tu sais, rapport à ce que Fred a dit quand on a vendu ! Que c'est d'anciens locataires qui ont racheté la Grineraie.

Ses pensées s'entrechoquent. Sur la table du jardin, il y a des bouteilles rondes et des bouteilles carrées. Les étiquettes des bouteilles carrées sont plus jolies. Plus colorées. Est-ce un hasard ou est-ce que toute bouteille carrée a droit à une étiquette plus jolie plus colorée ?

— Allô ? T'es toujours là ?

Les mots ne passent pas. Ambre déglutit. Sa gorge ne s'arrange pas. Il reste peut-être du rhum dans les bouteilles, pour se faire un grog ou quelque chose.

— Je t'entends plus.

— Je comprends pas.

— Tu comprends pas ?

— J'ai pas compris ce que tu viens de dire.

— Qu'est-ce que tu comprends pas ? Je savais pas que t'étais pas au courant. C'est une histoire marrante, quand même. Y a un bug, là.

— La Grineraie a été rachetée par des gens qui habitaient là avant ?

— Oui.

— Mais pourquoi vous me l'avez jamais dit ?

— J'en sais rien, c'est bizarre ! Je pensais que Xavier t'en avait parlé. Après, j'en sais pas plus sur cette histoire, c'est Fred qui s'en est occupée et elle m'a pas dit grand-chose. Ça a dû passer à la trappe.

— Mais enfin excuse-moi, mais… c'est pas sympa quand même, de pas m'avoir dit ? C'est… je comprends pas. Comme si vous vous en fichiez, en fait.

— Mais non, on s'en fiche pas !

— Vous m'avez juste exclue du… qui d'autre est pas au courant ? Raphaël, il sait ? Arthur et Oscar ? Les petits-enfants ont pas voix au chapitre, c'est ça le délire ?

— Attends, calme-toi, je savais pas que ça te mettrait dans des états pareils…

— Ça me met pas dans des états pareils, Libette, juste, pourquoi personne ne capte que l'histoire de la maison, ça compte pour moi ? Je comprends pas.

— Ma cocotte, je suis désolée, vraiment. Y a eu un quiproquo. Je pensais que tu étais au courant, peut-être que Xavier le pensait aussi, on a cafouillé.

Un léger malaise s'installe dans la conversation. C'est rare, entre la nièce et la tante. Ce n'est peut-être même jamais arrivé. Ambre essaie de faire le tri dans son esprit. Elle pense à toutes les journées qu'elle a passées avec Libette dans sa maison drancéenne, surtout en confinement, à binge-watcher toutes les saisons de *Desperate Housewives* et à faire du yoga sur le tapis du salon. C'est vrai qu'elle n'a pas emmené la conversation sur ces sujets-là. Les années londoniennes l'ont détachée des Vigneys, elle a mis ses pensées ailleurs, pour oublier. Mais tout de même, d'anciens locataires qui ont racheté ? Et si c'était... ?

— Vraiment, Ambre, je suis sincèrement désolée. Je suis embêtée. Je sais que tu y tenais, à cette maison. Mais tu vas pouvoir rattraper le temps perdu maintenant. Franchement, vas-y, va voir les nouveaux propriétaires, ils seront contents de voir que quelqu'un partage un peu leur expérience. Et qui sait, avec Raphaël, Oscar, Arthur et Hannah, un jour, vous leur rachèterez peut-être la Grineraie ? Ce serait énorme, non ?

— Oui, énorme. Ce serait le rêve. Libette, c'est moi qui suis désolée, il faut que je te laisse maintenant. J'ai un truc à régler avec Papa.

— Je comprends. Sans rancune, promis ?

— Sans rancune. On s'appelle plus longuement d'ici quelques jours. Ou on se revoit quand je rentre.

— On fait ça, ma cocotte. Viens quand tu veux. Des bises à Maud.

Rapidement, le visage souriant de Libette disparaît de l'écran du téléphone, remplacé par les yeux bleus de Papa. La photo date un peu. Depuis, une barbe recouvre ses joues et son front s'est un peu dégarni. La voix familière retentit dans le combiné. Une voix chaude et profonde qui désamorce toute velléité de conflit. Il veut savoir si elle est bien arrivée. Elle entend des bruits de pas, des crépitations, peut-être des branches qui craquent. Il est parti de bonne heure ce dimanche pour aller faire des photos dans la nature avec Christophe, un ami, *Christophe, dis bonjour à Ambre*. Ambre fait bonne figure, jusqu'à ce qu'elle n'y tienne plus.

— Pourquoi tu m'as pas dit, pour la maison ?

Papa marque un arrêt brusque dans son récit. Il était en train de parler du réseau instable dans la montagne, du fait qu'il allait probablement devoir la rappeler plus tard.

— Quelle maison ?

— La Grineraie.

— La Grineraie… Pourquoi tu penses à ça ?

— Je suis arrivée aux Essandres. Tu sais, les vacances, avec Maud et les autres, je te l'avais dit – tu lis tes messages ? Je viens de parler à Libette. Elle me dit que les nouveaux proprios de la Grineraie sont aussi d'anciens locataires. Pourquoi tu m'as jamais parlé de ça ?

— Merde, j'avais complètement oublié… Non mais c'est vrai, tu vas pas me croire, mais c'est vrai, j'avais pas pensé à t'en parler. Ça me revient maintenant, Fred avait raconté ça, ouais. Mais ça me paraissait anecdotique. Marrant, mais anecdotique. Pourquoi, c'était important pour toi ?

— Un peu, oui. Je… ça me choque que tu me l'aies pas raconté.

— T'étais déjà à Londres à ce moment-là. On n'arrivait pas à s'avoir beaucoup au téléphone au début, tu te souviens ? T'étais débordée, les cours, ça avait commencé sur les chapeaux de roues… Bref, j'y ai pas pensé.

— Et Raphaël, il est au courant ?

— Je… sais pas. Je sais plus. Je suis désolé, je pensais pas que… Je savais que t'avais de bons souvenirs là-bas, mais à ce moment-là, t'avais l'air d'être passée à autre chose. Et tu…

pourquoi ça t'atteint à ce point, cette histoire ? C'est grave que ce soit d'anciens locataires qui aient repris ?

À ce moment-là, alors que cela fait des années qu'elle attend peut-être ce moment, alors que ça fait des années qu'elle se demande quoi faire, parler ou pas parler, Ambre déballe tout d'un coup. La découverte du garçon au journal, les débuts de recherches avec Grand-père, le cahier récupéré avant la vente puis laissé à l'abandon des années durant. Quand elle a terminé, il n'y a plus que le silence pour meubler ses pensées et soupeser ses mots. Au bout du fil, le bruit des pas a disparu. Papa a dû s'arrêter au milieu de la marche, laisser son ami continuer sans lui. Il ne commente pas l'histoire qu'elle vient de lui raconter. C'est trop gros. Il attaque de biais, par le présent, par le programme.

— Tu vas y aller, non ?

— Aller où ?

— À la Grineraie. Faut que t'y ailles. T'as pris le journal dans ton sac pour les vacances, c'est qu'il y a un truc que t'as pas terminé. Ou un deuil que t'as pas fait, comme dirait Mme Tympaveille, tu te souviens de Mme Tympaveille ? Ta psychologue quand t'étais petite.

— Hm.

— Bref. Moi je pense qu'il faut que t'ailles au bout. Fais comme tu le sens, hein. Mais t'imagines si les nouveaux habitants sont liés au journal ? Si tu pouvais rencontrer son auteur ? Ce serait pas dingue ?

— Si, si.

— C'est quoi, t'as peur ?

— Un peu.

— D'être déçue ?

— Hm-hm.

— Je comprends. Bon, réfléchis-y. Je dois avoir une copie de l'acte de vente signé par Fred dans mes mails, je te la chercherai, y a les noms des gens à qui elle a vendu. Je sais pas à quoi ça sert, mais bon. Comme ça, tu sauras au moins à qui tu dois t'adresser.

Ambre reste un moment immobile, le téléphone dans la main, le regard dans le vide. La voix de Maud la sort de sa torpeur. Tout le monde arrive à peu près en même temps, installe le petit-déjeuner sur la table de la terrasse malgré les nuages qui s'amoncellent au-dessus des têtes. La matinée s'annonce brouillée, grisonnante, seulement réchauffée par l'odeur du café et les tintements des tasses. On discute de tout et de rien jusqu'à ce qu'Étienne, le plus sensible de tous, le plus observateur, interrompe les conversations en cours, de sa voix calme, enrouée, fibreuse.

— Ça va Ambre ? T'es avec nous ?

Ambre cligne des yeux, et la tartine qu'elle tient en lévitation depuis une bonne minute lui échappe des mains pour plonger dans son bol.

— Je… Pardon, faut que j'aille me changer. Est-ce que quelqu'un pourrait me prêter une voiture, aujourd'hui ? Il faut que je vous dise quelque chose, là.

Sous le regard inquiet de sa meilleure amie, elle se reprend et raconte les échanges qu'elle a eus ce matin, alors que personne n'était levé. Elle se sent obligée de leur mentionner rapidement l'histoire du journal du garçon ; le résumé qu'elle en fait lui paraît plat et sans vie, à des années-lumière des retournements émotionnels qu'elle a connus. Après un moment de silence, Étienne se penche vers elle. Il a ce réflexe de gratter sa barbe blonde quand il réfléchit.

— Donc ces vacances ne sont qu'un guet-apens depuis le début. Intéressant. T'es sûre de vouloir y aller ? T'as pas peur que ça ravive des souvenirs douloureux, ou d'être déçue ?

— Ça va me faire bizarre, c'est clair. Mais je crois que j'ai besoin de le faire. Pourquoi, toi t'irais pas ?

Étienne fait *non* de la tête et la fixe à moitié, avec son strabisme désarçonnant, cette coquetterie dans l'œil qui empêche ses interlocuteurs de savoir qui il regarde. Elle le sait très facilement à fleur de peau ; pour lui, revenir sur les lieux de son enfance, ce serait ouvrir une boîte de Pandore. Elle comprend. Elle ferait probablement pareil, s'il n'y avait pas cette histoire de journal. Son téléphone vibre à l'instant. Sur l'écran s'affiche un message de Papa ; elle clique sur la pièce jointe et lit à voix haute.

— « Acte de vente immobilière »… « Le présent contrat prend effet à compter du 24 novembre 2013 », blablabla… Ah. Acheteur : « Mme Annie Marthe Guillemette BLAMBERT, née CERCAIL le 9 décembre 1939 à GYÉ-SUR-SEINE. »

Elle lève de nouveau les yeux vers Étienne.

— Bon, donc à nous deux, Annie Blambert.

— Tu penses que ça peut être la femme du garçon au journal ?

C'est Maud qui a posé la question.

— Je sais pas… Ou sa mère ?

Ils débattent des possibilités jusqu'à une heure avancée de la matinée. Baptiste, efficace, cherche dans l'annuaire ladite Annie Blambert, pour qu'Ambre puisse l'appeler et la prévenir de sa visite. Il fait chou blanc. Mathis, resté silencieux jusqu'à présent, ramène ses boucles brunes en arrière et prend une profonde inspiration.

— Tu sais, ça me fait penser… J'ai un collègue au bureau, ça fait longtemps qu'il m'a raconté ça – Étienne, on se connaissait même pas encore, c'était quand j'étais chez Virtual Touch, bref –, il avait retrouvé chez ses parents une pellicule qu'il avait fait développer, pour voir, truc à l'ancienne tu vois. Et là ! C'était que des photos d'une maison. Une baraque comme ça random, que mon collègue connaît ni d'Ève ni d'Adam, du coup il demande à ses parents qui haussent les épaules. Une péloche, c'est quoi déjà : vingt-quatre photos ? Vingt-quatre photos de la même baraque, prises depuis la route, toujours sous le même angle, avec différentes lumières, sous différentes saisons. Comme si c'était un type qui passait tous les jours devant et qui prenait toujours un petit cliché comme ça là, clic. Donc ses parents savaient même pas pourquoi y avait ça chez eux, personne reconnaissait la maison. On n'a jamais su la fin de l'histoire, mais ça m'avait marqué à l'époque. Qui s'amuse à bombarder la même maison sous les mêmes angles sur toute une pellicule ?

Maud sort de table en emportant la cafetière et le pain. Baptiste tend son bras d'ourson pour attraper sa tasse.

— Si ça se trouve, c'était un mec qui avait eu le coup de foudre pour une fille qui habitait là et qui espérait la prendre en flagrant délit en train d'ouvrir ses volets.

— Glauque ! Ou alors c'était une maison hantée et il se demandait si, en développant les photos, il y trouverait des ombres paranormales…

Voix de Maud de loin, qui appelle son amie. Ambre se tourne vers elle, juste à temps pour recevoir l'objet qu'elle lui lance depuis le salon. Les clés de voiture s'enfoncent dans la paume de sa main droite. Elle grimace un *merci* et, quelques minutes plus tard, elle est changée, prête à partir. Oui, elle est sûre qu'elle préfère y aller seule. En espérant qu'Annie Blambert sera dans de bonnes dispositions pour l'accueillir.

Chapitre 18
Se remémorent

LORSQU'AMBRE ENTRE DANS LE VILLAGE DES VIGNEYS et rate le portail bleu caché au creux du virage, elle est à peine étonnée. La Grineraie la prenait déjà par surprise quand elle était petite, et elle est trop préoccupée pour s'en amuser. Elle continue sa route jusqu'à la place de la mairie, où elle range sa voiture avant de revenir sur ses pas. Derrière les virevoltes en fer forgé, le chemin caillouteux fait une courbe et vient s'évanouir sur les marches du perron. La Grineraie est là, intacte. La Grineraie et ses murs grignotés par le lierre, ses pierres trouées de nids d'oiseau, ses fenêtres méditatives aux reflets à nuages. Ambre a le ventre en vrac. Une voiture inconnue dort sur l'étendue de gazon en contrebas de l'allée. Deux pensées l'assaillent, *on se gare pas là d'habitude*, et *il y a quelqu'un*.

À côté du portail bleu, les nouveaux habitants ont fait installer une sonnette. Ambre appuie sur le bouton et se racle la gorge. Elle a répété les phrases pendant le trajet, comme quand elle doit prendre un rendez-vous par téléphone : un mot après l'autre, respirer aux virgules et aux points, ne pas oublier de répéter ce que dit la personne en face, au cas où on n'aurait pas compris parce que les oreilles bourdonnent trop fort. Mais au moment où elle a appuyé sur la sonnette, les phrases se sont effacées.

En face, une silhouette sort de la maison, une silhouette élancée, élégante, à la démarche chaloupée, un peu trop sophistiquée peut-être ; un peu jouée, lui semble-t-il. Peu à peu, Ambre distingue une femme d'une cinquantaine d'années, les cheveux ramenés en arrière dans une queue de cheval soignée. Une jupe serrée et bien taillée lui descend jusqu'aux mollets, et elle a noué un foulard léger autour de son cou, façon hôtesse de l'air. Arrivée à une dizaine de mètres du portail, elle adresse un *bonjour* interrogatif à Ambre. Sa voix sèche, tendue, fait un peu penser à celle de Frédérique.

— Bonjour. Est-ce que je suis bien chez Annie Blambert ?

Pas de réaction apparente. Ambre force un sourire. L'hôtesse de l'air arrive à son niveau.

— Annie Blambert est décédée. À qui ai-je l'honneur ?

— Oh, je suis désolée… Je m'appelle Ambre, Ambre Gréniat. Je… me suis permis de vous rendre visite parce que j'ai vécu ici, avant. La Grineraie était la maison de mon grand-père. Voilà, j'espère que je ne vous dérange pas…

Les traits de la femme se décrispent un peu, puis elle insère une clé dans la grille et la fait pivoter sur ses gonds. Le crissement de métal rouillé fait tressaillir Ambre. Elle ignorait que le souvenir de ce bruit avait survécu quelque part en elle, au fond de sa mémoire d'enfant.

— Donc vous venez faire une petite visite nostalgique, si je comprends bien. Entrez, entrez. Vous voulez faire un tour dans le jardin ?

Le jardin. Bien sûr qu'elle veut. Elle veut, et en même temps, elle a peur des remous, du trop-plein, du sol qui s'effondre. Elles contournent la Grineraie par la gauche, longeant la bibliothèque et sa véranda. Ambre jette un regard avide à travers les vitres : plongé dans la pénombre, l'intérieur est impossible à distinguer. Elle rêverait d'y retourner, ne serait-ce qu'une seconde. *Faire un tour dans le jardin.* Par ce temps menaçant, il aurait été plus approprié d'aller s'abriter à l'intérieur. Ambre a comme une impression désagréable. Le sentiment, très vague, que la femme qui l'accueille ne *souhaite pas* la faire entrer.

Sous le ciel sombre, la Grineraie lui paraît plus trapue, tassée sur elle-même. Ambre est estomaquée par les changements du jardin de la terrasse ouest. Au cœur du terrain, les deux pommiers acides, à l'ombre desquels on installait les transats, ceux-là même dont Le Toche et Grand-père exploitaient les fruits pour produire leur cidre-qui-claque-au-plafond, ont disparu, ainsi que la table de pique-nique en bois. À la place, un adorable potager a été aménagé, rangées colorées de tomates rougissantes et de salades frisées. À droite, à la place du vieux barbecue de Grand-père, s'est érigée une petite cabane de jardin. Seule la grange, en face, est restée telle quelle ; peut-être un peu plus rouillée encore. L'hôtesse de l'air la désigne du menton, répondant à sa question muette.

— Cette dépendance est le seul élément que je n'ai pas encore retapé. L'idée est de l'aménager pour qu'elle puisse accueillir du public. Par contre, les étages de la maison principale sont entièrement remis à neuf, et j'ai des locataires en ce moment, des… Asiatiques, mais ils sont partis pour la journée, ils ne nous dérangeront pas. Ces touristes, ils sont charmants, mais un peu encombrants, si vous voyez ce que je veux dire.

Ambre ne voit pas vraiment. En revanche, elle vient de se rappeler la vraie raison de sa visite : en savoir plus sur Annie Blambert, et sur ses éventuels liens avec le garçon au journal.

— Excusez l'indiscrétion, mais… avez-vous un lien de parenté avec Mme Blambert ?

— Mme Blambert, c'est moi, maintenant. Annie était ma mère.

— Oh, d'accord. Et… vous aussi, vous avez vécu ici avant… avant que mes grands-parents achètent, c'est ça ? C'est ce que m'a raconté ma tante.

— C'est exact. Je peux vous raconter un peu.

Mme Blambert lui indique une chaise de jardin et elles s'asseyent toutes les deux, près du potager. De là où elles sont, Ambre voit la porte bleue du salon et celle, vitrée, de la cuisine. Le cœur dans la gorge, elle tente de ne pas écouter les souvenirs qui viennent taper contre son crâne, le fantôme de Grand-père de l'autre côté du mur, le fauteuil râpeux et la pile de Heinrich Böll sur la table basse, l'odeur de moussaka échappée de la cuisine, le violoncelle de Libette en fond sonore. Mme Blambert entame son récit, l'amenant vers d'autres passés plus lointains.

— Mes parents ont emménagé ici en 1965. Ils étaient locataires. La maison était très grande pour eux, mais ils avaient les moyens et ils prévoyaient du monde, je vous passe les détails. Ma mère désespérait d'avoir un enfant un jour, ils ont eu des difficultés, et finalement ils m'ont eue sur le tard. Je suis arrivée un peu comme une bénédiction, dix ans après, en 1975. Ma mère avait trente-six ans, vous vous rendez compte ? Il était temps. Après ça, ils n'ont plus eu d'enfants. La maison… j'en ai un souvenir extrêmement vague. C'est surtout ma mère qui y était attachée.

— Votre mère, plus que vous ou votre père ?

— Oui, mon père je ne sais pas trop. On n'a jamais parlé de ça. Et moi, nous en sommes partis quand j'avais cinq ans, alors je ne me rappelle pas bien. Tandis que ma mère, elle m'a répété, répété, répété, qu'elle y avait vécu les meilleures années de sa vie. Des moments de tendresse avec mon père, que moi je n'ai pas trop connu après, la joie de réussir à m'avoir… Et puis l'atmosphère. Ils y accueillaient tout le temps du monde. C'est vrai que j'ai une image de la maison toujours remplie de personnes qui allaient et venaient. De la famille principalement, mais aussi des amis – mes parents avaient beaucoup d'amis.

Mme Blambert marque un temps d'arrêt, contemple la façade ouest de la maison avec un regard flou, plongée des années en arrière. Ambre reste les bras ballants sur sa chaise de jardin, sans oser interrompre le fil de ses pensées.

— Voilà, donc, pour vous la faire courte : les propriétaires ont souhaité vendre ; mes parents avaient le choix, hein, ils pouvaient se présenter comme acheteurs, ou ils pouvaient aussi rester comme locataires, mais ce n'était pas sûr que les propriétaires suivants veuillent continuer à leur louer… bref, il n'y avait pas d'ultimatum en soi, mais mon père a eu une mutation en ville à ce moment-là, et nous avons plié bagage. Je ne pense pas que ma mère était complètement pour, et puis il y a eu d'autres événements personnels, là aussi je passe là-dessus, mais… voilà, mon père n'était plus en capacité de… enfin, elle a dû s'occuper de lui pendant longtemps. Ce n'était plus comme avant, quoi. Il a fini par décéder, des années plus tard, et ma mère est venue s'installer à Deues dans une petite maison de village. Et c'est pour ça que quand elle a vu l'annonce pour la Grineraie, elle est venue le plus vite possible.

— Elle était assez âgée alors, quand elle a vu l'annonce.

— Elle avait plus de soixante-dix ans, mais elle n'était déjà plus très autonome, si vous voyez le…

Le ton de Mme Blambert s'est étrangement refroidi sur cette dernière phrase.

— Donc finalement, vous avez hérité de la maison…

— C'est ça, je me suis retrouvée avec ce… Et bon, moi, je suis une urbaine, au départ, mais finalement, j'ai décidé de lancer mon activité ici.

— Votre… activité ?

— De chambre d'hôtes. Je me lance à peine, hein, il y a encore énormément de boulot ; je prévois de faire venir un architecte pour la dépendance à mon retour de vacances.

— Ah, oui. Vous partez ?

— Demain ; deux semaines, aux Baléares. Pour changer d'air, enfin, vous savez ce que c'est, la campagne, au bout d'un moment, on se lasse.

Ambre évite de relever : elle ne veut pas analyser pourquoi ce cynisme à peine voilé la dérange et l'assomme. Elle se concentre sur le journal du garçon, au chaud dans son sac. L'histoire ne colle pas, mais il faut tenter quand même, au cas où. Elle en parle, rapidement. N'aurait-elle pas connu, ou entendu parler, d'un garçon qui aurait habité ici étant adolescent ? Mme Blambert répond sans hésiter : cela ne lui dit rien, mais elle n'a aucune connaissance des précédents locataires. Le récit de la trouvaille du carnet ne semble pas l'émouvoir ; elle est davantage remuée par la sonnerie stridente qui retentit au milieu d'elles : son téléphone, qu'elle décroche au quart de tour. Pendant qu'elle répond d'une voix doucereuse en faisant des cercles dans le jardin, à petits pas, coincée dans sa jupe crayon, Ambre fixe obstinément la porte du salon. Jeter un œil – juste un œil. Avaler les murs, les garder à l'abri, loin des autres, loin de cette femme.

— Excusez-moi, c'est mon couple de locataires qui va bientôt rentrer et qui a un problème de clé, il faut que je sois là pour les accueillir. Vous aviez d'autres questions ?

Oui, elle a d'autres questions, une seule en vérité, qui lui brûle les lèvres. Elle ose. Elle n'ose pas. La femme semble pressée : elle risque de la trouver malpolie, ou intrusive. Ambre tente.

— Est-ce qu'il serait possible de faire un petit tour dans la maison ?

Chapitre 19
Périphéries

Mme Blambert sourit, mais le reste de son visage ressemble à une façade récemment repeinte : lisse et plate, où rien ne dépasse.

— Aujourd'hui, ça va être un peu compliqué, malheureusement. Comprenez… mes locataires sont installés à l'étage. Je ne peux pas me permettre de déranger… Mais c'est très gentil à vous d'être passée, en tout cas, on a aussi des photos sur notre page Airbnb, vous devriez nous trouver assez facilement.

Ambre acquiesce, et la femme la raccompagne d'un pas pressé vers le portail. Avant de lui dire au revoir, Mme Blambert force une petite formule d'un ton faussement enjoué ; un *j'espère que vous allez y arriver, pour vos recherches* prononcé un peu trop vite, un peu trop fort. Ambre reprend la route à pied vers le centre des Vigneys pour récupérer la voiture. Après quelques mètres, elle inspire à pleins poumons : elle se rend compte qu'elle vient de passer une heure entière comme en apnée. Elle regretterait presque cette non-visite, confinée hors les murs, en étrangère. Surgit l'envie de revenir demain, une fois la propriétaire partie sur ses îles, et d'entrer par effraction. La grange est laissée telle quelle, *encore dans son jus*, a précisé Mme Blambert avec une pointe d'agacement dans la voix ; cela signifie que le passage secret permettant d'accéder à l'intérieur de la Grineraie existe peut-être encore. Mais Ambre secoue rapidement la tête pour écarter cette hypothèse, *tu dérailles, ma pauvre dame.*

Avec cela, aucune avancée sur le journal du garçon. Si l'auteur ne faisait pas partie de la famille qui a directement précédé Grand-père et Grand-mère, alors il faut remonter plus loin encore. Il faudrait, pour la renseigner, des personnes qui soient dans le village depuis assez longtemps pour les avoir croisés. Ambre s'arrête net. *Les voisins.* Du temps où elle venait en vacances, elle a seulement rencontré le voisin de gauche, à qui ils empruntaient du Wi-Fi, le tenancier d'un restaurant gastronomique, quarante-cinq ans tout au plus, exilé de sa patrie bretonne ; trop jeune, trop fraîchement arrivé dans la région. Mais de l'autre côté, qui est-ce ? Ambre a beau fouiller dans sa mémoire, elle n'a aucune image de la seconde maison qui jouxte la Grineraie.

Elle revient sur ses pas, dépasse le restaurant, le portail bleu de la Grineraie. Elle découvre une petite demeure aux murs aveugles, donnant directement sur la route, juste assez discrète pour passer inaperçue. La bâtisse tranche avec les villas aux jardins pompeux qui l'avoisinent : pas de pierre de taille, pas de heurtoir ouvragé sur la porte d'entrée – pas de sonnette, non plus. Ambre toque, trois fois. Pas de réponse. Elle colle son oreille contre la porte : un son chaud et sourd, des murmures étouffés au fond, probablement une télévision en marche. Il y a quelqu'un ; d'ailleurs, quelques bruits plus tard, le loquet s'ouvre. Une vieille dame, minuscule, tellement ratatinée sur elle-même qu'elle lui arrive en dessous des épaules, lève les yeux vers elle. Au fond, Ambre entend distinctement les blablas des journalistes.

— Bonjour madame, j'espère que je ne vous dérange pas ?

— Oh, je vous reconnais vous ! Vous êtes du coin.

Ambre ravale sa surprise. Elle confond sûrement. Elle-même n'a jamais vu cette petite dame de sa vie.

— Si si, faites pas cette tête ! Vous êtes la maison à côté ! Je vous vois encore haute comme trois pommes, avec Papi-Mamie !

— Oui, exactement ! Je suis désolée, je ne me souvenais pas que, enfin je devais être trop petite pour…

— Allez, va ! C'est normal, en général je me fais pas trop remarquer. J'ai jamais parlé à votre papi, mais je vois qui c'est. Bel homme, charmant.

Ambre ne peut réprimer un sourire. Sur un geste de la bonne femme, elle entre dans un intérieur sombre et capitonné, aux murs couverts d'étagères sur lesquels s'empilent vieilles lampes à pétrole, verres à moutarde, moulins à café et théières antiques ; un véritable musée d'objets ordinaires, un peu oppressant. Le couloir mène à une salle à manger qui dégage une forte odeur de poisson fumé. La petite dame s'est cuisiné un petit quelque chose, *oh trois fois rien*, du hareng-pommes à l'huile, elle en a pour un régiment, donc elle peut lui sortir une assiette. Ambre refuse poliment, puis cède devant la tête dépitée qu'affiche son hôte. La dame lui tend le plat familial ; une terrine peu engageante, où macèrent des langues argentées, entre trois rondelles de carottes et un oignon cru. Ambre se sert et s'excuse, mal à l'aise de s'inviter de la sorte.

— Il n'y a pas de quoi ! Je n'ai pas souvent de la visite, vous savez. Et puis depuis que Mimi est mort, paix à son âme, on se sent plus seul ! Eh oui ! C'est comme ça. Les jours sont longs. Alors y a la télé quand même, encore un peu, je regarde beaucoup le JT, ça me tient au courant, mais un peu de compagnie, ça ne fait pas de mal.

La bonne femme lui parle de son chien pendant quelques minutes. Ambre se passionne poliment pour le sujet. Du bout des lèvres, elle aspire un petit morceau de hareng lisse et visqueux : cela ne paie pas de mine, mais le goût est divin.

— Bon, alors, racontez-moi ce qui vous amène ! Ce n'est plus vous qui habitez à côté. C'est la petite Delphine, c'est ça ? Je vous ai vue lui rendre visite. Vous n'êtes pas restée des heures.

— Non, c'est vrai. Je venais la voir, en fait, pour lui demander des informations sur le passé de la maison. Peut-être que ça vous dira quelque chose... Un été, j'ai trouvé un journal dans le grenier, qui appartenait à un garçon, un adolescent, qui vivait là. Je suppose qu'il a quitté la région, son rêve était d'être architecte et de vivre dans une grande ville ; ou bien il est déjà mort. J'en sais rien, en fait. Alors vous... je sais pas, vous, ça fait combien de temps que vous habitez ici ?

— Un garçon... Oui, y a eu un garçon qui vivait ici, ça fait... oh là là. Alors me demandez pas les noms, j'ai aucune mémoire des noms.

— Mais vous vous souvenez de lui ? Vous pouvez m'en dire plus ?

— C'était une famille un peu nombreuse. Ça se remarquait, même si à l'époque c'était plus courant.

— Deux parents, trois filles et un garçon ?

— Peut-être bien que oui... Je me rappelle plus les détails, hein, vous savez ! C'était il y a des années.

— Quand ça ?

— Oh, les années 1950-1960 ! La belle époque, juste après la guerre. J'étais jeune encore ! Ici, c'est la maison de mon mari et des beaux-parents, j'y habite depuis, depuis...

— Cette famille... vous savez ce qu'ils sont devenus ?

— Ah bah, c'est drôle que vous posiez la question, justement... il y a quelque chose qui s'est passé, ça me revient. Il y a eu un petit drame, je ne sais plus en quelle année ; vous savez, moi, la mémoire des dates… c'est comme les noms, hein.

— Un drame, vous dites ?

— C'est monsieur, bon sang, si je parvenais à me souvenir de son nom… Je ne leur ai jamais beaucoup parlé, on se faisait des signes de tête quand on se croisait, ça s'arrêtait là… Vous savez, moi, je ne parle pas à grand monde. Ce n'est pas mon truc, les civilités, tout ça. Il faut venir me chercher, eh ben comme vous avez fait là, et là je peux être bavarde, très bavarde même, mais sans ça, j'irai jamais de moi-même. Sauf un jour où sa femme… Marthe, oui voilà c'est ça, elle je me souviens de son prénom. Marthe. Terrible histoire ! Une femme adorable, le cœur sur la main, venue un beau jour frapper à ma porte, alors que jamais, pendant des années… Elle m'a dit, je me souviens pas bien, mais qu'ils allaient déménager, elle et ses enfants… Elle voulait me prévenir, je pense. Très gentil de sa part. Elle m'avait apporté un bouquet de fleurs de son jardin, des hortensias, quand je dis, la générosité, elle avait l'air toute gentille cette brave dame ! J'ai vu qu'elle était pas dans son assiette, je l'ai invitée à entrer, comme j'ai fait avec vous, mon mari était pas là, il devait travailler à ce moment-là. Et là, autour d'un thé, elle m'a dit, mais avec une pudeur extrême ! Que son époux était parti avec une jeunette du côté de Deues, vous vous rendez compte ? Abandonner sa femme et ses enfants. Quelle histoire ! Il aurait voulu les flanquer dehors, il n'aurait pas fait autrement : la pauvre femme, impossible de rester, avec trois sous, et ces bouches à nourrir… Je lui ai dit d'aller voir les gens de la paroisse, moi-même je ne les connais pas, je vous avoue que je ne suis pas une chrétienne très… assidue, enfin, je ne vais pas souvent… mais il y a une paroisse, paraît-il très active, ils pouvaient l'aider. Je ne sais pas ce qu'elle a fait de ça, je n'ai pas le fin mot… en tout cas, du jour au lendemain, il n'y avait plus personne. Dieu sait ce qu'ils ont trouvé ensuite pour se loger !

— Vous savez où ils ont déménagé ?

— Aucune idée, non. Mais vous savez, moi, les rumeurs, les réputations, je n'en ai pas vent, je ne suis pas, mais alors pas du tout ces choses-là !

— Vous ne connaissez pas quelqu'un qui pourrait savoir ça ?

— Oh, j'en sais trop rien… Non, là, comme ça, ça ne me vient pas à l'esprit. Voilà, et après, c'est une jeune femme qui a emménagé, très gentille, avec son mari et la dame que vous avez vue tout à l'heure, c'est ça, les Blambert. Je l'ai connue toute petite, la fille Blambert.

La trame se forme dans l'esprit d'Ambre. Elle sent qu'elle brûle dans la recherche du garçon au journal. Si la voisine est bien une source fiable, la famille du garçon a été la dernière locataire avant les Blambert ; avant 1965.

— Et… désolée pour l'interrogatoire, mais… vous êtes sûre que vous ne vous souvenez pas de leur nom ? Ou même du prénom de ce garçon ?

— Non, le prénom des enfants, je n'ai jamais trop su. Pour le nom de famille… Il y avait un « o » dedans. Vo… Volin, Vorin… ? Vorin, peut-être. Et encore !

— Vorin… V-O-R-I-N ?

— Alors là, faut pas m'en demander trop ! Peut-être.

Après avoir chaleureusement salué la vieille dame, Ambre reprend la route. Elle pense au sentiment de trahison qu'a dû éprouver le garçon au journal en voyant son père les quitter. Un homme qu'il respectait, le héros de son enfance ; un mythe brisé en quelques minutes. Elle imagine la détresse de la mère. Y avait-il eu des cris ? Des coups ? Ou pire : tout s'était-il passé dans le silence le plus complet ? Des larmes rentrées, quelques valises précipitées et un déménagement le temps d'une journée, de quelques heures peut-être, laissant derrière soi des objets aussi précieux que la maison de poupées ou le journal intime. Où étaient-ils allés ensuite ?

Chapitre 20
Franz Reicher

ELLE EST DANS LA MAISON. Elle a réussi ce miracle : elle y est, *on y est*, se dit-elle, *de nouveau, pour de bon*. Elle ne pensait pas qu'elle parviendrait à entrer. À s'y *trouver*. Autour d'elle, la bibliothèque rutile. Les belles reliures dorées luisent dans les pénombres des étagères. Elle saisit un livre par la tranche, prend une bouffée d'air vieux et sublime, *sublime*, caresse le grain des pages – des feuilles légères, friables. Il y a une atmosphère dans l'air : il y a l'atmosphère des songes, indescriptible. Une légère ivresse, des projections de souvenirs que l'on n'a jamais vécus, les atmosphères des autres, peut-être, ou de personne.

Ambre sort prudemment de la bibliothèque, traverse l'enfilade. Des millénaires se sont accumulés entre la maison et elle. Pourtant, la maison, c'est incroyable – la maison n'a pas changé. Ce sont ces murs, ce sont ces papiers peints, ce sont ces vieux lustres dans le même état de délabrement. La quatrième planche qui grince sous le pied quand elle escalade l'escalier. *La maison, c'est incroyable, tu es comme je t'ai toujours connue. Personne, aucun, aucune personne ne s'est précipitée pour te défigurer. Vive l'inertie des nouveaux propriétaires.*

Une fois à l'étage, dans le couloir au tapis bleu, Ambre découvre l'escalier pentu du grenier, caché derrière sa porte.

Au lieu de la charpente où sèchent les grands draps blancs, au lieu de l'obscurité et de la chaude odeur de paille, elle débouche dans une tourelle, découvrant une petite chambre à coucher – au centre, un lit à baldaquin couvert de tissus chatoyants ; une fenêtre grande ouverte qui illumine les lieux. Le soleil, le vent s'y engouffrent par brassées ; une houle marine au goût de sel et d'aventures. Ambre sent le sol tanguer sous ses pieds. Les grincements réguliers du parquet s'ajoutent aux battements des courants d'air.

Elle s'approche de la fenêtre, le pas flou. Le ciel translucide se jette dans l'océan en contrebas ; tiens, c'est nouveau ça, la mer ici. Un océan vaste et goulu comme un monstre bienveillant. La Grineraie en immense tour, perchée sur un radeau. La Grineraie en péniche verticale et biscornue, balancée au gré des bleus féroces. Ambre s'agrippe au bastingage. Les émotions l'assaillent, suffocantes, lourdes, son cœur gonflé d'hélium. *Cette maison est encore plus délirante que nous ne le soupçonnions – l'erreur ! L'erreur de céder ce bateau à des inconnus qui n'aiment pas naviguer ! Est-il encore temps de récupérer les clés ?*

Puis, tout à coup, Ambre entend une voix lointaine, venue d'en dessous : *Ça, mettez-le dans le couloir.* Elle baisse les yeux vers l'escalier pentu. En bas, sur le tapis en velours bleu du couloir, circule un grand tableau duquel dépassent deux jambes. La voix d'en bas crie toujours des ordres. Les meubles défilent pêle-mêle, des meubles hideux, des meubles qui jurent et défigurent. Le tapis en velours bleu, sous les pieds des déménageurs, disparaît soudain. Il dévoile un sol inconnu, affreusement dissonant, en béton brut.

Ambre se retourne, affolée. Ses yeux virevoltent d'un coin à l'autre de la pièce. Elle pourrait vivre, peut-être, ici ? Se blottir, se cacher, pour le restant de ses jours, dans la tour gorgée de soleil ? Peut-être qu'ils ne trouveraient pas le chemin ? Peut-être qu'ils ne viendraient jamais ? Peut-être – qu'ils lui laissent au moins un petit bout, juste un petit bout, une part du gâteau. En bas, la voix de la donneuse d'ordres se fait

de plus en plus
proche.
Va-t-elle pouvoir
se cacher
encore longtemps
dans la tour à remous

*
*   *

Le réveil est un déchirement. Par contraste avec la Grineraie de son rêve, la chambre du gîte est fade et impersonnelle. Ambre se lève d'un bond, embarque un café et un calepin sur la terrasse. Hier, après une courte pause pour raconter ses aventures au reste de la bande, elle a frénétiquement fouillé l'annuaire à la recherche d'un M. Vorin, Veaurin, Vaureins, sous toutes les orthographes possibles, sans rien trouver de concluant. Elle s'est aussi lancée sur la trace des anciens propriétaires. *Franz Reicher, 1946 – 1980*, avait-elle noté sur un Post-it il y a sept ans, à la suite des recherches de Grand-père. Ses calculs laissent supposer que c'est à ce M. Reicher que la famille du garçon a loué la Grineraie jusqu'en 1965.

Internet lui a indiqué les coordonnées de trois dénommés Reicher à travers la France – un Arno, un Jonas et une Géraldine. Aucune trace de Franz. Elle appelle Arno Reicher, tombe sur une messagerie anonyme. Ne sachant que dire à la voix automatique du répondeur, elle raccroche, traçant un simple point d'interrogation à côté du nom. Ensuite, elle compose le numéro du deuxième candidat. Jonas, un 03, domicilié dans la région de Colmar. Assise à la table en fer blanc de la terrasse, son mug de café dans la main, elle écoute religieusement la tonalité du combiné. Son cœur s'emballe lorsqu'elle l'entend décrocher à la cinquième sonnerie.

— Allô ?

— Bonjour… Je suis bien chez M. Jonas Reicher ?

— Oui… ?

Il a une voix sèche et grave, un peu méfiante. Ambre le rassure, elle n'est pas une démarcheuse. Nerveusement, elle trace une ligne absurde sur son calepin, commençant à ruiner la liste qu'elle y avait inscrite au propre. Elle s'explique : elle fait des recherches historiques, sur sa famille, mettons, elle pourra détailler s'il le souhaite.

— Est-ce que vous connaissez un certain Franz Reicher ? Qui est peut-être l'un de vos parents ?

À l'autre bout du fil, la voix hésite ; finit par dire *oui*, prudemment, sans entrain. Ambre sent ses poumons se remplir un peu trop vite, un peu trop fort. Elle tient une piste. Jonas Reicher, de l'autre côté, ne relance pas. Elle doit le mettre en confiance, meubler, insister.

— C'est une bonne nouvelle ! Est-ce que… vous auriez son contact ? Pour que je puisse le joindre personnellement ? Le Franz Reicher que je recherche était propriétaire d'une maison près des Vigneys, dans la région de Chanayres, qu'il a vendue dans les années quatre-vingt. C'est mon grand-père qui la lui a rachetée, en l'occurrence. Je ne sais pas si ça vous dit quelque chose.

Dans le silence au bout du fil, Ambre décèle des mouvements, des sortes de raclements : on dirait que quelqu'un bouge un meuble. Elle fronce les sourcils, comme si cela pouvait l'aider à comprendre la source du bruit. Son crayon fait des volutes sur le papier. Finalement, Jonas répond, la voix plus sèche encore.

— Franz est décédé il y a six ans.

Le stylo d'Ambre s'interrompt dans sa course folle.

— Oh ; c'est dommage. Enfin, je veux dire, mes condoléances. Vous… étiez proches parents ?

— Ça dépend ce qu'on entend par *proches*.

Ambre se lève de sa chaise. Pour tenter de pousser Jonas Reicher à baisser sa garde, elle justifie mieux les raisons de son appel : elle lui raconte la Grineraie, le journal, la recherche des anciens habitants. Elle tourne en rond sur la terrasse, dans un sens, puis dans l'autre. Les pierres sont douces sous ses pieds nus. La voix de Jonas est plus apaisée quand il reprend.

— Je me souviens bien que mon oncle – Franz – avait une propriété en France, plus au sud. Mais je n'y suis jamais allé. Lui non plus, d'ailleurs. Enfin, je veux dire, il n'y a jamais habité, il me semble.

— Il a loué dès qu'il a acheté, c'est ça ?

— Oui… Mais il projetait d'habiter, à terme. Les aléas de la vie…

Ambre s'est rassise à la table et a noté inutilement les mots *pas habité*. Comme d'habitude, une foule de questions lui vient à l'esprit.

— Pourquoi il n'y a pas habité juste après avoir acheté ?

— Oh ! Je pense que la situation était compliquée. Il habitait à Hambourg avant d'être mobilisé. C'est pendant la guerre qu'il a découvert la France.

La guerre, bien sûr. Un Allemand, débarqué en France pour quelques mois, tombé amoureux de la région ; Grand-père avait vu juste en faisant cette hypothèse.

— Ah oui, parce que si je me souviens bien, il avait acheté en 1946… c'est pour ça, la situation compliquée ?

— Je ne savais pas que c'était en 1946, mais ça ne m'étonne pas. Je pense qu'à l'époque les Allemands n'étaient pas très bien vus en France, oui. Il a dû attendre que la situation se tasse un peu, et finalement, il n'a jamais déménagé. Mais il m'avait parlé de cette maison, il m'avait dit qu'elle était là au cas où, un jour, j'en aurais envie ou besoin.

— Vous, vous étiez en Allemagne aussi ?

— Moi ? Non, j'ai toujours vécu côté français.

— D'accord. Pour autant, vous n'avez pas eu à déménager plus au sud.

— Ça ne s'est pas présenté, non.

— Et… vous ne savez pas pourquoi il a revendu, finalement ?

— Je… Aucune idée. Peut-être parce qu'il a compris qu'il n'habiterait jamais dans cette maison et que ça ne servait à rien de la garder. Il y a un moment où il a eu besoin d'argent, enfin, ça n'a pas été facile toute sa vie, surtout vers la fin.

La voix de Jonas Reicher s'est effilochée. Ambre pressent une zone épineuse de l'histoire familiale qu'il faut qu'elle contourne : elle ne voudrait pas qu'il se morde les doigts d'être allé trop loin.

— Je ne veux pas vous déranger plus longtemps, juste une dernière question, si vous le voulez bien : il ne vous a jamais parlé de ses locataires, par hasard ?

— Non… vraiment, ça ne me dit rien. Comment dire… Voilà, Franz a eu une histoire compliquée dans la famille, à cause de la guerre, enfin, une position, des propos aussi, qui n'étaient… plus tenables à la sortie de la guerre, disons… Moi, je l'ai connu après, mais les ponts étaient déjà un peu coupés entre mes parents et lui.

— Je vois. Enfin, je veux dire, j'imagine que si vous n'avez pas eu beaucoup de contacts… Et… il a des enfants, peut-être, qui pourraient avoir accès à des papiers, qui pourraient renseigner sur ses anciens locataires… ?

— Franz n'a jamais eu d'enfants. Enfin… pas que je sache, en tout cas.

Jonas Reicher ponctue sa phrase d'un rire nerveux ; un frisson parcourt le dos d'Ambre. Sous son crayon, le calepin est rempli de notes chaotiques. À côté de *pas habité*, les mots *guerre*, *compliqué*, *nazi ?* et *pas d'enfants* se chevauchent dans le désordre.

— Pour les papiers, je ne vois pas comment je pourrais en retrouver, honnêtement. C'est parti loin dans la famille, ce n'est pas moi qui ai géré ces affaires-là. C'est… voilà, il y a des choses que je préfère ne pas trop aborder.

— Je comprends, je suis désolée. J'espère que ça ne vous a pas causé trop de peine de revenir sur tout ça.

— Il n'y a pas de problème. J'espère que ce que je vous ai raconté vous aide dans vos recherches, en tout cas.

— Oui merci, c'est parfait, ça m'aide énormément.

Ambre ne sait pas pourquoi elle a cette tendance à s'enthousiasmer exagérément lorsqu'elle n'en pense pas un traître mot, sûrement pour donner l'impression à son interlocuteur qu'il n'a pas perdu son temps. Lorsqu'elle raccroche, elle reste un instant le regard fixé sur son journal d'appels. Elle fait le bilan des nouvelles informations qu'elle a réunies, trois fois rien en réalité.

— T'as déjà mangé ?

C'est Étienne qui vient d'arriver sur la terrasse, Étienne et son timbre si doux, si fragile qu'elle a envie de lui construire une bulle de protection contre le monde extérieur pour éviter qu'il ne se brise en mille morceaux.

— J'ai juste pris un café. T'en veux ?

Évidemment qu'il n'en veut pas. Il va se faire son immense bol rituel d'Earl Grey à la bergamote, *sa piscine* comme l'appelle Mathis.

— J'ai des nouvelles de Franz Reicher, l'ancien proprio de la maison.

— Ah. T'étais au téléphone là, avant que j'arrive ?

— Ouais. Avec son neveu. J'ai pas appris grand-chose, mais il m'a raconté sa vie.

Pendant qu'elle lui en dit deux mots, elle lui trouve un air soucieux. Il la dévisage de son regard de traviole, concentré, mais elle sent chez lui une forme de retenue qu'il n'a pas d'habitude. La voix d'Ambre se fait plus hésitante.

— Je parle trop, c'est ça ? Il y a quelque chose qui ne va pas ?

— Non, c'est chouette !

Elle ne sait pas pourquoi, mais elle sent qu'il n'ose pas vraiment lui dire ce qu'il a sur le bout de la langue. Sa barbe se fend d'un sourire, mais ses lèvres restent pincées.

— En tout cas, maintenant, je suis au point mort. Je ne sais pas trop dans quelle direction chercher, comment faire pour avancer.

Ambre sent deux mains familières lui frictionner les épaules.

— Eh ben c'est très bien ça, tu vas pouvoir enfin être en vacances avec nous !

Elle se retourne vers sa meilleure amie. Elle sait qu'elle n'oserait jamais lui faire un reproche frontal, et que sa phrase n'est pas anodine. Maud enchaîne sur le programme de la journée : randonnée au pic de la Sannivelle, pas moyen de se débiner.

*
* *

Chaussures de marche aux pieds, Ambre avale à grandes goulées l'air frais de la montagne. En même temps qu'elle inspire, expire, renouvelle l'atmosphère dans sa cage thoracique, son esprit s'éloigne de la Grineraie pour s'ancrer dans les conversations de Maud. Elle est toujours bavarde, sa meilleure amie, passionnante, un vrai moulin à paroles malgré la montée à perdre le souffle. Elle a ses mains qui bougent comme celles d'une danseuse, ce charisme inné dans sa façon de s'exprimer, ce don de rendre trépidante n'importe quelle anecdote. Le chemin défile sous leurs pas. Elles fendent la forêt comme des exploratrices du dimanche. Les regards dévalent les pentes, plongent dans la vallée, survolent les champs lisses et trop aménagés. Les garçons sont loin derrière ; il n'y a qu'elles, leurs paroles et la montagne sauvage. Ambre s'arrête et se plie en deux, massant sa taille de la main droite.

— Point de côté ?

— Ouais. C'est pas possible que ce soit toi qui parles et moi qui attrape ça alors que j'étais sage, bon sang.

Ambre grimace. Un temps passe.

— Tu voudrais pas me raconter un autre truc, pour me changer les idées ?

— Un autre truc ? Pendant que tu te masses les viscères ?

— Hm-hm.

— Ouais, justement. Depuis tout à l'heure je te raconte des petits détails sans intérêt alors que je sais pertinemment que je veux te parler d'un truc important.

— Bah, dis.

Inspire, expire, encore. Le point de côté commence à s'estomper. Ambre relève la tête vers son amie. Elle voit ses yeux brillants, magnétiques au milieu de sa gueule d'ange.

— Alors, vas-y, dis ! On dirait la Joconde, là. C'est quoi ?

— Je vais me marier, je voulais savoir si tu voulais être ma témoin.

Elle a prononcé ces mots avec désinvolture, détourne le regard pour attraper sa gourde et la descend comme si elle venait de passer deux jours dans le désert. Ambre a des nœuds dans les idées, elle pense d'abord *avec qui ?*, mais c'est une question idiote, fait rebondir le mot *marier* dans sa tête, *allons bon, ça se fait encore, ça,* elle se figure Maud en meringue et Baptiste en pingouin sur les marches de la mairie, elle imagine tout le monde endimanché jusqu'au cou et l'obligation d'échanger des platitudes avec les cousins éloignés, elle les imagine dire *mon mari mon épouse* et prendre trente-cinq ans dans la tronche, elle a envie de lui répondre *déjà ? mais pourquoi ?*, elle pense *maison pavillonnaire*, *voiture familiale* et *berger allemand*, la vie toute tracée qui défile et après quoi, la mort, et au loin, au loin lui parviennent les éclats des discussions des garçons qui les rejoignent petit à petit, qui seront bientôt là, au milieu de l'éclatante nouvelle.

— Ambre ? Tu t'es perdue ?

Ambre sort un sourire forcé et des mots qui sonnent creux, *non non, c'est, euh, super, oui je veux bien, merci beaucoup*, elle s'en veut de ne pas sauter de joie comme les filles dans les films, de ne pas lui hurler *félicitations* et *alors fais voiiiiiir* en lui prenant la main gauche pour contempler une bague sûrement rutilante, *félicitations*, voilà des propos de circonstance, c'est ça qu'on dit dans ces cas-là, et elle reste plantée là avec ses images de voiture et de chien, à se demander, égoïstement, si la vie est déjà finie. Un nuage passe sur le visage de Maud, un tout léger brouillard qui vient ternir son éclat, et elle sait, à ce moment-là, qu'elle lui a fait de la peine. Elle tente de se rattraper en montrant soudain un intérêt pour des détails pratiques auxquels elle n'aurait jamais pensé prêter attention, la date le lieu les invités le programme.

— Alors, ça fait les têtes brûlées et après ça s'essouffle ?

Mathis est arrivé à leur hauteur, et Ambre le contemple comme un vieil ami surgi du passé, perdu depuis des siècles.

— Qu'est-ce qu'il y a, j'interromps quelque chose ?

Ambre jette un œil à Maud. Son mouvement de tête, une inclination rapide en direction de Mathis, trouve une réponse dans la moue embarrassée de son amie. *Il est déjà au courant.* Ses pensées virevoltent jusqu'à la conversation du premier soir, ce moment sous les étoiles où Baptiste avait failli parler de quelque chose à Étienne, mais avait avorté son propos d'un air entendu, et où elle était trop endormie pour réagir. Un doute l'assaille tout à coup, elle veut crever l'abcès, maintenant.

— Mais… ça fait combien de temps que vous savez, tous ?

Maud cligne des yeux un peu trop rapidement. Ambre comprend qu'elle est mal à l'aise.

— Ça fait quinze jours que Baptiste a fait sa demande, et Étienne et Mathis… Mathis est témoin, aussi. Comme toi.

Elle ébauche un petit sourire. Mathis s'approche et lui tend une main énergique.

— Enchanté.

Ambre apprécie les efforts pour détendre l'atmosphère, mais reste confuse. Elle tente de prendre un ton enjoué, pourtant sa phrase s'englue.

— Et euh… OK, ouais ! Super. Mais je… comment ça se fait que je sois aussi en retard ? C'est pas contre vous, hein, mais je me sens un peu, bête ?

— Parce qu'on n'a pas trouvé le bon moment pour te le dire, voilà. Désolée, c'est…

Baptiste, qui a rejoint l'attroupement, pose une main sur l'épaule de Maud.

— Mais maintenant, tu sais !

Ils ont l'air si beaux tous les deux, le couple parfait, les joues rosies par l'air de la montagne, les yeux gorgés de bonheur, Ambre sent son cœur un peu trop haut dans sa poitrine. Si le mariage est important pour Maud, alors la nouvelle est adorable. Sans compter que cela leur fera une occasion de danser jusqu'au bout de la nuit. Elle est juste peinée d'arriver après la bataille ; c'est habituel qu'elle soit la dernière au courant des choses, sûrement à cause de sa tendance à perdre le fil des conversations. Mais cette fois-ci, elle a la sourde impression d'avoir blessé ses amis. Le regard d'Étienne, ce matin, par-dessus sa piscine de thé à la bergamote, lui revient en mémoire. Est-elle à ce point absente, depuis le début de la semaine ? Maud n'a pas trouvé de moment où elle paraissait prête à entendre ce qu'elle avait à lui dire. Baptiste, lui, avait pu prévenir Mathis, qui l'avait dit à Étienne. Mais elle était restée égoïstement murée dans ses pensées, manquant à son devoir d'amie.

— OK. Il y a d'autres choses que je dois savoir ? Genre, un bébé en route, un déménagement… ?

Ça éclate de rire. Non, rien d'autre à signaler. On reprend la route, Ambre à côté de Maud. Un fossé de silence s'établit entre elles deux. Les cailloux blancs du chemin de crête luisent dans le soleil.

— Ambre… J'espère que tu n'es pas vexée de l'apprendre aussi tard.

Maud a sa voix de petite souris, celle qu'elle ne prend que de façon rarissime. Pourquoi Ambre serait-elle vexée ? Elle est trop occupée à s'en vouloir à elle-même.

— C'est juste que… je pense que j'hésitais à, te dire, je crois. Parce que… je ne sais pas, j'avais peur que tu… que ça ne soit pas une nouvelle très enthousiasmante pour toi.

— Enthousiasmante ? Mais pourquoi ?

— Non, rien, je… je me disais, comme ça. J'avais peur, c'est tout. Enfin je veux dire, ça ne change rien en fait, un mariage c'est quoi, des papiers, une grosse fiesta, mais ça veut pas dire qu'on se verra moins après, par exemple, des trucs comme ça.

La fin de sa phrase sonne plus comme une question, comme si c'était elle qui avait besoin d'être rassurée.

— Mais *c'est* une nouvelle enthousiasmante, Maud ! De toute façon il s'agit pas de moi, ce n'est pas la question, enfin je sais qu'on se verra toujours, évidemment, mais c'est juste une bonne nouvelle, je suis contente pour vous, et comme tu dis, on va bien s'amuser !

Son amie soupire, et Ambre comprend. Ultime grâce de sa part, générosité à l'état pur. Maud sait qu'Ambre est le Peter Pan de la bande, que, tandis que les autres semblent grandir si vite, elle aimerait qu'ils restent tous les cinq pour toujours, ados éternels, à dix minutes les uns des autres. Elle n'a pas d'autre souhait. Certes, il y a ce garçon. Il la fait rire, il est gentil, pour le moment cela suffit. Il a ce regard timide et clignotant qui l'attendrit infiniment, mais elle sait qu'à la seconde où il parlera d'*avenir* et de *projets communs*, elle détalera ventre à terre. Elle n'est pas prête ; pas avec lui.

C'est qu'elle aime tellement être seule, aussi. Elle aime se perdre dans la nuit en marchant dans la ville, insignifiante au milieu des passants, les pensées accrochées par les vitrines luisantes et les terrasses illuminées. Elle aime observer ces groupes d'amis aux rires gras, comme elle aime rêvasser devant les fenêtres des immeubles haussmanniens – autant de vies anonymes empilées, d'histoires à déplier, l'infinie richesse de ces horizons parallèles dans lesquels se projeter jusqu'à en perdre pied. Quand Ambre se réfugie dans une salle de cinéma à moitié remplie, ôtant ses chaussures dans la pénombre, un manteau épais sur les genoux, un paquet de sucreries dans la main ; quand elle rentre le soir dans sa chambre de bonne avec vue sur les cheminées, bouquine jusqu'à une heure infinie de la nuit sans que personne la gronde ; elle se dit qu'elle se voit bien comme Libette plus tard, heureuse de vivre, libre comme l'air. Elle se dit qu'elle verra ; mais que quel que soit le chemin qu'elle prendra, Maud sera toujours là, à portée de main, quelque part dans son orbite.

Chapitre 21
La fiancée et le garagiste

La redescente du pic de la Sanivelle est un peu plus laborieuse. Ambre est de corvée de voiture pour le retour, pendant que les autres somnolent. Les lacets tanguent sous ses roues, le soleil de 15 heures tape sur les vallées. Alors qu'elle admire les forêts d'aulnes qui dégoulinent le long de la pente, Baptiste marmonne quelque chose depuis l'arrière, un avertissement. Elle jette un œil vers le rétroviseur pour comprendre ce qu'il baragouine. Trop tard : un bruit claque à l'extérieur, aussi fulgurant qu'un coup de feu. La voiture fait une embardée. Ambre s'agrippe au volant pour garder la trajectoire, puis freine d'un coup sec. Le cœur battant, elle se tourne vers les passagers, tous bien réveillés.

— La vache ! On l'a échappé belle. Y avait un truc sur le goudron, un gros morceau de verre ou de métal, je sais pas, c'est ce que je te disais… C'est un miracle que t'aies gardé la tête froide dans les virages comme ça, un pneu qui explose c'est ultradur à gérer !

C'est Baptiste qui a parlé. S'il avait articulé un peu plus fort, si Ambre n'avait pas été en train d'admirer les reliefs à perte de vue, elle aurait pu l'éviter. C'est toujours à elle qu'arrive ce genre de choses. Alors que Baptiste et Mathis sortent le cric et changent la roue de secours, Ambre, encore tremblante, appelle le garagiste le plus proche. Maud reprend le volant jusqu'à l'adresse.

La femme du garage Bardin les accueille avec le sourire, un teint de porcelaine et des paupières multicolores. Elle est bientôt rejointe par un homme bedonnant sous son bleu de travail, aux mains puissantes, auquel elle résume le problème. Il répète, face à eux.

— OK, remplacement de pneu arrière, on en profite pour faire un check rapide des quatre roues.

Au moment où il prononce ces mots, Ambre lève la tête et le dévisage. Son cœur tombe au fond de son ventre. Au même instant, le garagiste pose ses yeux sur elle, et elle sait qu'il l'a reconnue. Elle s'attend à ce qu'il l'apostrophe comme avant, d'un ton badin, mais son regard dévie et se pose sur Maud.

— C'est vous la propriétaire de la voiture ? Vous allez remplir quelques papiers avec madame, et je vous fais venir mon apprenti – Steven !

— Ouais !

— Tu vas t'occuper de la Twingo !

— OK j'arrive !

Mathis, Maud, Étienne et Baptiste suivent la femme vers le bureau vitré, mais Ambre reste clouée là. Elle ne peut s'empêcher de scruter Enzo en face d'elle, de détailler la manière dont il a vieilli d'un coup ; elle peine à penser que seulement quelques années se sont écoulés depuis leur dernière conversation. Il lui paraît avoir dépassé la quarantaine. Mais dès qu'il ouvre la bouche, sa voix sort par le nez, un peu traînante – la voix de l'ado qu'il était.

— C'est, euh… tu serais pas la cousine à Arthur ?

Ambre sourit faiblement devant ce détachement feint, cette perte de mémoire qu'il joue devant elle, et entame la même comédie.

— Mais oui, Enzo, c'est ça ? Je t'ai pas reconnu, c'est dingue ! Quand tu t'es mis à parler, j'étais là : ça me dit un truc…

Le ton est jovial des deux côtés, mais les phrases lancées de l'un à l'autre retombent au milieu d'eux, à leurs pieds.

— Eh ouais, tu reviens dans la région du coup.

— Ouais, c'est ça. C'était pas prévu, mais ouais.

— OK.

Un silence s'installe, rompu une nouvelle fois par la relance d'Enzo.

— Qu'est-ce que tu deviens, là ? T'habites pas ici, si ?

Ambre s'agite intérieurement. Elle se demande si elle devient vraiment quelque chose. Elle a envie d'éluder, et ne retient que la question la plus simple.

— Non, non non, je suis à Paris, moi.

Sa phrase lui paraît extrêmement présomptueuse. Elle se demande ce qui lui a pris de rajouter ce *moi*. C'était pour meubler, au départ ; cela se transforme en revendication involontaire.

— Ah ouais, carrément. Et tu fais quoi là-bas ?

— Euh, je suis traductrice.

Un temps.

— Traductrice… Mais euh, ça existe encore ça ? Avec Google Trad et tout là ?

— Euh oui, complètement, l'informatique aide en grande partie ouais. Mais c'est pas encore 100 % parfait, alors il faut des humains pour vérifier que ça fait vraiment des phrases correctes.

— OK… Tu corriges les fautes et tout.

— Oui voilà, c'est ça.

— OK, je savais pas qu'y avait un métier pour ça.

Elle non plus, et ce métier lui paraît tout d'un coup bien plus futile que celui de garagiste. Enzo se demande ce que fait son *apprenti*, il l'appelle de nouveau, *Steven !!!*, elle trouve drôle qu'il répète comme ça le mot *apprenti*, il a l'air fier d'employer des gens et il a bien raison. Il se retourne vers elle, les bras ballants. Elle sent qu'il faut qu'elle ajoute quelque chose, qu'elle lui retourne la question au moins, ce serait poli.

— Et toi, tu es…

Elle sait déjà qu'il est garagiste. Elle évite de justesse, mais tombe dans une autre évidence.

— Tu habites toujours dans le coin, du coup…

— Ouais, toujours dans la région. Enfin, on a bougé quand même, on n'est plus à côté des Vigneys.

— T'étais des Vigneys, toi, à la base ?

— Non, pas loin ; Rocques-sur-Fleynes, tu vois, au sud de Deues quand tu prends la départementale.

Ambre, du fait de son incompétence notoire en géographie, est incapable de se repérer dans la région où elle a passé toute son enfance.

— Ah ouais, je vois, ouais. Et… tu dis *on*, c'est…

— Avec Nolwenn.

— Ah ?

Enzo fait un geste de menton vers le bureau vitré, désignant la standardiste assise au bureau, toujours le sourire aux lèvres. Ambre se demande si l'énergie qu'elle met dans ses gestes est feinte ou authentique – elle a l'air sincèrement aimable. Comment un type avec le passif d'Enzo a-t-il fait pour la séduire ? Elle ne peut pas s'empêcher d'avoir de la peine pour elle.

— En fait, on vient d'avoir une fille. Elle a cinq mois.

Ambre sursaute. *Une fille. Un bébé. Déjà.* Elle repense au mariage de Maud et Baptiste, et se dit qu'elle ne se fera pas avoir deux fois.

— Waouh, félicitations ! C'est euh… cinq mois, waouh.

Elle se demande ce qu'un bébé fait de spécial, à cinq mois, mais à son grand soulagement, Enzo se relance tout seul, là aussi.

— Là, elle est à la crèche, j'avais dit à Nolwenn *tu peux rester à la maison, franchement on a les moyens, parce que moi je suis bientôt cogérant ici*, mais elle a rien voulu savoir, elle veut travailler quand même ! Trop bizarre, non ?

— De... ?

— Ben de s'obstiner comme ça ! Elle pourrait se reposer, avoir le temps de profiter. Je lui ai proposé, mais bon, elle fait ce qu'elle veut.

Au même moment, Baptiste, Mathis, Étienne et Maud ressortent du bureau, coupant court à la discussion. Enzo part retrouver son apprenti qui s'affaire déjà sur la voiture, et la réparation se termine en un quart d'heure. Au moment où les amis s'apprêtent à partir, Enzo reste au fond du garage ; Ambre le cherche du regard, puis se résout à partir sans le saluer. Sur le trajet du retour, elle se met à l'arrière, le nez contre la vitre, le cœur battant de sa rencontre. Dans un scénario parallèle, elle serait revenue sur ses pas ; elle lui aurait dit qu'elle espérait que sa fille ne se ferait pas harceler quand elle serait grande, pas comme elle l'avait été par lui, l'été de ses treize ans. Évidemment, elle n'y pense qu'au bout de quelques kilomètres, et si elle avait trouvé cette répartie plus tôt, elle n'est pas sûre qu'elle aurait réussi à l'articuler.

C'est drôle, aussi, comme il n'a pas demandé de nouvelles d'Arthur. Heureusement ; elle aurait été incapable de lui répondre. D'après les derniers échos, il occupe un poste à l'intitulé imprononçable dans une boîte du côté de Montpellier, mais elle n'est même pas sûre de la ville. Une fois au gîte, Baptiste sort les jeux de plateau. Ambre récupère distraitement les cartes et les pions qu'il lui distribue. En réalité, elle est épuisée par la marche, épuisée par l'accident, épuisée par cette retrouvaille indésirée. Sa tête est trop pleine pour qu'elle s'intéresse aux alignements des jetons et aux stratégies d'équipe. Le menton posé sur sa main, son regard divague au loin, loin vers la mer de collines, vers la forêt d'arbres clairs.

— Ambre, t'es avec nous ?

— Tu tires ou tu pointes ?

Ambre lève les yeux vers Mathis, qui vient d'exagérer un mauvais accent marseillais et ne peut s'empêcher de sourire. Elle envisage de le charrier sur sa piètre imitation, quand son téléphone se met à vibrer. Sur l'écran s'affiche la photo de son grand frère. Elle est surprise. Ils s'appellent souvent, mais presque jamais en vacances. Ce doit être une urgence. Ambre se tourne vers l'assemblée, hausse les épaules en signe d'excuse, abandonne la partie et se précipite dans le salon. Le visage de Raphaël s'affiche sur son écran : il est beau, son grand frère, avec ses yeux aussi bleus que Papa, ses longs cheveux bruns, ses oreilles sur lesquelles brille un anneau.

— Môssieur Gréniat !

— Ma'am Gréniat !

— Que me vaut le plaisir ?

Derrière lui, elle entend des éclats de voix indistincts, des ronflements de scie, mais elle ne voit rien qu'une barrière de pins. Le soleil frappe son visage ; il fronce les sourcils et plisse les yeux.

— J'ai eu un coup de fil de Papa. Je suis désolé, c'est un peu le bordel ici, tu m'entends ?

— Ouais, tranquille !

— OK impec', parce que moi je m'entends absolument pas.

— T'as du réseau quand même, on dirait.

— Ouais, c'est pas trop mal, là !

— T'es où cette année ? Larzac ? Je sais plus.

— Ardèche, près d'Aubenas ! C'est un peu moins paumé que d'habitude, mais ça va. Bon, mais c'est pas pour ça que j'appelle : paraît que t'es en vacances pas loin des Vigneys ?

— Plus que ça. Je suis repassée à la Grineraie.

— Attends, quoi ? Sans déconner ? 'tain, pourquoi on me dit rien, à moi ?

Le coup de fil dure longtemps. Ambre le met au courant de l'histoire du garçon au journal, qu'il est stupéfait d'apprendre. Elle le sent un peu contrarié aussi, un peu déboussolé d'avoir été tenu à l'écart d'autant d'informations. Au milieu de l'appel, ils coupent la vidéo ; le réseau n'est pas assez bon, mais il ne veut surtout pas qu'elle raccroche. Il est avide de connaître le récit de sa visite récente à la Grineraie ; elle lui raconte la froideur de la nouvelle propriétaire, sa rencontre avec la voisine et son entretien avec Jonas Reicher. À la fin de son histoire, elle laisse passer un silence, et se rend compte que les voix derrière Raphaël se sont atténuées ; il a dû s'éloigner du chantier où il se trouve pour mieux l'entendre.

— Wow. C'est fou, n'empêche, que t'y sois retournée. Je ne sais pas si je l'aurais fait.

— Ah ouais ? Pourquoi ?

— Je sais pas, j'aurais peur que… ce soit moins bien que dans mon souvenir, je crois. Ou qu'ils aient fait des travaux et que tout ait bougé.

— Ouais, ça je peux pas te dire, je suis pas entrée dans la maison. Mais enfin, vu la manière dont ils ont refait tout le jardin, je suis assez certaine qu'ils ont au moins enlevé les vieux papiers peints défraîchis à l'intérieur.

— Ah ben ça, ce serait pas plus mal !

— Tu rigoles ? Ils étaient trop bien, ces papiers peints !

— Mais non, ils étaient glauques et ils se décollaient, ça faisait des années qu'on disait à Grand-père de les faire enlever.

— Ouais, moi c'est justement le côté foutraque de la maison qui me plaisait, je crois.

— Ça m'étonne pas de toi.

Ambre ouvre la bouche pour lui demander ce qu'il veut dire par là, mais il ne lui laisse pas le temps de répondre.

— Et pour le journal, t'as pensé à rechercher les noms qu'il mentionne, j'imagine ? Tu m'as dit qu'il donne pas son prénom, mais il y a bien des gens qu'il appelle avec leur nom de famille ?

Ambre reste interloquée. C'est tout elle, de passer à côté d'une voie aussi évidente, tandis que Raphaël a hérité du sens logique de Grand-père. Quand elle lui dit qu'elle va se lancer sur cette piste, il laisse échapper un petit rire.

— Quoi, c'est quoi ça ? Tu te fous de ma gueule, c'est ça ?

— Mais non, mais c'est juste que t'es toujours dans la lune, et y a des trucs super basiques auxquels tu penses jamais parce que t'es dans tes hautes sphères.

— Je te remercie.

— Roh… Et ça va, du coup, vous êtes entre potes ? Y a Maud et Baptiste, comme d'hab' ?

— Oui. Et toi, tu continues tes chantiers, alors.

— Ouais, c'est top.

— Et Théa, ça va ?

— Tranquille. Elle sautille partout et elle donne des ordres. Enfin, tu la connais.

Théa et Raphaël se sont rencontrés sur un chantier participatif, où ils aidaient un couple d'inconnus à construire leur maison en terre-paille. Théa, c'est son travail ; elle propose son aide pour diriger des constructions écologiques individuelles ou collectives dans tous les coins de la France. Théa est l'autre raison qui attire Raphaël dans des trous paumés tous les étés, en plus du fait qu'il adore bricoler sous le cagnard. Ambre l'a vue plusieurs fois chez Papa, dans l'appartement familial toulousain. À table, elle parle beaucoup et très fort, d'écoféminisme, des migrants, des violences policières, elle refait le monde en tapant du poing sur la table et Raphaël lui jette des regards gluants. En public, elle est impressionnante, mais en tête à tête, elle devient douce et curieuse.

— Bon, d'ailleurs, faut que j'y aille, j'ai abandonné mon poste un peu longtemps, c'est pas très sympa pour les autres. On se voit, un de ces quatre ? Chez Papa ? Passe à Grenoble sinon, ça fait un milliard d'années que t'es pas venue.

— Je vais essayer, un week-end, ce serait sympa.

— Mais ouais. Bon. Mais tiens-moi au courant, d'ici là. J'espère que ça va avancer, tes histoires de journal. Allez, la bise à Maud et aux autres.

Le téléphone éteint dans sa main, Ambre jette un rapide coup d'œil à travers la porte-fenêtre qui donne sur la terrasse. Sa chaise vide est tirée en arrière, témoin de son départ précipité, et les cartes ont été rangées et réintégrées au jeu. Elle a encore un peu de répit : les quatre adversaires sont dans un état de concentration extrême. Elle se glisse jusqu'à sa chambre et sort le journal de son sac à dos. Au bout d'une dizaine de minutes, elle a terminé son relevé des noms propres : Jacques Joffrin l'aubergiste, le professeur M. Bibloquet, l'exploitation viticole de M. Fermant, et surtout la famille de Courfresne, celle d'Henri, Joséphine et leur fille Jeanne, qui lui semble être sa meilleure piste.

Elle cherche fébrilement ces noms sur son téléphone. Bibloquet et Fermant ne donnent pas grand-chose ; en revanche, en tapant *Jacques Joffrin auberge*, elle tombe sur la photo d'un bâtiment familier. Elle a déjà remarqué cet établissement à l'entrée de Chanayres, quand elle y est allée avec Grand-père lors de son avant-dernier été aux Vigneys : murs à colombages, enseigne bleu pastel sur fond brique. Mais l'excitation monte lorsqu'elle trouve un site dédié aux de Courfresne. *De Courfresne, domaine viticole et champagne d'exception depuis 1854*, indique la page d'accueil en lettres ouvragées. En dessous de la photographie d'un manoir cossu au milieu des vignes, Ambre découvre la section *Notre histoire.*

— « En 1973, Jeanne prend la relève de son père Henri. Les années qui suivent sont celles du changement : les statuts des travailleurs sont revus à la hausse dans un fonctionnement coopératif, et l'intégralité du domaine passe en biodynamie, pour un champagne plus respectueux des hommes et de la nature. »

Jeanne est là. Ambre, interdite, fait défiler l'écran vers le bas. Une révolution dans la production viticole – cela ne l'étonne ni des années 1970, ni du personnage de Jeanne, qui lui apparaît aussi haute en couleur que dans les descriptions du journal.

— « À présent, le domaine est administré par un trio familial : Simon est responsable de la qualité du raisin et de la gestion du vignoble, tandis que sa femme, Émilie, se charge de la vente et de l'export des produits. Jeanne continue de transmettre les secrets de la vinification et de la création des champagnes à ses enfants. »

La main d'Ambre frétille autour de son téléphone et compose frénétiquement le numéro indiqué au bas de la page. Elle n'a pas le temps de réfléchir, car une voix décroche après une sonnerie seulement. Une voix jeune, celle d'un employé de l'accueil, sûrement.

— Domaine de Courfresne, bonjour ?

— Bonjour… Est-ce que Mme Jeanne de Courfresne est joignable ? Si je ne la dérange pas…

— Elle n'est pas là pour le moment, mais je peux peut-être vous renseigner. C'est à quel sujet ?

— Un sujet un peu personnel, une histoire de famille. J'ai… connu un ami à elle, j'aurais aimé lui en parler de vive voix. Mais peut-être avez-vous son numéro de portable, ou… ?

— Euh… Alors. Le plus simple est que je vous réserve un créneau avec elle quand même, je vais regarder ses disponibilités ; un instant, je vous prie.

De l'autre côté du fil, les doigts de l'employé courent sur le clavier. Ambre se demande dans quel monde les vignerons ont des créneaux de visite comme des médecins traitants, et la situation lui paraît absurde, presque comique. Elle se met à faire les cent pas dans la chambre, ses pieds suivant les motifs du plancher en évitant les lignes entre les lattes, un pas à la fois.

— J'ai mardi 15, 10 h 30.

— Mardi en huit ? Oh, zut, je serai déjà partie. Vous êtes sûre que vous n'avez pas plus tôt ?

— Ne quittez pas.

Retour des bruits de clavier. Ambre sur la pointe des pieds, de latte en latte sur le parquet verni, commence à penser que la voie bureaucratique est beaucoup trop protocolaire pour sa demande ; il vaudrait sans doute mieux qu'elle se pointe directement là-bas, advienne que pourra. Elle raccrocherait presque, mais la voix revient vers elle une nouvelle fois, lui proposant ce jeudi 9 heures, dans deux jours. C'est inespéré.

Chapitre 22
Dévoiles

Ambre a l'impression de pénétrer le décor d'un film quand elle franchit le portail du domaine de Courfresne. Une longue allée bordée de platanes mène à un perron imposant, flanqué sur la gauche d'un petit parking où sont garées deux voitures. Ce signe de modernité mis à part, Ambre s'imagine très bien Ferdinand, l'homme à tout faire de la maison, tenue impeccable et sourire complice, lui ouvrir les portes. Avant de gravir les marches, elle jette un œil au côté sud, distingue une serre remplie de plantes ; ce doit être la verrière où le garçon a rejoint Jeanne, punie et boudeuse, après la soirée qui avait mal tourné. Ambre sent des gouttes couler le long de sa nuque ; la chaleur est montée d'un coup pendant le trajet en voiture.

La porte s'ouvre sur un homme au visage poupin, auquel elle ne donne pas plus de trente ans. Il lui demande son nom et la guide jusqu'à un grand couloir où s'alignent, le long des murs, quelques chaises moulurées et nervurées. Tandis que le réceptionniste part prévenir Jeanne de Courfresne, Ambre s'assied sur l'une d'entre elles avec un léger sentiment d'interdit : des chaises de ce genre, elle n'en a vu que dans les châteaux visitables par le public, traversées d'une banderole en interdisant l'usage. De larges fenêtres donnent sur le jardin ombragé qu'Ambre a traversé. Au sol, la pointe de ses chaussures se reflète sur le marbre lisse. Elle perçoit, au loin, quelques échos indistincts, puis le réceptionniste apparaît dans l'encadrement de la porte d'entrée.

— Mme Gréniat, s'il vous plaît ? Veuillez me suivre.

Ambre sent son pouls s'accélérer. Pour un peu, elle aurait l'impression qu'elle va débouler dans un cabinet de dentiste. Elle n'a jamais été aussi proche de la résolution de son énigme, et une forme d'appréhension l'envahit.

Jeanne se lève de son fauteuil lorsqu'Ambre entre dans le petit salon. C'est une longue femme, fine, aux épaules soigneusement découpées dans la blouse légère qu'elle porte – Jeanne de Courfresne en chair et en os, Jeanne sans boucles blondes, Jeanne aux cheveux gris et coupe à la garçonne, regard tranchant et gestes vifs.

— Voilà, merci de m'accorder un peu de temps, je sais que vous avez le domaine à gérer et que…

— Vraiment pas d'inquiétude, je n'ai plus grand-chose à gérer, mon fils et ma belle-fille se débrouillent très bien sans moi.

— Ah bon, je pensais que…

— Ne t'en fais pas, je te dis !

Ambre sursaute devant ce tutoiement spontané. Elle ne sait pas si elle doit lui rendre la pareille. La femme se penche légèrement vers elle, en signe d'invitation. Un sourire franc éclaire son visage.

— Alors, de quoi veux-tu parler ? J'ai cru comprendre que tu ne venais pas pour le champagne. J'ai hâte de savoir, je suis intriguée !

— Oui, je viens pour vous demander des nouvelles… enfin, pour une enquête un peu personnelle. Je ne sais pas trop par où commencer, je…

— Par le début, ce sera plus simple !

— Oui, par le début.

Ambre fatigue déjà de l'entrevue. C'est peut-être le rythme ; c'est peut-être l'énergie, vive mais un peu écrasante, que dégage la femme. Elle peine à la suivre.

— Mon grand-père avait une maison aux Vigneys, pas très loin d'ici, où on allait en vacances. Une grande maison couverte de lierre… au 32, rue des Sources prolongées, vers la sortie du village sur la route de Deues. On l'appelait la Grineraie, je ne sais pas si ça vous dit quelque chose.

— Je… Bien sûr. Continue ?

— Il y a quelques années, quand j'allais encore à cette maison pour les vacances, j'ai trouvé dans le grenier un journal écrit par un garçon, qui vous mentionnait.

Durant un court silence, Ambre voit Jeanne se tendre ; elle aperçoit son cou raidi, sa clavicule saillante.

— Il a fait ça ? Il a vraiment tenu un journal ? Un journal intime, où il raconte ses journées, tout ça ?

— Oui. Ça vous dit quelque ch…

— Tu l'as avec toi, là ?

— Oui, dans mon sac, je peux vous le…

Le visage de Jeanne se rembrunit. Elle secoue vivement la tête et bat l'air d'un revers de main.

— Oh et puis non, vraiment pas, c'est sa vie, je ne veux pas savoir ce qu'il a écrit dedans. C'est privé.

— Donc, vous… savez de qui je veux parler ?

— Oui. Maurice. Maurice Reaulin. Mon mari. Tu ferais mieux d'aller le lui rendre.

Maurice. Ambre sent le nom tinter dans ses tympans, rebondir contre les parois internes de son crâne, rouler dans ses mâchoires. Le garçon au journal a un prénom. Il est vivant. Il est marié. À sa meilleure amie d'enfance.

— Aller le lui rendre ? Il est ici ?

— Non, pas ici, non ! Tu ne l'as pas encore rencontré ?

— Je suis à sa recherche. Je n'avais pas son prénom ni son nom jusqu'à maintenant. Juste…

— Juste le mien ? Il parle de moi ? Pas trop en mal, j'espère. C'était quand ?

— Le ?

— Le journal, il l'a écrit à quel âge ?

— Seize ans.

— Seize… Juste avant qu'il déménage. Ça fait sens. Mais il faut que tu ailles le voir, ça le secouera un peu, je pense, mais ça lui fera du bien ! Tu veux son adresse ?

— Il… n'habite pas ici ?

— Non. Mais pas loin. On ne vit plus ensemble depuis un bout de temps. Bon, je vais te noter ça. Oui, je pense que c'est bien.

Ambre est déstabilisée par la réaction de Jeanne. Après l'effet de surprise, son interlocutrice semble rapidement retrouver une contenance. En fait, la nouvelle n'a pas l'air de la désarçonner plus que ça. Cela fonctionne bien avec son personnage : une autorité naturelle, un aplomb que rien ne doit ébranler. Si elle est émue, elle le cache bien.

— Pourquoi vous dites que ça le secouera ?

— Il fait une sorte de blocage autour de cette maison. De cette période aussi, je me souviens.

— Un blocage ? Mais dans ce cas, ce n'est peut-être pas une bonne idée que je… débarque chez lui, avec un journal intime que j'ai lu…

— Je pense au contraire qu'il a bien besoin d'une bonne décharge de ce genre. Je reviens, je vais chercher un papier.

— Je peux noter sur mon téléphone sinon…

Jeanne s'est déjà levée, et quitte la pièce en un clin d'œil. Alors qu'elle relâche ses épaules, s'étale de tout son poids contre le dossier du fauteuil, Ambre sent une vague de froid l'envahir. Ses pensées virevoltent d'une idée à l'autre, mais une seule l'obnubile. Maurice. Maurice, le garçon au journal, est vivant. Elle pourrait le rencontrer. *Elle pourrait le rencontrer*. Elle ne parvient pas à faire le tri dans le reste des informations, pense à la brusquerie de Jeanne, Jeanne entière, inébranlable. *Elle pourrait le rencontrer*, est-ce une bonne idée ? Ambre est frigorifiée.

— Impossible de trouver un bon calepin dans cette maison ! Pff, et cette chaleur, alors ! Tu es d'où, toi, sinon ? Tu vis toujours dans la région ?

Jeanne est revenue, une vieille enveloppe décachetée à la main, un stylo dans l'autre. Elle ne relève pas la chair de poule le long des avant-bras de sa visiteuse. Ambre se racle la gorge, tente d'affronter la torpeur dans laquelle elle s'est laissé congeler.

— Euh, je, toujours ? Non, je n'ai jamais vécu ici, c'était la maison de mon grand-père, donc j'y allais en vacan…

— Ah bon, d'accord ! Tu n'y vas plus maintenant.

— Non, je…

— Et t'es d'où, donc ?

— De… j'habite Paris, en ce moment.

— Super. Ça te plaît ?

— Euh… Oui, franchement c'est…

— J'ai d'excellents souvenirs de mes années parisiennes.

Ambre se fraie un passage, difficilement, entre les pics de glace et la chair de poule.

— Vous avez été à Paris ?

— Oui, dans ma jeunesse ! J'ai fait mes études là-bas. Enfin, commencé… Après, très vite c'était soixante-huit, j'avais dix-neuf ans, donc j'ai milité, puis j'ai baroudé pas mal à droite à gauche… Enfin bref, j'aurais bien continué comme ça encore longtemps.

Jeanne griffonne quelques lignes au dos de l'enveloppe puis reste en suspens, le crayon levé au-dessus de ses genoux.

— Vous auriez bien continué... mais vous ne l'avez pas fait ?

— Non, tu sais, les aléas de la vie.

— Vous êtes revenue dans la région ?

— Oui. Il fallait quelqu'un pour reprendre. Mon père était... mal en point.

— Vous aviez quel âge ?

— Vingt-quatre, vingt-cinq... Si, soixante-treize, c'est ça ; en soixante-treize, j'ai repris l'exploitation. Donc pas mal d'expérimentations, moi j'avais mes idéaux de soixante-huitarde, que j'ai toujours d'ailleurs maintenant, j'ai essayé de rendre le domaine plus en cohérence avec mes idées, en quelque sorte.

— Et Maurice ? Il était parti ?

— Parti ? Pourquoi il serait parti ?

— Il n'est pas parti ? Faire ses études d'architecte, à Paris aussi... ?

— D'où est-ce que tu sors ça ? C'est ce qu'il dit dans son journal ?

— Oui... Il avait ce projet-là, en tout cas, de... et il voulait partir s'installer loin d'ici...

— Ah. Ça m'est complètement sorti de ma tête. C'était un vieux rêve. C'est vrai qu'il m'en avait parlé quelques fois.

— Ça ne s'est pas passé comme ça ?

— Vraiment pas, non.

— Il n'est pas parti... exercer... il voulait construire des immeubles dans des grandes villes, il parlait de New York, de...

— New York ?!

Jeanne éclate de rire, mais un rire contenu, grinçant, teinté d'amertume. Ses yeux viennent se poser sur un point vague derrière Ambre, vers l'une des deux fenêtres qui donnent sur les déferlantes de vignes. Elle agite la main près de son cou pour faire un peu d'air, tandis qu'Ambre est toujours contenue dans son iceberg.

— Il s'arrête quand, exactement, ce journal que tu as ?

— Il s'arrête… un peu en queue de poisson. Avant qu'il parte en vacances à Versailles chez… Agnès, une amie qui était là en vacances ?

— Agnès… Oh là là, ça me revient. C'était cet été-là, juste avant… tout ça.

— Tout ça ?

Jeanne lève les yeux vers Ambre et lui sert un petit sourire vague. Pendant quelques secondes, Ambre se dit qu'elle en a trop fait ; elle pose des questions sur la vie d'un homme dont elle n'a pas le consentement, à son ex-compagne qu'elle vient de rencontrer. Mais les propos sont tellement énigmatiques qu'elle est pendue aux lèvres de Jeanne. Elle ne peut s'empêcher de la relancer.

— *Tout ça*, c'est qu'il a déménagé, c'est ça ? Il a dû quitter la maison, à ce moment-là. C'est pour ça qu'il a arrêté d'écrire son journal. C'est pour ça…

Ambre allait mentionner la maquette de la Grineraie, la maquette laissée à l'abandon, mais elle choisit de la garder pour elle. Un besoin de ne pas trop en dire. En face d'elle, Jeanne acquiesce sans parler : un déménagement, donc, l'été de ses seize ans, à son retour de vacances chez Agnès. C'est à n'y rien comprendre.

— Mais pourquoi ils sont partis si rapidement ? Ils étaient en train de faire des travaux dans la maison, ils n'avaient pas fini d'aménager l'étage… J'ai l'impression qu'ils n'avaient pas du tout l'intention de…

— Tu as raison. Pour faire simple, il ne s'est rien passé de plus qu'une histoire ordinaire, comme on en voit mille : le père qui trompe la mère avec une jolie fille du village voisin, les deux qui essaient tant bien que mal de recoller les morceaux, et puis un mot de trop, probablement, qui a fait exploser le tout. Maurice n'était pas là, on n'a jamais su. En tout cas, son père est parti avec l'autre, et Marthe – sa mère – a dû se trouver de quoi loger. Ils se sont entassés dans une maison de ville un peu insalubre au centre des Vigneys. Marthe a commencé à faire des ménages, et Maurice a trouvé un plein-temps chez un viticulteur du coin, un ami de mon père.

— M. Fermant ?

— Tu le connais, lui aussi ?

— Le garçon… Maurice en parle, dans son journal. Mais il n'avait pas l'air passionné par ce travail.

— Oui, c'est un cérébral, Maurice. M. Fermant lui a sûrement proposé ce poste pour lui apporter son soutien. La suite, je ne l'ai vue que de très loin ; j'étais partie à Paris.

— Donc pour nourrir ses sœurs et sa mère, il n'a pas pu faire d'études ?

— Non, en effet. Enfin, moi je n'ai vu ça que de loin. J'avais d'autres préoccupations. Ce n'était plus de mon ressort.

— Vous vous étiez… brouillés ?

Une ombre passe sur le visage de Jeanne. Une ombre fugace, quasi imperceptible, qu'Ambre saisit au vol.

— Pardon, je vais trop loin dans mes questions, je…

Le téléphone fixe se met à sonner. Jeanne se lève pour y répondre. Elle n'a pas l'air pressée ; elle semble pensive, encore captive de leur échange à toutes les deux. Au combiné, elle enchaîne quelques *oui, oui*, avant de raccrocher. Quand Jeanne se rassied, Ambre n'ose pas reprendre la parole.

— Est-ce qu'on s'était brouillés… Pas vraiment, mais pendant quelques années, il avait la tête à autre chose… Je crois que les parents d'Agnès auraient eu les moyens d'aider sa famille, mais ils ne l'ont pas fait. Maurice a continué de trimer dur pour joindre les deux bouts, ils ont perdu contact… Enfin bref, c'est sa vie.

— Puis vous vous êtes quand même mis ensemble, avec…

— Des années plus tard, oui.

— Vous aviez quel âge quand vous vous êtes mariés ?

— Oh, le mariage, c'est une vieille institution ! Je n'y tenais pas, on l'a fait pour les formalités administratives sur le tard, mais il a emménagé à la maison bien avant, à vingt-cinq ans.

— Et il s'est mis à travailler pour le domaine… pour ici ?

— Pendant un temps, oui. Il a soutenu ses sœurs financièrement, elles ont pu partir faire des études, assez brillantes d'ailleurs. C'est sa grande fierté.

— Mais lui n'en a jamais fait.

— Non. Pendant un temps, il… alors ça va te faire rire, parce que ce n'était pas non plus courant à l'époque, quoique soixante-huit était passé par là, mais il a élevé notre fils pendant que je gérais le domaine. Il adorait ça. Très maternant, très… Un très chouette père. Et puis Simon a grandi ; il a toujours voulu reprendre l'exploitation, ce qu'il a fait, d'ailleurs.

Ambre acquiesce poliment et attrape l'enveloppe griffonnée que Jeanne lui tend. *Maurice Reaulin – 9, rue Étroite – 10340 CHANAYRES.*

— Maurice a lancé sa boutique quand Simon est parti, et quand on s'est séparés, il est allé vivre au-dessus.

— Qu'est-ce que c'est, cette… ?

— La boutique ? Une librairie d'occasion.

Jeanne se lève. Ambre aurait pu rester parler des heures, lui demander des détails à propos de la vie de Maurice, mais quelque chose la retient.

Le trajet du retour vers Les Essandres la plonge dans une brume opaque. L'échange avec Jeanne, au fil des kilomètres, lui devient lointain, irréel, intangible. Les récits se mélangent dans sa tête ; des souvenirs des autres qu'elle a faits siens, des rêves de la Grineraie encore, un peu informes, un peu mous ; de vieux restes de vies fantasmées, d'envies non vécues. Petit à petit, très progressivement, les glaçons commencent à fondre sur sa peau : décongélation lente de la cage thoracique ; recoloration des joues. L'enveloppe dans la poche, Ambre sait qu'elle va mettre un peu de temps à décider de la suite à donner à cette histoire.

Chapitre 23
9, rue Étroite

Ce n'est qu'en bifurquant dans la rue Étroite qu'Ambre se rend compte qu'elle est déjà venue ici. Il y a dix ans – le dernier été vigneysois avant la mort de Grand-père. Sur les panneaux de bois qui encadrent la vitrine, la peinture ocre cloque et s'effiloche en minces copeaux. La façade ne semble pas avoir été ravalée depuis plusieurs décennies. Au-dessus, l'enseigne du 9, rue Étroite est telle qu'Ambre l'a vue la première fois, alors qu'ils se baladaient à Chanayres. Les émotions se bousculent – une impression de rendez-vous manqué. Il y a dix ans, ils n'avaient pas pu entrer dans la boutique : un écriteau indiquait sa fermeture annuelle pour congés. Et Grand-père, qui prévoyait d'y aller à la réouverture, l'avait-il fait ? Avait-il croisé le regard du garçon au journal sans le reconnaître ? Elle ne peut s'empêcher de penser que, si cela avait été le cas, si Grand-père l'avait fixé dans les yeux, alors, comme un coup de foudre, *il aurait su.*

Elle n'ose pas observer à travers la vitre. Elle a peur de le voir, peur qu'il la voie aussi, peur qu'ils se voient comme ça, une fraction de seconde, une demi-minute, sans rien dire ; hésitation muette de chaque côté de la vitre. Une forme de timidité, de pudeur peut-être, lui attrape les épaules, et elle doit lutter pour se mettre en mouvement.

La poignée pivote au ralenti ; elle regarde la porte s'ouvrir mollement, fendant l'air devenu aqueux, vaseux, avant qu'un tintement ne la ramène dans la course du présent : le cri du carillon, annonçant la venue du chaland. La boutique lui paraît plus grande que ce qu'elle imaginait. Contre les murs, de vieilles étagères courent jusqu'au plafond, bourrées à craquer de belles reliures éteintes. Proche de l'entrée, un escalier en colimaçon se fraie un passage dans l'océan de livres pour mener vers l'étage. À même le sol, des piles se sont entassées jusqu'à hauteur d'homme : pour circuler, un seul chemin est tracé entre les montagnes, un chemin tellement fin qu'il est impossible d'y circuler à deux. Ambre pense immédiatement au bureau de Grand-père, placé dans un coin de la suite parentale de la Grineraie, difficile à distinguer sous les papiers entassés dont il était constamment recouvert. Au milieu des livres, l'atmosphère est pesante, empoussiérée, un peu terne. Elle attend quelque temps, silencieuse, sur ses gardes. Jette un œil sur les exemplaires anciens à côté d'elle, distingue *Les Caractères* de la Bruyère, puis une intégrale de Rabelais. Ne voyant rien bouger, elle se faufile prudemment dans l'allée étroite. Sa main droite frôle les dos des ouvrages les plus proches.

Elle a préparé sa phrase avant de venir. Une sorte de devinette, une quête de mot de passe ; pour vérifier que c'est bien lui. Elle ne sait pas encore si elle lui rendra tout de suite le journal qui pèse dans son dos ; elle ne sait pas quand ce sera le moment. Hier, elle n'a pas cessé de faire rouler son nom sous sa langue. Maurice, Maurice, *Maurice*. Le prénom parfait pour le garçon au journal ; tellement daté qu'il lui paraît romanesque. Maurice. Il faudrait peut-être qu'elle s'annonce – c'est ce que font les gens normaux. Qu'elle jette un *il y a quelqu'un ?* tonitruant, cassant la torpeur des jungles vides. Mais ses lèvres ne bougent pas ; ses doigts, eux, continuent de caresser les livres comme on amadouerait un chien méchant. Des classiques, là aussi. Mme de Lafayette côtoie Perec, Rimbaud se presse contre George Orwell. L'organisation chaotique de l'endroit tranche avec le personnage rangé, logique, un tantinet maniaque qu'elle se figurait. Elle n'aurait pas imaginé un tel capharnaüm.

Le labyrinthe s'enfonce encore davantage dans la pénombre ; quelques embranchements se proposent, mais Ambre longe toujours la droite. Elle lève la tête vers le sommet des étagères qui l'entourent – des étagères anciennes, sculptées et moulurées, en chêne peut-être, un bois sombre et profond ; autant d'immenses sentinelles silencieuses, dénichées chez un brocanteur ou dans un manoir dépourvu d'occupants. Elle ne serait pas surprise de trouver Baba le Bahut parmi celles-ci, si elle ne savait pas qu'il se trouve maintenant chez Le Toche, dans la maison biscornue au cœur de Nantes qu'il n'a finalement jamais quittée.

— C'est… je suis là si vous avez une question ; bonjour.

Ambre se retourne d'un coup. Elle aurait été dans un film, elle aurait fermé les yeux, savouré cette voix inconnue quelques secondes encore. Une voix fibreuse et cotonneuse, un peu voilée, chuchotant presque. Une voix frêle, un peu candide encore ; une voix d'enfant. Un petit monsieur la regarde par-dessus ses lunettes, qui agrandissent ses yeux. Sur ses tempes, ses cheveux ont encore quelques reflets sombres ; il les a peignés en arrière, et Ambre se figure la manière qu'il a peut-être de se coiffer soigneusement le matin, tous les matins, gestes routiniers et précis, précis et routiniers, dans la solitude de son appartement vide, devant la glace au-dessus du lavabo, avant d'enfiler l'un de ses pulls à motifs pâles et sans vie et d'aller ouvrir la devanture de sa boutique déserte. Il a soixante-quinze ans, sauf ses yeux ; ses yeux sont ceux d'un nouveau-né, effrayés et brillants.

Ambre regarde ce petit bout de bonhomme, immédiatement attendrie, et sa phrase lui revient en mémoire, celle qu'elle a préparée hier soir en allant se coucher.

— Oui, merci, je me demandais... Vous auriez *L'Île mystérieuse* ?

À cette question, les yeux myopes se teintent d'une lueur nouvelle, et l'homme se faufile à toute vitesse dans l'un des embranchements du labyrinthe. Le rangement doit avoir sa logique propre, ou le libraire une mémoire hors norme, puisqu'en quelques mouvements, Ambre sur ses talons, il déniche la bonne rangée, tire une échelle vers lui et escalade la bibliothèque avant de saisir l'exemplaire.

— Je vous propose celle des éditions L'Agora, c'est une version illustrée par Daniel Boudineau que je trouve magnifique. Ce n'est pas la plus vieille, si vous cherchez plutôt à faire collection, je vous indiquerai autre chose, peut-être une réédition de 1875 quasiment introuvable aujourd'hui, que j'ai quelque part, que je trouve plus difficile à lire, moins maniable, mais c'est une affaire de goût. Je dois aussi avoir une version poche chez Hachette ; c'est vrai que celle-ci est moins facile à transporter et à manipuler, mais la couverture apporte beaucoup à l'atmosphère du livre, c'est pour ça qu'on lit Jules Verne, c'est pour l'enfance et l'aventure, et ça passe par des gravures grandioses et fascinantes, je ne sais pas ce que vous en pensez. C'est pour qui, c'est pour vous ?

Ambre s'empare de l'ouvrage à la couverture bleu et or, somptueuse, presque scintillante au milieu de la pénombre. Elle hésite à tout lui dire. Elle pourrait simplement répondre que oui, c'est pour elle, repartir avec le pactole sans un mot, secrète comme une Amélie Poulain des villages endormis. Elle regarde un instant les frêles épaules de Maurice, un peu voûtées ; il fait quelques centimètres de moins qu'elle. Il lui paraît fragile, ébranlable.

— Oui, c'est pour moi. En fait, j'ai déjà lu *L'Île mystérieuse*, et… j'en ai surtout entendu parler. J'ai lu des choses, plus précisément, dessus… Je ne sais pas comment amener ça naturellement, mais… Vous avez habité la Grineraie il y a quelque temps, c'est bien ça ?

La transition est maladroite. Maurice se fige à ces mots.

— Oui, j'ai… mais comment est-ce que… ?

— Je suis désolée, c'est très intrusif de ma part. C'est que, j'ai… moi aussi habité cette maison, après vous. Et dans le grenier, j'ai trouvé des objets vous appartenant. Une maison de poupées qui reproduisait la Grineraie, et… ceci.

Au moment de sortir le journal de son sac à dos, les mains d'Ambre sont prises d'un léger tremblement. Comme dans un rêve, elle doit s'y reprendre à trois fois pour saisir la fermeture éclair de ses doigts gourds. Quand elle relève les yeux, Maurice a les lèvres tellement pincées qu'elles ont presque disparu. Le visage fermé, il fait *non* de la tête face au cahier qu'elle lui tend. Ils restent un temps comme ça, un temps infiniment long, surréaliste, fait de silence et d'émotions contenues. Ambre finit par baisser le bras et pose le journal sur une pile à côté d'elle.

— Je vous le laisse là, si vous voulez le relire, ou en faire ce que vous voulez. Il est à vous, je voulais juste… vous le rendre.

Maurice ne jette pas un œil vers la pile en question.

— Combien je vous dois pour le livre ?

— Le… ? Ah. Pour vous, c'est gratuit.

— Gratuit ? Non mais… vous êtes sûr ?

Hochement de tête, suivi d'un petit geste de la main, comme s'il chassait une mouche. Elle se sent pataude et encombrante au milieu des rangées. Le Jules Verne dans les bras, elle se dirige vers la sortie, accompagnée par la singulière sensation de le cambrioler avec sa permission.

— Je ne vous dérange pas plus longtemps. Merci beaucoup, pour le… Passez une bonne journée, et donc, bonne continuation, du coup.

Le carillon tinte lorsqu'elle ferme la porte derrière elle. À l'extérieur, la rue Étroite est plongée dans l'ombre. Ambre reprend la route, un peu sonnée ; ses jambes avancent sans elle, son esprit englué dans les rayonnages poussiéreux, entre les pages de *L'Île mystérieuse* qu'elle tient à la main. Elle n'a pas fait dix pas que la porte carillonne à nouveau dans son dos.

— Attendez !

Elle se retourne. Maurice est sorti dans l'entrebâillement.

— Vous êtes venue d'où, comme ça ?

— D'où… pour venir vous voir ?

— Oui.

— Je loge aux Essandres, je ne sais pas si vous voyez. À une heure d'ici ; une heure, une heure et quelques.

Maurice fronce les sourcils. Il semble accuser le coup. Il lui fait un signe d'invitation de la main, et elle perçoit une pointe d'agacement dans sa voix – comme s'il luttait en son for intérieur.

— Bon. Vous voulez prendre un café ?

Chapitre 24
Obnubilés croquis

Ambre ne demande que ça. Elle rentre dans la boutique, le voit sortir des clés et un panneau *Fermeture momentanée*, emprunte avec lui l'escalier en colimaçon près de l'entrée. Les marches font office d'étagères, contraignant Ambre à choisir minutieusement son chemin pour ne pas s'emmêler dans les livres qui y sont empilés de part et d'autre. En haut, Maurice traverse un minuscule palier et pénètre dans l'appartement.

— Je reviens dans une minute. Vous prenez du sucre ? Un peu de lait ?

— Sans rien, merci.

Devant elle, l'homme s'engouffre dans un enchevêtrement de portes. Ses souliers en cuir font grincer le plancher. Le couloir sombre où elle émerge débouche sur un petit salon, austère mais lumineux. Aucun tapis au sol, pas de coussin sur le canapé gris qui fait face à la fenêtre : un intérieur sans couleurs et sans joie, dont l'extrême propreté tranche avec la boutique d'en bas. Seule touche de vie dans la maison, un chat roux est perché sur le dossier d'un fauteuil couleur moutarde. Ambre hume le parfum du bois verni, les notes intenses du café noir. Le chat saute lestement sur le sol, la fixe de ses grands yeux jaunes, avant de sortir par une porte adjacente.

Elle envisage un instant le fauteuil moutarde, puis fait marche arrière : à côté du couloir sombre qu'elle vient de quitter, elle vient d'apercevoir une grande alcôve baignée de lumière, dans laquelle trône un secrétaire ancien. Ambre s'approche. Le bureau, couvert de feuilles indistinctes, disparaît sous les couleurs et les lignes, les crayons et les fusains, les taches d'encre. Elle n'a pas besoin de regarder bien longtemps pour reconnaître les dessins, répétitifs, obstinés, qui recouvrent la table.

Ce sont des croquis sous tous les angles possibles. Quelques vues en coupe, beaucoup d'extérieurs depuis la terrasse ouest, mais aussi une multitude de plans gommés, raturés, redessinés. Dans les vues d'intérieur, une pièce revient plus souvent que les autres : la bibliothèque, baignée de lumière, prolongée par la véranda aux mille reflets. La pièce préférée d'Ambre, chaleureuse et pleine de rires. Sur la plupart des esquisses, elle est remplie d'un bazar indescriptible, au milieu duquel elle distingue un violon, posé sur un établi. Sur une autre, elle est plongée dans la pénombre, rideaux fermés devant les portes-fenêtres ; la lumière filtre doucement vers un lit vide, dans le coin droit de la pièce. Elle n'a jamais vu ce lit ; il a été remplacé par le bureau de Thierry et le violoncelle de Libette. Absorbée dans sa contemplation, elle entend à peine le sifflement de la bouilloire, les pas traînants de Maurice dans le salon, les petites cuillères et les soucoupes cliquetant les unes contre les autres, le choc léger du plateau sur la desserte.

— Oh, vous êtes déjà tombée sur ça.

Ambre retire ses mains du bureau, affreusement gênée par la remarque.

— Je suis vraiment désolée, c'est indécent à quel point je fouine chez vous, je suis…

Maurice, en face d'elle, semble regretter ce qu'il vient de dire. Il passe une main sur sa nuque, lance un sourire timide en regardant un point fixe à côté d'elle.

— Non, ce n'est pas grave. Mais... vous voulez vous asseoir ? Vous êtes toute pâle.

Maurice s'installe dans le fauteuil, rapidement rejoint par le chat roux.

— Le café est prêt, en tout cas.

Ambre est restée immobile face au bureau. Des fourmis ont envahi ses jambes et ses poumons d'hiver. Maurice s'inquiète encore, elle le sent dans l'atmosphère de la pièce, l'atmosphère qui se charge de non-dits et d'interrogations ; elle le sent, mais elle ne le rassure pas. Elle pourrait lui dire que tout va bien, elle pourrait le remercier de l'accueillir ou s'excuser de venir remuer de vieux souvenirs, mais elle ne pense plus à ça, Ambre, elle ne pense plus aux formules de politesse et aux conventions d'usage, elle pense à ces esquisses en masse, à cette obsession du crayon et de la feuille, elle pense à ces traits fins qui sondent jusqu'à la moelle le souffle de la Grineraie. Alors elle plonge la tête la première, ébranlée, brutalement ramenée une dizaine d'années en arrière, à une époque où elle disait au revoir et s'arrachait aux murs, sans préavis ni bouée de sauvetage.

— Ces dessins que j'ai vus... C'est la Grineraie, n'est-ce pas ?

— Oui, c'est exact.

— Pourtant, Jeanne de Courfresne m'a dit que vous n'y êtes jamais retourné.

— Jeanne... ? Vous connaissez Jeanne ?

— Je l'ai retrouvée... Pardon, je ne suis pas claire. Je m'embrouille moi-même dans les informations. Je connaissais son nom parce que vous en parliez dans le... dans votre journal. Je lui ai rendu visite, avant-hier.

— Ah, très bien.

Le silence s'installe à nouveau, à peine meublé par la mélodie du café versé dans les tasses. À la fin du service, Maurice relève la tête et la regarde de ses grands yeux myopes.

— Vous êtes sûre que tout va bien ?

— Ça va finir par aller. C'est ces dessins qui m'ont fait un effet... je m'y attendais pas.

— À quoi ?

— Ben... Elle a l'air de vous manquer, cette maison. C'est pour ça que je me demandais pourquoi... vous n'y avez pas remis les pieds.

— Ah ? Euh... À la Grineraie ? Mais pour quoi faire ?

— Je sais pas, par nostalgie.

Maurice émet un petit rire nerveux, un rire inquiétant en réalité, un peu trop fort, incontrôlé, qu'il ravale d'un raclement de gorge. Il y a quelque chose. Quelque chose de solide, de noueux, qui doit l'empêcher de revenir sur ses pas d'adolescent. Ambre, qui n'ose pas le brusquer, change de sujet.

— Dans votre journal, vous disiez que vous aimeriez bien faire architecte, plus tard. Quand je vois la précision de ces dessins, tous faits de mémoire, en plus... c'est impressionnant.

Le compliment n'a pas l'effet escompté. Maurice se redresse sur son fauteuil, les sourcils froncés. Le chat tressaille sous ses caresses appuyées.

— Excusez-moi, en fait, ça me fait très étrange de savoir qu'une personne que je viens de rencontrer sait autant de choses de ma vie d'avant. Je n'ai pas l'habitude d'être dévoilé comme ça ; vous me connaissez probablement mieux que beaucoup de gens. Vous avez l'air de vous sentir proche de moi, ou de celui que j'étais en tout cas, parce que vous avez lu mes pensées de l'époque – que je ne me rappelle plus d'ailleurs, c'est très lointain. Mais moi, je ne sais pas qui vous êtes… qu'est-ce que vous cherchez exactement ?

— Est-ce que… vous voudriez que je me présente un peu plus, alors ? Comme ça, on serait un peu quittes.

Maurice ne semblait même pas avoir envisagé cette possibilité. Elle décèle une ébauche de sourire surpris, qu'elle interprète comme une permission. Ambre se saisit d'une tasse de café, boit une gorgée. Le liquide brûlant se fraie un passage dans sa poitrine, lui réchauffe les côtes. Elle raconte, alors. Les étés à la Grineraie. La chaleur diffuse des pierres du perron, la fraîcheur de l'entrée à colonnes. Les repas qui n'en finissent pas, scandés par le rire en tourbillon de Libette. Les balades au milieu des épis de maïs, la lecture dans le jardin de la terrasse ouest, les baignades aux Eaux-Frêles ; la découverte de la maquette inconnue, puis du journal, dans le grenier, séisme, excitation, vertige, renversements. Le sentiment de dépossession. Les jours plongés dans la mémoire d'un autre, la nostalgie d'une vie que l'on n'a pas connue. Les débuts d'investigation, la peur de toucher du doigt, de toucher trop près. La mort de Grand-père, la maison arrachée, dissoute. Peu à peu, les bruits de la Grineraie envahissent le salon : elle pourrait entendre le craquement de la quatrième marche de l'escalier, les intonations familières résonner dans la cuisine ; elle sent que Maurice aussi les perçoit, sûrement différentes, sûrement autres, teintées de ses souvenirs à lui, mêlées des voix de sa mère, de son père, de ses sœurs peut-être. Son regard s'est fait plus lointain, plus brillant – le regard d'un aveugle, perçant au-delà des formes.

L'heure tourne. Les récits d'Ambre et de Maurice s'entrelacent dans le salon gris, au-dessus des tasses de café maintenant vides. Autour d'eux, les murs se tendent de nouvelles couleurs, de coulées de ciel. Personne n'a prêté attention au chat lorsqu'il s'est échappé des genoux de son maître. À des kilomètres de là, Maud, Étienne, Baptiste et Mathis se demandent si Ambre sera rentrée pour le dîner. Elle est à des années-lumière de ces préoccupations, perdue avec Maurice dans les dédales des vies passées et disparues. La Grineraie se recompose et se réécrit, les histoires s'affrontent et se superposent.

— C'est fou comme la maison n'a pas changé après que vous l'avez retapée ! J'avais fait beaucoup de rapprochements en regardant la maquette, mais c'est encore plus présent maintenant qu'on en parle.

— Oui. Ça me rend heureux de me dire que le papier peint est toujours le même, par exemple, même si les usages des pièces ont changé.

— Il l'était pendant que mon grand-père y habitait, maintenant, avec la nouvelle propriétaire, rien n'est sûr.

— Peut-être, oui.

— Je suis allée la voir, c'est pour ça que je dis ça.

— C'est vrai ? Et alors, elle… ? Vous voulez dire, vous avez revu la maison ?

— De l'extérieur seulement. Mais ça m'a fait bizarre, déjà. Maintenant que j'y repense, je comprends pourquoi vous n'avez pas vraiment envie d'y retourner.

— Merci, ça me fait plaisir que vous disiez ça. Pendant des années, Jeanne m'a tanné pour que j'y retourne… c'est comme si elle ne m'entendait pas quand je disais que je n'avais pas envie. Mais oui, j'ai… j'ai presque peur de… de l'onde de choc que ça provoquerait si je la revoyais.

— Mais parce que – vous aviez besoin de tourner la page, ça veut dire ?

— Un peu, je pense. J'avais besoin de m'en détacher pour avancer. Ne pas bouger de la région n'a pas vraiment aidé, mais… on fait ce qu'on peut avec ce qu'on a.

— Et vos sœurs, elles, elles ont pu partir, d'ailleurs ? Jeanne m'a dit que vous les aviez pas mal aidées.

— Elle a dit ça ? Oui, Gabrielle travaille dans la presse régionale maintenant, comme secrétaire de rédaction, elle a déménagé dans le Sud. Et Marie, elle est conseillère municipale, du côté de Coutances en Normandie. On ne se voit pas tant que ça, mais elles m'appellent souvent, pour les fêtes, et autres.

— OK, c'est chouette.

Un silence s'installe, à nouveau. Un silence lourd, simplement interrompu par les ronflements du frigidaire depuis la cuisine. Comme si quelque chose prenait toute la place entre Ambre et Maurice. Une chose, un prénom, omniprésent. Quand Ambre prend son inspiration, elle sent le regard inquiet de l'homme en face d'elle. Elle sent qu'il devine la question qui va venir.

— C'est Suzanne ?

Maurice marque un temps d'arrêt. Ambre voit sa main se crisper sur l'accoudoir de son fauteuil.

— C'est Suzanne quoi ?

— C'est à cause de Suzanne que vous ne voulez plus voir la maison ?

Du regard, Maurice cherche quelque chose. Une vision. Sa présence, peut-être. Son visage, lointain parmi les lointains.

— Suzanne est morte de la variole quand elle avait quinze ans ; j'en avais treize.

Ces explications sont inespérées. Ambre se tait, patiente, avide.

— Pendant des années, j'ai fait un peu du déni. J'en parlais à table, je crois même que plusieurs mois après sa mort, je continuais de mettre son couvert. Mes parents me laissaient faire, ils étaient trop occupés à gérer leur propre… l'absence. On a eu des moments de bonheur, éphémères ; la mélancolie nous rattrapait toujours. Je crois que mes parents ne s'en sont jamais remis. Donc oui, oui, c'est aussi la raison pour laquelle je veux que ça reste derrière moi.

Pendant qu'elle digère l'information, Ambre observe les yeux écarquillés de Maurice, fixant un point imaginaire près de la fenêtre ; elle voit ses mains qu'il presse contre ses genoux. Elle se demande si elle a bien fait, finalement, de réveiller ce tremblement de terre, de bouleverser des années de souvenirs murés. Elle lui en a déjà fait trop dire. Mais au moment où elle ouvre la bouche pour s'excuser, Maurice reprend.

— C'est une maison à laquelle je suis très attaché ; ça a été un déchirement de ne jamais rentrer.

— De devoir en partir, vous voulez dire ?

— Non. Je n'en suis pas parti, moi. Ma mère s'est séparée de mon père pendant que j'étais en vacances, à Paris ; ils ont rendu la maison dans la foulée, sans préavis. Elle est partie en quelques jours, mes deux sœurs sous le bras. Je n'ai jamais dit au revoir à la Grineraie. J'y ai même laissé une partie de mes affaires ; dont ce journal, que je ne pensais pas revoir un jour. Quand je suis rentré de vacances, ma mère m'attendait à la gare. Elle m'a ramené dans un nouvel endroit, dans le centre des Vigneys.

— Et même après, vous n'avez pas, je ne sais pas, essayé de rencontrer les nouveaux habitants, de leur demander si vous pouviez récupérer des affaires ?

— Non… Surtout pas. C'est un peu bête, mais je suis toujours un peu persuadé que l'âme de Suzanne est enfermée là-dedans. Et en même temps, maintenant que j'en suis parti, j'ai besoin de rester loin. À l'époque où j'y habitais, je ne pouvais déjà plus mettre les pieds dans sa chambre ; mais petit à petit, par extension, c'est comme si toute la maison était devenue hantée.

— Hantée, carrément ?

— Je ne dirais pas que j'avais peur de voir son fantôme, mais oui, une maison qui a connu la mort d'un de ses habitants, ça a quelque chose de spécial.

— Suzanne est morte à la Grineraie ? Pas à l'hôpital ?

— Non. Dans sa chambre, auprès de nous.

— Quelle chambre ?

— Quelle chambre ? Eh bien, c'est celle avec la véranda. Elle y est toujours, la véranda ?

Ambre acquiesce, interdite.

— La véranda, c'était pour qu'elle ait la place de s'occuper des violons qu'elle rapportait à la maison. Elle était apprentie luthière. Après, on a réaménagé la chambre pour en faire une extension de l'atelier de mon père, mais c'est un peu resté à l'abandon. C'était devenu lugubre. Vous trouvez pas qu'elle est lugubre, cette pièce ?

— Non, c'est dingue. C'est ma pièce préférée de la Grineraie.

— C'est pas possible ?

— Si… Moi, on l'appelait la bibliothèque ; mes oncles et tantes y travaillaient et y jouaient de la musique. C'était une pièce pleine de lumière et de vie. J'adorais aller là-bas. J'en reviens pas. C'est fou que ça n'ait pas marqué d'empreinte. Que je n'en aie rien perçu, en tout cas.

Ambre et Maurice plongent dans leurs pensées. Ils s'imaginent cette pièce dans le regard de l'autre, l'envisagent sous un nouvel angle. Au bout d'un moment, Ambre entend, pour la première fois, son portable vibrer à l'intérieur de son sac à dos. En l'allumant, elle s'aperçoit du nombre de messages non lus. Elle voit le temps écoulé, aussi. 21 h 07. Elle se pensait encore au cœur de l'après-midi.

— Oh non, je vais devoir rentrer. Mes amis m'attendent aux Essandres, il faut que j'attrape le dernier bus. Je suis désolée de vous avoir pris tout ce temps, j'espère que tout ça n'a pas remué trop de choses désagréables.

— Au contraire, ça fait du bien d'en parler. J'ai passé… un bon moment.

Sourire d'Ambre, qui se lève. Le petit homme lui indique de le suivre, à l'autre bout de l'appartement, vers une autre cage d'escalier.

— En descendant, si vous allez au fond à gauche, vous sortez directement avenue des Ferrayonnes ; ça fait un raccourci vers la gare des bus, puisqu'il suffit de la prendre jusqu'au bout, et vous y êtes, directement.

— Impeccable, merci. Et… Maurice ?

— Oui ?

— Je sais que vous n'avez pas forcément envie de faire ça, mais… si dans les jours qui viennent, vous éprouvez soudain le désir improbable d'y retourner… j'ai peut-être un plan.

— Un plan ?

— Oui, pour y entrer. Ça me taraude depuis la dernière fois. J'en ai même rêvé, c'est pour vous dire. La nouvelle propriétaire est partie en vacances pour quinze jours. Elle a fermé la maison, mais si c'est comme avant, l'entrée par la cave est peut-être encore accessible. Depuis la grange, je veux dire.

— Oh, la cave ? Mais elle aurait laissé l'accès ?

— Elle n'a pas encore touché à la grange, elle doit faire des travaux, mais plus tard. Enfin, bref, je sais que… ça va vous paraître une idée folle, mais j'aimerais beaucoup, avant de repartir de la région… qu'on y retourne, quoi.

— Nous deux ?

— Je ne le ferai qu'avec vous. Que si vous le voulez bien. Que si vous sentez que vous avez besoin de… boucler la boucle.

Maurice ouvre la bouche plusieurs fois, puis se rembrunit.

— Je ne pense pas que ce soit très raisonnable. Je ne peux pas… je ne peux rien vous promettre. J'espère que vous allez passer une bonne fin de séjour. Peut-être qu'on aura l'occasion de se donner des nouvelles quand même, je ne sais pas. Vous pouvez me donner vos coordonnées ? Attendez. Juste mon petit… calepin… voilà.

Quand Ambre repart avenue des Ferrayonnes, le long des façades d'ocre et de lumière, elle presse *L'Île mystérieuse* contre son cœur. À travers les vitres du bus, les rangées de vignes filent à perte de vue, dorées par les lueurs du soir. Ambre les voit à peine ; elle pense surtout à cette rencontre, à cet inconnu si proche. Elle ne peut s'empêcher d'envoyer un message à Raphaël. « Je l'ai retrouvé. Le garçon au journal. Juste incroyable. Te raconte ça bientôt. »

Alors qu'elle range le téléphone dans sa poche, une nuée de martinets s'élève dans le ciel rose.

Épilogue

LA LUNE EST PLEINE CETTE NUIT. Une grosse boule, ronde, généreuse. En contrebas, les pommiers du jardin baignent dans son halo luisant. Ambre passe à côté d'eux, le cœur battant, l'oreille en alerte. L'air est lourd ; une chaleur accablante, un peu moite.

La grange n'est qu'à quelques pas.

Maurice se retourne, lui jette un regard. Il était si sûr de lui, quand il l'a appelée ce matin pour lui donner rendez-vous. Il l'était encore quand il s'est aventuré le premier à escalader le muret qui longe la propriété ; éclair de jeunesse dans son corps de septuagénaire.

La porte s'ouvre avec une surprenante facilité. Elle est différente, cette grange, maintenant qu'il n'y a plus le bric-à-brac du temps de Grand-père, que les vieux vélos de course ont été dégagés, que le canoé bleu et blanc ne trône plus contre le mur du fond. Maurice marque un arrêt. Il est fébrile, tout de même. Tous deux prennent le temps d'inspirer l'air frais qui s'échappe du grand atelier, puis il se faufile dans la pièce adjacente et allume sa frontale. C'est une pièce plus petite, plus sombre. Ambre le rejoint et jette un œil anxieux à l'emplacement de la trappe. Celle-ci est recouverte d'une masse sombre : une épaisse tondeuse en bloque l'accès.

Il leur faut plusieurs minutes pour réussir à faire bouger la machine et à actionner la trappe. Sous l'ouverture soudain béante, les barreaux métalliques descendent à la verticale. Ambre lance un regard inquiet à Maurice, mais il lui semble plus déterminé que jamais. Il lui tend la seconde frontale et se lance.

Le trou débouche sur un couloir bas de plafond, dans lequel ils avancent en courbant la tête, pas prudents sur terre battue. La remontée arrive très vite : Maurice gravit les quelques marches et pousse sur une nouvelle trappe au-dessus de sa tête. Sans succès. Ambre le regarde, inquiète. Maurice, les bras tremblants, la laisse prendre le relais. Elle s'élance sur les marches et pousse de toutes ses forces. La trappe résiste, mais elle sent une vibration contre ses mains. Elle réessaie. Un nouvel ébranlement, plus fort cette fois. Elle frotte ses paumes abîmées. Pense à la salle vide au-dessus de sa tête. L'entrée de la Grineraie. Elle n'a jamais été aussi proche. Elle prend son élan, donne un ultime coup, et la trappe se soulève dans un grincement sonore.

L'air tiède s'engouffre dans le tunnel. Une odeur de renfermé et de vieux livres ouverts. Une odeur de pierre, de joie et d'ours en peluche. L'odeur de la Grineraie. L'émotion monte dans la gorge d'Ambre. Le cœur au bord des lèvres, elle émerge du sous-sol.

La pièce a changé. Les centaines de posters qui recouvraient les murs de la cage d'escalier ont totalement disparu ; le vieux papier peint au bord du décollage a été enlevé ; les colonnades en stuc qui marquaient la porte vers la salle à manger se sont, elles aussi, volatilisées. Silencieusement, elle s'aventure vers le salon, qu'elle trouve changé ; les meubles ont valdingué d'un bout à l'autre. L'ensemble s'est transformé en un petit boudoir rebondi, peuplé de tapis à froufrous et de vases dorés. Les fauteuils râpeux ont été remplacés par des canapés rayés ; la vieille cheminée, recouverte d'une imitation marbre.

Elle revient sur ses pas, traverse les enfilades. Dans la cuisine, elle trouve Maurice. Ils se croisent dans un ballet muet, sans se regarder, sans se parler. La nouvelle propriétaire a gardé la grande table en bois. C'est la première fois qu'Ambre la voit sans toile cirée. Les meubles ont été refaits à neuf, modernisés ; le frigo désossé des dizaines de magnets qui le recouvraient. Tout est propre, sans vie. Elle rejoint Maurice dans l'entrée. En face, l'escalier monte vers les chambres. Ambre se tourne vers le petit homme, remarque ses yeux embués de larmes derrière ses lunettes. Elle se racle la gorge, intimidée de le découvrir dans cet état.

— C'est terrible, hein ?

— C'est terrible.

— On continue ?

— On continue.

— À l'étage ?

Maurice se tourne vers elle, l'air grave. Elle ne sait pas si ce qu'ils font est une bonne idée, elle ne sait pas si elle aime cette expérience qui la chamboule sans la rassasier. Mais à ce moment-là, en voyant le regard de Maurice, en sentant, dans le fond de l'air, les odeurs perdues de son enfance, elle comprend qu'ils sont là où il faut.

— Après toi.

Elle a chuchoté, à peine. Est-ce qu'elle est douce, finalement, cette nuit ? Elle est bouleversante et elle est douce, elle ne sait pas trop encore ce qu'elle va en faire, de cette nuit, de cette expérience et de ces visions, peut-être qu'elle va les mettre dans un coin pour ne plus jamais y toucher, peut-être qu'elle va tenter d'oublier comment elle s'est retrouvée, cette nuit-là, chez elle sans être chez elle. Mais pour l'instant, elle se laisse juste envelopper dans cette nostalgie partagée, dans cette nouvelle image de la maison qui s'inscrit dans sa rétine. L'image de la maturité, peut-être, celle du deuil et des songes nouveaux.

Maurice la précède dans l'escalier.

À la lueur de la lampe torche, elle le voit placer méticuleusement ses pas pour sauter la quatrième marche.

Elle sourit.

Il est parfait.

Remerciements

Ce roman doit beaucoup aux maisons évaporées. Merci aux Riceys, merci à Antony, merci à Yvoire. Merci à Gentilly et à Villeneuve-Loubet. Merci à toi, ma tendre maison d'enfance que j'ai la chance de ne pas avoir perdue ; ce petit coin des Causses du Quercy, aux poutres sombres et tuyauteries en cuivre, d'où j'ai écrit l'immense majorité de ce livre, et d'où j'écrirai probablement les suivants. Merci aux disparus, merci à Jean-Claude et à Claire, à qui ce livre est dédié. Merci à Marie-Thé, qui a vécu les arrachements avant nous. Merci aux frère et cousines qui voulaient *rester là* : Maël, Eléa et Lucy, ce livre est un peu pour vous. Merci à Gérard, mon père, à qui j'ai beaucoup pensé en écrivant Maurice. Merci à Marie-Pascale, ma mère et première relectrice, sans qui ce livre ne serait rien ; tu m'as transmis ton amour des lieux et des histoires de famille, et tu sais que j'ai écrit chacune de ces lignes en pensant à toi.

Ce livre n'aurait pas pu aboutir sans le travail de relecture de beaucoup d'alliés et alliées. Merci à celles et ceux qui ont nourri et cultivé mon goût de l'écriture, notamment aux écrivains-matelots de Levez l'Encre, à qui je pense fort. Merci aux bêta-testeurs du manuscrit : Olivier, Jonathan, Hugo et Matthieu. Merci à Mathilde, Léopold, Maud,

Erwin et Tracy pour les réflexions abyssales sur le nom d'autrice. Merci à Leán, ma « Maud » à moi, pour le partage de l'amour des mots et les relectures de contrat sur un coin de table. Merci à Agathe, pour les retours avisés, d'avoir cru en ce texte et en moi. Merci à Capucine, ma chère éditrice, qui apporte tant de soleil dans ma vie de jeune autrice depuis notre premier échange de mails. Merci à Elona de m'avoir ouvert les portes et à Clara de m'accompagner dans cette aventure d'épreuves et de rétroplanning. Merci aussi, immense, à Coline et à Gülsah pour cette couverture dont l'éclat dépasse toutes mes espérances et m'émeut si fort. Merci, enfin, au reste de l'équipe d'Eyrolles Romans, pour les aventures vécues et à venir.

Table des matières

MIXTE
Papier | Pour une gestion forestière responsable
FSC® C108412

Dépôt légal : Janvier 2026
Achevé d'imprimer en France par CPI Firmin-Didot
N° d'impression : 185369

Cet ouvrage a été imprimé sur du papier bouffant 65 g.